천재 본색

천재 본색

서귤
범유진

서귤
오피스 추노

007

범유진
봄버

155

작가의 말

305

프로듀서의 말

311

오피스 추노

서귤

1장
퇴근하고 싶은 오하나 팀장

1.

퇴근하고 싶다.

아직 출근도 안 했지만.

오하나가 회사 앞에서 야쿠르트 판매원에게 유산균 음료를 구매하며 하는 생각이다. 초점이 없는 눈으로 카드 결제가 끝나길 기다리다가 스트레스를 줄여준다는 신상품 홍보 문구에 충동적으로 하나 더 구매했다. 야쿠르트 두 병을 가방에 욱여넣고 빌딩 안으로 들어가는 오하나. 무심코 2번 엘리베이터 앞에 줄을 섰다가 다시 4번 엘리베이터로 향한다.

오늘부터 새로운 사무실로 출근해야 한다.

그곳은 바로 행복회복팀.

오하나가 다니는 TA그룹은 재계 서열 1위, 계열사 통합 임직원 수 30만 명을 자랑하는 명실상부 대한민국 최고의 기업. 하지만 최근 언론의 지탄을 받고 있다. 회사에서 직원이 자살하는 사건이 최근 3개월간 네 건이나 발생했기 때문이다. 노조에서는 직장 내 괴롭힘,

과중한 업무량 등을 이유로 꼽으며 집단 행동에 들어갔고, 마침 그룹 승계 문제로 여러 면에서 구설수에 올랐던 터라 여론은 급속도로 악화됐다.

 초기에는 근로자의 개인적 문제라며 발을 빼던 회사에서도 불매 운동이 거세지고 정치권에서 압박이 들어오자 뒤늦게 대책 마련에 나섰다. 총수인 권화용 회장이 직접 기자회견장에 나와 고개를 숙이며 회사를 다시 세운다는 각오로 뼛속부터 조직문화를 개선하겠다고 공언했다. 이날 발표한 여러 대책 중에는 TA그룹의 지주사인 (주)TA에 임직원들의 행복을 최우선 KPI로 하는 '행복근로본부'를 신설한다는 내용이 담겨 있었다. 행복근로본부에는 총 세 팀이 만들어지는데, 첫째는 직원들의 고충 신고를 신속하게 해결하는 행복지원팀, 둘째는 조직 문화 개선 프로그램을 만들고 진행하는 행복문화팀, 그리고 마지막이 바로 행복회복팀이었다.

 이 이름을 들었을 때 오하나는 잠시 뇌가 정지하는 것 같았다. 행복을 회복시켜 준다고? 어떻게? 모호한 명칭과 달리 팀의 목적은 분명했다. 출근이 어려울 정도로 심각한 어려움에 빠진 임직원에게 선제적으로 접근하여 건강한 회사생활을 할 수 있도록 돕는다. 풀어서 설명하면 무단 결근한 직원을 찾아내서 문제가 생기지 않도록 수습한다는 것. 최근 스스로 목숨을 끊은 직원들이 모두 무단 결근한 점에 착안, 케이스를 미리 파악해 사고를 예방하자는 취지였다. 기존에도 각 계열사 HR부서에서 알음알음하던 업무였지만 대개 가족 연락 후 필요에 따라 경찰에 신고하거나 법무 검토를 하는 등의 간략한 매뉴얼이 전부였기에 지주사가 보다 적극적으로 나서 보겠다는 의지의 표명이었다. 말이야 그럴듯했지만 실효성을 의심하는 사람이 많아 익명 게시판에서는 이미 '추노팀'이라는 별명을 얻고 조롱이 한참이었다. 대표적인 보여주기식 사례로 꼽히며 얼마 안 가 사라질 것이 뻔한 기피 부서로 낙인 찍힌 지 오래.

그 팀에 오하나가 팀장으로 배정된 것이다.

오하나는 출세에 욕심이 없는 사람이었다. 하루하루 퇴근을 기다리며 무사안일에 만족하는 평범한 회사원이었다. 그런데 그 '욕심 없음'이 역설적으로 그를 팀장으로 만들었다. 숱한 사람들이 사내 정치에 쓸려나갈 때 혼자 견제받지 않고 살아남아 얼떨결에 (주)TA의 조직문화 팀장이 되어버린 것. 원치 않은 감투였지만 퇴근을 비교적 자기 의지대로 할 수 있다는 장점을 발견하고 만족하며 일했다. 그러나 그의 나이 39세, 예상치 못한 임신과 출산으로 휴직을 내면서 상황이 달라졌다. 복직하니 팀장 자리는 이미 만석이었다.

처음에는 전혀 개의치 않았다. 팀원으로 일하는 장점도 많으니 상관없었다. 그러나 결정적인 문제가 불거졌다. 본인보다 나이 어린 팀장이 너무 열성파라서 정시 퇴근이 몹시 눈치가 보이기 시작한 것. 어린이집 등하원 시간을 신경써야 하는 오하나로서는 여간 곤란한 일이 아니었다. 고뇌하던 그에게 당시 조직 개편이 한창이던 (주)TA의 행복근로본부장 조동진으로부터 달콤한 제안이 들어온다. 1년만. 딱 1년만 행복회복팀에 있어주면 다시 괜찮은 자리의 팀장으로 보내주겠다며. 머지않아 없어질 부서라 업무량이 적어 워라밸을 확실히 챙길 수 있을 거라는 설득에 제안을 받아들이게 되는 오하나.

그렇게 해서 오늘이 팀장으로서의 첫 출근날이다.

4번 엘리베이터에서 내린 오하나가 사무실에 들어가기 직전, 스트레스를 줄여준다는 야쿠르트를 단숨에 들이켰다. 그가 도착한 22층은 본래 층 전체가 회의실로 구성된 곳인데 그중 하나를 사무 공간으로 개조했다고 들었다. 미로 같은 복도를 반쯤 걸으니 구석에 '행복회복팀'이라는 명판이 붙은 문이 보인다. 오하나가 숨을 한번 크게 들이쉰 후 손잡이를 밀었다.

사무실에는 아직 아무도 없었다. 잔뜩 힘이 들어간 어깨를 의식적으로 추욱 늘어뜨리는데, 뒤에서 소리가 들렸다.

"…크큭…."

놀란 오하나가 몸을 돌렸다가 거의 기절할 뻔했다. 코앞에서 웬 남자가 어두운 기운을 풍기며 히죽거리고 있었기 때문이다. 남자가 섬뜩한 미소와 함께 말했다.

"…좋은 …아침 …입니다…."

오하나가 가방을 끌어안으며 뒷걸음질 쳤다.

"누, 누구?"

그때 오하나의 머리에 어젯밤 늦게까지 들여다봤던 팀원들의 인사 정보가 스쳐 지나갔다. 행복회복팀의 팀원은 단둘. 그렇다면 저이는 김준영 과장이 분명했다. (주)TA 직원들에게 '그 사람'이라고 불리는 남자. 이름을 함부로 말하면 안 좋은 일이 생긴다나 뭐라나. 소문만 들었지, 이 정도로 가까이서 본 건 처음이었다. 입사 초기에 그와 가벼운 언쟁을 벌였다가 퇴근길에 뺑소니를 당한 팀장부터 시작해서, 지주사에 회식이 없어진 이유가 김준영이 오기만 하면 다치는 사람이 생겨서라고도 했고, 메일에 참조만 되어 있어도 집안에 우환이 생긴다는 풍문이 자자했다. 회사 근처의 길고양이를 죽여 주술에 사용한다거나, 싸이코패스 테스트 점수가 높아서 경찰에서 감시 중이라는 얘기를 들었을 때는 어이가 없어서 코웃음이 나왔다.

 단지 외모가 조금 무섭다는 이유 하나로 나쁜 소문에 휩싸이는 게 안쓰럽기까지 했다. 하지만 이렇게 가까이서 보니 여태 허무맹랑하다고 치부했던 얘기들이 나름 신빙성이 있을지도 모른다는 생각이 드는 것이다. 찡그린 이마, 깊게 패인 미간, 시꺼멓다 못해 푸르딩딩한 다크써클, 이 와중에 전구라도 박은 것처럼 기묘하게 번뜩이는 눈에는 귀기가 가득, 무엇보다도 섬찟한 건 입이었다. 한껏 끌어올려 금방이라도 찢어질 것 같은 입술 사이로 연신 큭큭거리는 웃음이 새어 나오는 걸 보니 없던 피에로 공포증이라도 생길 판이었다. 이 모든 표정 언어들이 암시하는 바는 명확했다. 이 사람은 정상이 아니다. 정상인 사람이 저런 면상을 하고 있을 리가 없다.

 오하나가 퍼뜩 어깨를 떨었다. 김준영이 뭔가를 중얼거리고 있었기 때문이었다.

 주문인가? 저주? 주술?

 "뭐, 뭐라고 하시는 거예요?"

 "…왜 …안 들어가시는지….".

 들어가면, 들어가면 뭘 어쩌려고? 저도 모르게 오하나의 눈이 김준영의 손으로 향했다. 흉기 같은 건 들려 있지 않았다.

 몸을 모로 돌린 김준영이 문간에 서 있던 오하나를 지나쳐 사무실로 들어갔다. 잠시 후 오하나도 자리에 앉았다. 가방에서 노트북을 꺼내는데 손이 땀으로 축축했다. 1년 동안 여기서 일할 수 있을까. 아니, 1년 후에도 내가 무사할까. 이런 생각을 하는 게 미안하면서도 저 흉악스런 얼굴을 보면 본능적인 공포감이 솟구쳐

이성적 사고가 마비됐다. 차라리 안 보는 게 나을 것 같아 오하나가 눈을 질끈 감았다. 그때 귓가에 또 다른 목소리가 들려왔다.

"안녕하세요! 좋은 아침입니다!"

오하나가 도로 눈을 떴다. 햄스터처럼 생긴 여자가 사무실로 들어오고 있었다. 경쾌한 발걸음에 맞춰 탐스러운 밤색 머리가 찰랑거리는 게 꼭 샴푸 광고의 한 장면 같았다. 그럴 리가 없는데도, 어디선가 후광이 비치는 것 같아 오하나가 눈을 찡그렸다.

"오하나 팀장님이시죠? 저는 이유미 대리입니다. 잘 부탁드립니다!"

이유미라고 본인을 소개한 여자가 김준영에게도 마저 인사했다. 놀랍게도 그 해사한 얼굴에는 조금도 무서워하는 기색이 없었다. 방긋방긋 웃으며 노트북을 세팅하더니 협업 툴에 신규 팀 프로젝트와 캘린더를 생성하겠다고 했다. 몇 마디 나누지 않아도 알 수 있었다. 싹싹하고 일 잘하고, 무엇보다도 보통 사람이란 거. 어쩐지 흘러내릴 것 같은 눈물을 참으려고 오하나가 마우스를 두 손으로 움켜쥐었다. 둘 중 한 명이라도 정상이라서 다행이야. 정말로 다행이야.

2.

혹시 둘 다 정상이 아닌가?

오하나가 이런 의구심을 품게 된 건 행복회복팀의 첫 번째 업무를 처리하러 나간 TA백화점에서였다.

사흘째 무단 결근 중인 직원이 있다는 신고가 들어왔다.

곧장 관계자 면담을 위해 외근이 잡혔다. 오전 내내 하늘이 우중충하더니 세 사람이 택시를 타자 부슬비가 내리기 시작했다. 차창에 그어지는 투명한 빗금을 응시하며 오하나가 팀에 배속된 두 사람의 인사 기록을 되새겼다.

먼저 앞 좌석에 저주인형처럼 도사리고 있는 김준영 과장. 스펙이 화려했다. 물리학과 전산학을 복수 전공하고 데이터 사이언스로 박사 학위를 딴 뒤 TA시스템즈에 특채로 입사. 올해 초 지주사로 이동했다. TA시스템즈에서의 근무 평점은 B, 나쁠 것도 좋을 것도 없는 평균이었다. 조직 책임자들의 코멘트도 커뮤니케이션 능력이 부족하다는 지적 정도로 유별난 건 없었다. 개중 눈에 띄는 건 유난히 팀을 많이 옮겼다는 사실. 5년 동안 거친 팀만 무려 아홉 곳. 입사 직후 1년이 가장 긴 기록이고, 나머지는 대개 6개월 전후로 소속이 갈렸다. 오하나가 건너 건너 알아본 바로는, 김준영이 들어간 팀마다 갖가지 사고가 즐비해서 팀원들이 무서워하는 바람에 한 팀에 오래 있을 수가 없었다고. 평가가 무난한 이유도 행여나 안 좋은 점수를 줬다가 저주가 자신에게 돌아올까 봐 팀장들이 최대한 몸을 사린 거라고 했다. 당시 TA시스템즈 인사 부문장이었던 조동진 현 행복근로본부장이 무슨 생각에선지 본인이 적을 옮기면서 지주사로 데려온 모양인데, 폭탄 돌리기나 다름없었다. 과연, 얼마 후 없어질 허수아비 부서에 걸맞는 인력 배치라 할 수밖에. 제발 이 팀에서는 아무 일도 없기를 기도할 뿐이었다.

오히려 아리송한 건 이유미 대리였다. 호감형 외모에 싹싹한 말투, 산뜻한 비즈니스 룩, 정성스레 컬이 들어간 윤기 나는 머리카락, 오피스 배경의 드라마에서 갓 튀어나온 것만 같은 비주얼이다. 4년 전 신입으로 입사했다는데 이것부터가 놀라웠다. 오하나는 지금껏 지주사에서 신입을 만난 적이 없었다. 경력직, 혹은 계열사에서 이동한 사례밖에 못 봤는데, 육아휴직 중에 입사해서 미처 몰랐던 모양이었다. 그런데 더 놀라운 것은 이유미의 근무 평점이었다. 4년 연속 A. 지주사에서 신입이 첫해부터 쭉 A를? 그것도 고인물 중에 진짜 고이다 못해 썩어 문드러진 물들만 모인다는 윤리경영본부, 그러니까 감사팀에서 받은 점수라고? 일머리 좋다는 칭찬으로 가득한 인사기록부를 보며 오하나는 고개를 갸웃거렸다. 이게 가능한가? 백번 양보해서 그래, 뭐, 천재 회사원이라 가능했다고 치자. 무엇보다도 이상한 건 그런 인재가 이 팀에 배정됐다는 사실이었다. 대체 왜?

 오하나가 생각에 빠져 있는 사이 택시가 급정거했다. 쥐고 있던 테이크아웃 잔에서 음료가 튀어 자기도 모르게 외마디 소리가 나왔는데 그와 동시에, 어쩌면 더 빠르게, 옆에 있던 이유미가 휴지를 건넸다. 고맙다고 하자 다정한 미소가 돌아왔다. 오하나는 약간 속이 울렁거렸다. 설레서. 본인이 만약 여자를 좋아했다면 분명 이 타이밍에 이유미에게 반해 버렸을 거란 생각이 들었다. 이런 배려와 센스가 업무로 이어져서 좋은 평가를 받은 걸까? 그러고 보니 손에 쥐고 있는 음료도 이유미가 사온 것이다. 오하나가 좋아하는 따뜻한 페퍼민트 티.

 잠깐, 내가 페퍼민트 티 좋아하는 건 어떻게 알았지?

 제 입으로 말한 기억은 없었다. 함께 카페를 간 적도 없다. 그런데 그 많은 메뉴 중에서 하필 페퍼민트 티를? 오하나가 검지로 관자놀이를 매만졌다. 설명하기 어려운 이질감이 느껴졌다. 어떻게 알았는지 물어보려는데 마침 목적지에 도착했다는

오피스 추노

알림음이 들려왔다.

출발할 때보다 빗줄기가 굵었다. 택시에서 내려 황급히 로비로 뛰어 들어가는 세 사람. 출입증을 받으려고 데스크 앞에 섰는데 지갑에서 신분증을 찾던 김준영이 가방을 떨어뜨렸다. 그 바람에 노트가 빠져나와 로비 바닥에 펼쳐졌다. 순간 오하나가 눈을 의심하며 뒷걸음을 쳤다. 노트 안에는 형체를 분간하기 어려운 섬뜩한 그림들이 거멓게 들어차 있었다.

우르릉 쾅!

로비의 통유리를 때리는 거센 빗줄기 너머로 빛이 번쩍이더니 천둥소리가 들려왔다.

"큭…. 큭큭…."

음산하게 웃으며 노트를 주워 드는 김준영에게 오하나가 필사적으로 몸을 돌렸다. 출입증을 받아 든 이유미가 옆으로 다가오자 구명보트라도 발견한 듯이 딱 붙었다. 이 시점에서 오하나는 이유미에 대한 미심쩍음을 말끔히 지우기로 마음먹었다. 이질감이니 뭐니 배부른 처지에나 할 소리지, 지금처럼 의지할 사람이 없는 상황에선 사치였다. 얼이 빠진 오하나를 대신해서 이유미가 버튼을 눌렀다. 김준영이 노트를 손아귀에 쥐고 따라 올랐다. 오하나가 슬그머니 모서리로 이동했다. 가급적 거리를 두려고.

엘리베이터가 13층에 도착했다. 그들의 목적지는 TA백화점 신사업전략 부문 로케이션인텔리전스팀. 이곳의 팀장인 표수진이 무단 결근 중이었다. 미리 공유받은 내용에 따르면 해당 팀은 TA백화점의 차기 신사업인 테마파크형 초거대 쇼핑몰인 Universe TA 입지 선정과 관련된 프로젝트를 진행 중이었고, 표수진 팀장은 매번 회사 수면실에서 잠을 청할 정도로 바빴다고 한다. 그러다가 돌연 잠적. 지금은 연락조차 닿지 않는 상황이라고.

면담 사실을 비밀로 부쳐 달라고 그쪽 기획 팀장에게 신신당부 했는데 아무래도 헛수고였던 것 같다. 엘리베이터에서 내려 문을 통과하자마자 싸한 정적이 돌면서 사람들의 시선이 세 사람에게 몰렸다. 더군다나 기획 팀장이 잡아준 회의실은 사방이 통유리였다. 이건 뭐 동물원 자이언트 판다도 아니고. 어차피 뭘 제대로 해볼 생각은 없었지만 한숨이 나오는 건 어쩔 수 없었다. 오하나가 대강 직급 순서대로 사람을 부르려고 조직도를 확인하고 있을 때였다.

"저 사람부터 하면 좋을 것 같아요."

이유미가 가리킨 곳에는 긴 머리의 여자가 있었다. 조직도의 사진과 대조해 보니 고은아 차장이었다.

"아는 사람이에요?"

"아뇨. 근데 그편이 빨리 끝날 것 같아서요."

이유미가 뺨에 벚꽃잎 같은 보조개를 만들며 방긋 웃었다. 그러면서 핸드폰으로 시선을 내리는데, 자기도 모르게 그 행동을 따라 한 오하나가 벌써 4시 반이 넘은 것을 확인했다. 면담해야 하는 팀원은 총 아홉 명. 영문을 모르겠지만 빨리 끝날 것 같다는 말에 혹해서 이유미의 제안을 따르기로 했다. 회의실로 고은아 차장이 들어오자 오하나가 가볍게 인사를 건네고 질문을 시작했다. 고은아의 대답에는 거침이 없었다. 표수진은 본인이 밤을 새더라도 남들은 먼저 퇴근시키는 책임감과 배려심을 갖춘 팀장이어서 모두가 잘 따랐으며, 이렇게 느닷없이 연락이 두절되니 무슨 일이라도 생긴 건 아닌지 다들 걱정하고 있다고. 건성으로 고개를 끄덕이며 오하나는 수첩에 '과중한 업무 부담',

오피스 추노

'스트레스'라는 단어를 적었다. 과연 이유미의 말대로 빨리 끝낼 수 있을 것 같았다. 고은아가 나가자 오하나가 상황을 정리했다.

"사유는 번아웃. 과로 이슈가 생기지 않도록 해고보다는 자진 퇴사로 협의할 필요가 있다고 작성할까 싶네요."

이유미가 빙그레 웃으며 말했다.

"글쎄요."

오하나의 검지와 중지 사이, 현란하게 돌아가던 볼펜이 멎었다.

"팀장님, 제 생각에, 결론을 내리기에는 조금 이른 감이 있지 않나 싶어서요."

"어떤 면에서?"

"그냥요."

"무슨 그냥?"

"거짓말 같은 느낌이 들어요."

"뭐가?"

"표수진 팀장이 좋은 사람이었고 팀원들이 잘 따랐다는 말이, 조금."

"그게 왜요?"

"고은아 차장이 표수진 팀장을 싫어하는 게 아닌가 싶어요. 이 조직에서 가장 영향력이 큰 사람이 그런 태도라면 아마 다른 멤버들도 표수진 팀장을 싫어하거나 최소 불편하게 여길 확률이 높지 않은가 해서요."

"근거는?"

"그냥… 그런 것 같아요."

스무고개를 하자는 것도 아니고, 오하나는 도무지 알쏭달쏭한 이유미의 말을 이해할 수가 없다. 그러자 이유미가 방긋거리며 이제부터 자신이 면담을 진행해도 되냐고 물었다. 오하나가 얼떨떨하게 고개를 끄덕였다. 뭘 하겠다는 건지 한번 지켜봐야겠다 싶었다. 권한을 넘겨받자 이유미는 조직도의 맨 밑에 있는, 연차가 가장 짧은 직원을 안으로 불러들였다. 앳된 남성이 쭈뼛거리며 들어와 자리에 앉았다. 인사말도 생략한 채 이유미가 바로 물었다.

"표수진 팀장님은 어떤 사람이었어요?"

"어, 음, 아주 열정적인 분이…."

"절 똑바로 보면서 말해주시겠어요?"

이유미가 손바닥으로 책상을 가볍게 내리쳤다. 별로 큰 소리가 나지도 않았는데 상대가 어깨를 흠칫 떨었다.

"방금 고은아 차장님은 저한테 표수진 팀장님이 무능하고 성격 나쁜 최악의 상사라고 했거든요."

그렇게 말하지 않았는데? 오하나가 눈을 깜빡였다. 어린 직원도 당황한 듯했다.

"어, 네? 저는 잘 모르겠는…."

"그럼 거짓말이었나 보네요. 혹시 고은아 차장님이 표수진 팀장님을 괴롭혔나요? 맞죠? 그렇군요. 당신은 그런 불쾌한 일에 끼고 싶지 않았을 거예요. 하지만 입사한 지 얼마 되지 않았기 때문에 거절할 수가 없었군요. 그래서 함께 표수진을 괴롭혔고요."

"그런, 건."

"알겠어요. 나가셔서 고은아 차장님께 다시 들어와 달라고 해주시겠어요?"

"아니요!"

"뭐가 아니죠?"

"저희는 팀장님을 괴롭힌 적이 없어요. 그냥 좀…. 사이가 안 좋았을 뿐이에요."

"사이가 안 좋았을 뿐?"

"팀장님이 너무 일을 많이 가져오니까. 다들 힘들어했어요. 고은아 차장님이 그러지 말라고 했는데, 언성이 높아져서…."

"솔직히 말해줘서 고마워요. 이제 나가보세요. 고은아 차장님께 다시 들어와 달라고 전해주시고요."

지금 무슨 일이 일어나고 있나요?

오하나가 눈을 휘둥그레 떴다. 상황을 따라가기가 버거웠다. 이유미가 무슨 수작을 부렸길래 갑자기 상대가 말을 바꾸는지, 두 눈으로 모든 대화를 지켜봤는데도 이해할 수 없었다. 고은아가 들어오자 비슷한 상황이 반복됐다. 바쁜데 왜 또 부르냐며 짜증을 내던 고은아는 이유미에게 몇 가지 질문을 받더니 아까와는 딴판으로 흥분해서 소리치기 시작했다.

"표수진은 소시오패스예요. 자기가 성공할 수만 있다면 밑에 사람들을 도구처럼 쓰고 버리는 인간이라고요."

"그래서 괴롭혔던 건가요?"

"괴롭혔냐고요? 어이가 없네. 그 인간이 누구한테 괴롭힘당할 사람으로 보이세요?"

"괴롭히지 않았나요?"

"네! 몇 번이나 말해야 믿을 거예요?"

"진실을 말하고 있네요."

이유미가 오하나에게 말했다. 대화의 기세에 눌려 숨을 죽이고 있던 오하나가 얼결에 고개를 끄덕였다. 일단 들은 내용을 정리해 보면, 표수진은 심각한 워커홀릭으로, 과한 업무를 줘서 팀원들과 갈등이 심했지만 무단 결근의 원인으로 의심할 만한 집단적인 괴롭힘은 없었다. 이것이 이유미가 가리키는 '진실'이었다. 오하나가 어리둥절한 기분으로 다시 펜을 쥐었다. 대강 짐작한 게 맞았던 모양이다. 사유는 번아웃. 과로 이슈가 생기지 않도록 해고보다는 자진 퇴사로 협의할 필요가···.

"지금 뭐, 뭐 하시는 거예요?"

고은아의 떨리는 목소리가 들려와 오하나가 메모를 멈췄다. 눈앞에서 해괴한 광경이 펼쳐지고 있었다. 김준영이 가방에서 노트를 꺼내더니 무언가에 씌인 사람처럼 알 수 없는 패턴을 휘갈기기 시작한 것이다. 그림이라고 부르기도 어렵고 글자라고 부르기도 어려운 기묘한 선과 도형에는 언뜻 봐도 불길한 기운이 가득했다. 대체 뭐지. 부적? 방법? 실시간 저주? 옆에서 고은아가 거칠게 숨을 들이키는 소리가 들렸다. 혼절하기 직전처럼 보였다. 어떻게든 상황을 수습해야 한다는 생각에 오하나가 용기를 쥐어짰다.

"그게 뭐죠?"

김준영이 고개를 들었다. 광채가 도는 눈동자가 오하나를 응시하고 있었다.

"크··· 크크크···."

"대체···. 대체 뭘 그리는 건데!"

"제 생각엔 알파벳인 것 같은데요."

이유미가 끼어들었다.

"글씨처럼 보이는데 맞나요?"

김준영이 끄덕였다.

"존나 악필."

응? 방금 목소리가 좀 다르지 않았어? 오하나가 이유미를 쳐다봤다.

"과장니임, 이거 뭔지 설명해 주시면 너무 좋을 것 같아요."

이유미가 방긋거리며 애교 섞인 목소리를 냈다. 오하나가 귀에 들어간 물을 빼려는 것처럼 고개를 한쪽으로 기울여 흔들었다.

김준영이 크크거리며 설명을 시작했다. 이렇게 길게 말하는 걸 듣기는 처음이었는데, 톤이 거의 바닥을 뚫고 들어갈 것처럼 낮은 데다가 말이 뚝뚝 끊겨서 알아듣기가 쉽지 않았다. 오하나가 어찌어찌 이해한 대로라면 김준영이 그린 그림은 모니터 화면이었던 모양이다. 어떻게 저게? 누가 봐도 부적인데요? 좌우지간 김준영의 의도는 로케이션인텔리전스팀에서 사용 중인 소프트웨어의 대시보드 화면을 묘사하려던 것이었고, 그중에서도 우측에 포진한 레이어 테이블에 주목하고 있었다.

"그러니까 다른 레이어는 Demo, Traffic, Facility, Social 이렇게 속성별로 네이밍이 되어 있는데 한 레이어만 타이틀이 SJ여서 이게 혹시 표수진 팀장님의 이니셜인지 물어보고 싶으신 거, 맞나요?"

이유미의 요약에 김준영이 선연한 잇몸을 드러내며 웃었다. 당황한 오하나가 물었다.

"그걸 김… 과장님이 어떻게 알아요? 봤어요?"

"…크… 크큭…."

"아니, 잠깐만, 얘기하지 말아봐요."

감당하기 어려운 대답이 나올까 봐 오하나가 말을 막았다. 빙의, 관심법, 주술…. 뭐가 됐든 지금은 알고 싶지 않았다. 이미 투머치였다. 회의실 벽이 유리니까, 앉은 자리에서 바깥 모니터가 보였나 보지. 오하나가 화살을 고은아에게 돌려 자세한 사정을 캐묻기 시작했다.

이곳 로케이션인텔리전스팀에서는 입지 선정을 위해 지리 정보 소프트웨어를 사용 중이었는데, 그 속엔 인구, 교통, 주변 시설, 소셜미디어 화제성 등 다양한 데이터 세트를 담은 레이어들이 있고 여기에 가중치를 적용해 최종 점수를 산출, 입지 순위를 산출해 내는 알고리즘이 깔려 있었다. 김준영이 언급한 SJ레이어는 표수진 팀장이 직접 생성한 게 맞고, 외부 컨설팅 업체에게 받은 데이터를 수기로 입력했기 때문에 정확한 데이터 성격과 출처는 표수진 팀장만 알고 있다고 고은아가 대답했다. SJ레이어가 가중치가 낮아 다들 별로 신경 쓰지 않았다는 말을 덧붙이며 노트북을 가져와 프로그램을 보여줬다. 마우스를 넘겨받은 김준영이 뭔가를 획획 클릭하니 알 수 없는 텍스트로 가득 찬 화면이 떴다. 그의 전공이 데이터 분석이라는 걸 잊고 있었던 오하나가 뒤로 바짝 다가갔다가 다시 물러섰다.

"…가중치를… …큭… 수정한….”

"수정이요? SJ레이어 가중치가 수정된 흔적이 있나요?”

이유미가 겁도 없이 김준영의 어깨 위로 고개를 쑤욱 내밀었다.

"…그래서 …인천 청라동이 …1위로….”

"전반적으로 입지별 점수 차이가 별로 크진 않았어요. 데이터는 데이터일 뿐이고, 최종 결정은 윗분들 몫이니까.”

"그치만 중요한 영향을 미칠 수는 있었을 것 같아요. 눈에 보이는 숫자를 무시하기는 쉽지 않잖아요. 1위를 선택하는 건 자연스럽지만 1위가 아닌 입지를 굳이 선택하기 위해선 구차한 이유들이 필요하다고 생각되어서요.”

이유미의 반박에 고은아가 입을 다물었다. 묘하게 분위기가 가라앉았다.

뭔가 미심쩍다. 미심쩍긴 한데….

오하나가 침묵하는 동안 이따금 김준영의 큭큭거리는 웃음소리만 들렸다. 언제부턴가 회의실에 모인 모두가 오하나를 응시하고 있었다. 결단을 요구하는 무언의 눈빛들. 오하나가 굳은 목소리로 이에 화답했다.

"일단 퇴근하고 내일 다시 얘기합시다."

6시 8분이었다.

3.

"엄마!"

아들 현이 오하나의 품으로 뛰어들었다. 그 뒤에는 초로의 여성이 유아용 숟가락을 들고 서 있었다. 시어머니 엄미숙이었다.

"죄송해요. 외근이 있었는데 돌아오는 길이 너무 막혀 가지고."

"밥은 먹였다."

후다닥 옷을 갈아입고 나온 오하나. 온몸으로 놀아달라며 보채는 세 살배기 아들을 어르느라 눈코 뜰 새가 없다. 씻기고 재우니 저녁 10시. 거실로 나오니 시어머니가 장난감을 정리 중이었다. 오하나는 자기가 하겠다고 말했지만 시어머니는 식탁 청소며, 소파의 쿠션과 담요까지 칼각으로 맞춘 뒤 방으로 들어갔다. 그 모습을 뒤에서 쩔쩔매며 지켜보던 오하나가 문이 닫히는 소리에 쓰러지듯 주저앉았다.

바닥이 무너져라 한숨이 나왔다.

결혼 후 오랫동안 아이가 생기지 않았다. 난임 시술과

딩크라는 선택지 중에 후자를 골랐다. 그래서 나이 서른아홉에 임신 사실을 알았을 땐 기쁨과 당혹감이 함께였다. 임신성 고혈압으로 고생하면서도 무사히 출산했고, 부부가 최선을 다해 육아에 힘쓰기로 약속했다. 그런데 국제 정세가 훼방을 놓을 줄은. 남편이 출장 간 국가에서 내전이 터졌다. 옆 나라로 피신해 안전은 확보했지만 매일 변하는 현지 사정을 파악하느라 한국에 돌아오지 못하고 한동안 주저앉게 되었다. 설상가상으로 해당 지역에서 올리는 수익이 메인이었던 남편의 회사가 휘청이며 월급이 들쭉날쭉 밀리기 시작. 독박 육아와 경제 활동을 동시에 해야 하는 무지막지한 미션이 오하나에게 주어진 것이다.

친정 부모님은 이미 세종시에서 여동생 부부의 아이를 봐주고 있었고, 어린이집 저녁반도 모집 시기가 끝난 지 오래였다. 그때 시어머니 엄미숙이 도움의 손길을 내밀었다. 재고 따질 것도 없었다. 이참에 대출금도 해결할 겸 집까지 팔아버리곤 혼자 살고 있는 시어머니의 집에 들어앉은 것이 작년. 복직과 동시였다.

각오는 했다. 지난 10년 동안 한순간도 시어머니가 편했던 적이 없었다. 외아들을 둔 홀시어머니라는 존재가 며느리에게 안겨주는 통상적인 부담감은 차치하더라도, 표정의 변화가 크지 않고 무뚝뚝한 데다가 말수가 적은 엄미숙이라는 인간을 대하는 게 녹록지 않았다. 같이 산 지 1년이 넘었건만 아직도 둘 사이엔 냉기가 돌았다. 회사에 있을 때보다 곱절은 불편했다. 겨우 혼자 있는 시간이 되자 긴장이 풀린 오하나가 소파에서 꾸벅꾸벅 졸기 시작했다. 그때 핸드폰 진동이 느껴졌다. 영상통화. 남편이었다.

화장실에 들어가 통화 버튼을 눌렀다. 다짜고짜 보고 싶다고 소리를 지르는 남편에게 조용히 하라고 소근거렸다. 연하의 남편은 곰 같은 덩치에 어울리지 않게 애교가 많았다. 숙소에서 방금 발바닥만 한 도마뱀이 나왔고, 모기기피제를 파는 곳이 없어서 큰일이고, 그나마 밥은 입에 맞는데 우리 여보 전매특허인 토마토 라면이 먹고 싶어서 참을 수가 없다며 종알거렸다. 오하나는 심각한 상황에서도 라면 타령을 하는 남편의 모습에 어이가 없어 웃음이 나왔다. 입을 가리고 웃자 남편이 징징거렸다.

- 손목 봐, 손목. 왜 그렇게 야위었어? 누나 첨 만났을 때 팔 근육이 땋! 갈라진 모습에 반했다고 내가 말 했어 안 했어. 지금 봐봐. 완전 가늘어졌잖아. 어디 아픈 건 아니지? 많이 힘들어? 내가 정말 미안해.

누구의 잘못도 아니란 걸 알고 있지만, 힘지에서 남편이 고생하는 것도 누구보다 잘 알지만, 은연중에 탓하는 마음이 쌓였나 보다. 미안하다는 말에 갑자기 눈물이 핑 도는 걸 보니. 당황한 오하나가 서둘러 화제를 바꿨다. 현이 이야기랑 회사 일, 매일 있는 시시콜콜한 근황을 주고받을 뿐인데 대화가 끊길 줄을 몰랐다. 이만 자야 한다며 남편을 달래 겨우 통화를 끝낸 오하나. 눈꼬리에 고인 물기를 닦고 밖으로 나왔다가 주방에 있는 귀신을 보고 소리를 질렀다.

"아아아악!"

"왜, 뭐, 무슨 일이니? 뭐야?"

귀신이 아니라 시어머니였다. 주방 불을 켜자 엄미숙이 눈을 커다랗게 뜨고 오하나를 보고 있었다.

"죄송해요. 놀라서…."

평정심을 찾은 엄미숙이 정수기에서 물을 받으며 퉁명스레 말했다.

"너는 왜 통화를 화장실에서 하니?"

얼굴이 붉어졌다. 오하나의 목소리가 기어들어 갔다.

"현이 깰까 봐요. 어머니도 주무시고."

"누가 보면 내가 너 전화도 맘 편히 못 하게 괴롭히는 줄 알겠다."

문장 하나하나가 지친 마음에 푹푹 박혔다. 조금만 부드럽게 말해줄 순 없는 걸까. 쌩하니 들어가는 뒷모습에 오하나가 꾸벅 인사를 건넸다. 언제봐도 참 빳빳한 등이었다. 젊었을 때 승무원이었다고 들었다. 남편의 말로는 집에서든 밖에서든 흐트러진 자세를 본 기억이 없다고 했다. 옷은 주름 하나 없이 팽팽했고 집은 가구 전시장처럼 깨끗했다. 그런 정돈된 삶에 육아라는 폭풍우를 일으킨 게 바로 자신이어서, 오하나는 그의 앞에선 저절로 어깨가 굽었다. 늘 죄인이 됐다. 아이를 깨우지 않으려고 까치발로 이부자리를 찾아가며 오하나는 다짐했다. 내일은 꼭 정시에 퇴근해야지. 빨리 집으로 돌아와서 조금이라도 아쉬운 소리를 덜 해야지.

그러나 아무리 다짐해 봤자 회사 일이라는 건, 좀처럼 개인의 의지대로 되지 않는 법이었다. 더욱이 대한민국 회사원의 표준 페르소나와는 거리가 멀어도 한참 먼 두 명의 팀원을 데리고 일해야 하는 팀장의 입장에서는.

출근했더니 분위기가 심상치 않았다. 가급적 끼고 싶지 않아서 오하나는 문간에 선 채 야쿠르트를 호로록 들이켰다. 같이 일한 지 일주일 남짓, 웃지 않는 이유미를 처음 봤다. 왜 저러나 지켜보니 이유미가 프로그램을 더 조사해 달라고 성화를 부리는데 김준영이 들어주지 않는 상황인 듯. 표수진 팀장이 데이터를 직접 입력한 후 가중치를 변경한 그 입지 선정 프로그램에 대해서 말이다.

오피스 추노

설득이 도무지 먹히질 않았는지 이유미가 언성을 높이며 제 가슴을 주먹으로 콩콩 두드리는데, 오하나로서는 그 모습이 놀라움을 넘어서 존경스럽기까지 했다. 원래 겁이 없는 타입인가. 어떻게 아무렇지도 않게 김준영 과장이랑 얘길 하지. 말만 섞어도 우환이 찾아온다는데…. 오하나가 마지막 한 방울의 야쿠르트를 삼킨 뒤 게걸음으로 슬금슬금 사무실 문턱을 넘었다.

가방을 내려놓지도 않았는데 이유미가 쪼르르 다가왔다. 살살 눈웃음을 치며 하는 말이 표수진에게 데이터를 제공한 외부 컨설팅 업체를 찾아가 자초지종을 확인해 보자는 것이었다. 그쪽이 우리 움직임을 눈치채기 전에 지금, 당장, 빨리, 바로 가야 한다며. 뒤에서 그 모습을 김준영이 기기한 얼굴로 노려보고 있었다. 혼령 삼십 마리 정도는 상시로 거느리는 어둠의 강령술사 같았다. 두 사람의 틈바구니에서 오하나는 점차 머리가 지끈거려옴을 느꼈다. 애초에 출근할 때부터 체력이 바닥 나 있었다. 아침부터 아들과 시어머니가 신경전이 벌어진 게 원인이었다. 아이는 어린이집에 내복을 입고 가겠다고 고집을 부렸고 시어머니는 옷을 제대로 갖춰 입지 않고서는 한 발짝도 나갈 수 없다고 으름장을 놓았다. 둘을 중재하느라 온 옷장을 뒤져 그나마 외출복처럼 생긴 내복을 찾아 입힌 뒤 급히 출근했다. 저축해 둔 하루치 기력이 모두 사라졌다. 이제부터는 마이너스 통장이었다. 이유미의 꾀꼬리 같은 목소리에 김준영이 이따금 뱉어내는 사레 걸린 웃음이 뒤섞여 불협화음이 만들어졌다. 귓가가 엉망진창인 멜로디가 웽웽 울렸다. 시공간이 비틀리는 느낌이었다.

겨우 정신을 차렸을 때, 오하나는 다 허물어져 가는 낡은 건물 앞에 서 있었다. 결국 이유미에게 떠밀려 나온 것이다. 표수진에게 데이터를 제공한 외부 컨설팅 업체의 이름은 'K스마트로케이션'. 고은아 차장이 준 명함에 적힌 주소로 찾아갔는데 그런 회사는 없었다. 대신 점집이 있었다.

"복귀합시다."

오하나가 돌아섰는데 누구도 따라오지 않았다. 이럴 거면 지들이 팀장 하지 왜. 머리에 스팀이 살살 돌기 시작한 오하나의 심기를 눈치챘는지 이유미가 부드럽게 달래듯 말했다.

"팀장님, 이왕 왔으니 확인만 해보면 너무 좋을 것 같다는 생각이 들어서요."

점집의 문을 두드리다 반응이 없자 이유미가 손잡이를 양손으로 쥐고 당기기 시작했다. 그래도 잘 열리지 않았다. 김준영이 스르륵 다가가 힘을 실었는데도 꿈쩍도 하지 않았다. 그 꼬락서니를 보고 있으니 오하나는 맥이 풀렸다. 기운이 쭉쭉 빠졌다. 마가 낀 게 틀림없었다. 김준영의 저주든 김준영이 부리는 귀신이든 김준영 본체가 원혼이든 간에 여하간 징글징글한 뭔가가 들러붙은 게 아니라면 이 기막힌 처지를 설명할 도리가 없었다. 그렇다면 샤머니즘에 의지하여 탈출구를 찾아보는 것도 나쁘지 않은 선택이겠지. 퇴마를 해줄지도 모르고. 오하나는 현재 본인이 피로와 스트레스 때문에 판단력이 떨어졌다는 사실을 인지하지 못했다. 이유미와 김준영을 옆으로 치우곤 한 손으로 벌컥 손잡이를 잡아당겼다. 봄바람처럼 사르르 문이 열렸다. 두 사람이 달라붙어 낑낑대던 게 무색할 정도였다. 이유미와 김준영의 시선이 오하나의 팔뚝에 꽂혔다. 걷어 올린 셔츠 사이로 두 가닥으로 갈라진 팔근육이 선명했다. 꿀꺽, 누군가 크게 침을 삼켰다.

오피스 추노

4.

점집은 굴처럼 어두웠다. 눈이 익숙해지는 데까지 한참이 걸렸다. 노란 장판과 낡은 소파가 보였다. 대기실 비스프레한 공간이었다. 안쪽에서 패딩 조끼를 입은 남자가 자다 깬 얼굴로 나와서는 깜짝 놀라 외쳤다.

"사람이여?"

김준영이 히죽이며 고개를 끄덕였다.

이유미가 점을 보러왔다고 둘러댔다. 잠깐 기다리라며 남자가 사라졌다. 중앙에 놓인 소파에 아무렇게나 걸터앉은 오하나가 주위를 둘러봤다. 볼수록 더 지저분한 공간이었다. 길다란 호랑이 족자와 큼지막한 달력 아래로 곰팡이가 잔뜩 피어난 벽지가 보였다. 이유미는 그 앞을 서성이며 가볍게 콧노래를 흥얼거렸다. 김준영은 모서리에 지박령처럼 가만히 서 있었다. 아무려나 상관없었다. 오하나는 그냥 이 모든 걸 빨리 끝내고만 싶었다. 슬슬 좀이 쑤실 무렵 안에서 부르는 소리가 들렸다.

신당으로 추정되는 공간에 들어서니 아까 봤던 남자가 패딩 조끼 대신 누리끼리한 쾌자를 걸치고 앉아 있었다. 그 앞에 방석이 두 개 있었는데, 본래의 색을 알 수 없을 정도로 땟물이 졌다. 이유미가 방석을 피하는 눈치길래 오하나가 냉큼 두 개를 가져와 겹쳤다. 위생이니 뭐니 따질 처지가 아니었다. 출산 이후로 맨바닥에 앉으면 엉치뼈가 쑤셨다.

남자가 지긋이 눈을 감고 장군이 그려진 종이돈을 만지작거리더니 돌연 호통을 쳤다.

"가족도 아니고 친구도 아니고 생각하는 것도 바라는 것도 모두 다른데 왜 같이 왔냐고 물으신다."

어떻게 알았지? 오하나가 움찔하자 남자의 고개가 돌아갔다.

"고민이 많아. 어깨가 너무 무겁네. 힘들지?"

별안간 달려든 위로에 울컥 목이 메인 오하나를 대신하여 이유미가 대답했다.

"정말 용하신 것 같아요. 장군님이 그런 걸 다 알려주시는 거예요?"

"밤낮으로 치성을 드려야지."

"카메라로 본 거면서. 족자에 가려져 있던데."

"뭐, 뭐라는 거야."

분위기가 이상하게 흘러갔다. 목젖까지 차올랐던 오하나의 서러움도 쑥 내려갔다. 족자? 대기실에 있던 길다란 호랑이 그림? 거기에 카메라가 있었다고? 어쩐지 이유미가 그 앞에 유독 오래 머무는 것 같았다. 일부 무속인들이 대기 중인 손님을 미리 CCTV로 관찰해 정보를 얻는다는 소문은 오하나도 들은 적이 있었다. 얼굴에서 웃음기를 싹 날린 이유미가 계속해서 남자를 몰아붙였다.

"표수진 팀장도 대기실 카메라로 파악했겠네요."

"뭔 소리냐고 대체."

"이쪽 계통 치고는 거짓말을 잘 못하시네. 적성에 안 맞으면 빨리 때려쳐요."

"어디서 무례하게!"

"TA백화점과 무슨 일을 했죠?"

"장군님이 보고 계신다. 신성한 곳에서 허튼 말을 지껄였다가는 천벌을 받을 거야!"

"지금 톤은 나쁘지 않네. 하지만 나라면 좀 다르게 할 거예요.

몸을 더 앞으로 내밀고, 눈을 똑바로 쳐다보면서, 목소리는 낮게."

이유미가 탁자를 뛰어넘을 것처럼 상체를 기울이며 남자를 향해 으르렁거렸다.

"장군님이 보고 계신다. 신성한 곳에서 거짓말을 지껄였다가는 천벌을 받을 거야!"

오하나는 이유미가 남자의 말에 약간의 변주를 줬다는 걸 알아차렸다. '허튼 말'을 '거짓말'로. 하지만 당사자는 모르는 것 같았다. 홀린 듯이 이유미를 쳐다보기만 할 뿐이었다. 이글이글한 눈빛을 마주 쏘며 이유미가 말을 이었다.

"K스마트로케이션 안고영 대표님. TA백화점에 무슨 데이터를 넘겼냐고요."

"그냥 요구하는 걸 준 것뿐이야. 정식으로 계약서도 썼다고. 보여줘?"

"계약서. 뭘 제공했죠?"

"풍수."

"그쪽에서 풍수지리를 봐달라고 했군요."

"자리마다 길흉 점수를 내달라고 했어. 그것뿐이야."

"인천 청라동도 직접 가봤겠고."

"그랬지."

"표수진 팀장과 최근에 언제 연락했어요?"

"최근에는…."

그때 두 사람 사이에 있던 탁상이 크게 흔들렸다. 통에 담겨 있던 쌀알이 와르르 쏟아지는 소리에 갑자기 남자, 안고영의 표정이 변했다. 안광이 돌고 이마가 팽팽해지더니 눈꼬리가 치켜 올라갔다. 이유미가 혀를 차며 옆을 째려봤다. 원흉은 김준영. 어정쩡하게 무릎을 위로 세운 꼴이 다리에 쥐가 나서 자세를 바꾸려다 탁상을 건드린 것 같았다. 안고영이 막 최면에서 풀려난 사람처럼 소스라치며 일어나 소리쳤다.

"당장 여기서 나가."
"표수진 팀장이 사라졌어요."
"그런 사람 몰라."
"방금 안다고 했잖아."
"모른다고. 나가!"

안고영이 마구 성을 내기 시작했다. 오방기를 던지고 무구를 휘두르는 통에 버틸 수가 없었다. 그 와중에 구렁이처럼 꾸물꾸물 움직이던 김준영이 안고영의 주먹에 공연히 뺨을 얻어맞는 불상사까지 일어났다. 밖으로 내쫓긴 세 사람. 오하나가 손으로 제 눈을 비볐다. 지금 어디서 뭘 하고 나왔는지 현실감이 없었다. 이유미가 사근사근한 목소리로 택시를 부르겠다고 말했다. 목소리를 갈아끼운 듯, 안고영 앞에서 거칠게 으르렁대던 기세는 온데간데없었다.

차가 오길 기다리며, 오하나가 방금 있었던 일을 머릿속으로 찬찬히 정리했다. 데이터 기반 입지 선정을 대대적으로 홍보하던 TA백화점이 한 켠에서는 풍수 점수를 따지고 있었다니, 퍽 아이러니한 일이었지만 회사 생활하면서 겪은 온갖 비상식적 일들을 생각하면 그다지 충격일 것도 없었다. 그보다 더 미스터리한 것은 이유미의 말과 행동이었다. 두 눈을 똑똑히 뜨고 모든 대화를 지켜봤는데도 도통 파악이 되지 않으니, 체한 것처럼 속이 더부룩하기만 했다. TA백화점의 고은아 차장도 그렇고 저 남자도 그렇고, 어째서 이유미 앞에서만 속내를 술술 털어놓는 걸까? 남을 조종하는 능력? 초능력자? 그리고 쟤, 왜 저렇게 캐릭터가 바뀌어? 말투도 표정도 완전 딴 사람 같았지. 다중인격 뭐 그런 거? 괜찮은 건가? 쟤 말고 나. 나의 안위. 오하나의 생각이 갈 곳 없이 부유하는 사이, 이유미가 해말간 얼굴로 말했다.

"택시가 잘 안 잡히는 것 같아요."

어플 화면을 보여주려는 의도였던 것 같다. 이유미가 핸드폰을 내밀었는데 오하나가 무심결에 뒷걸음질을 쳤다. 뭔가 조금, 그냥, 꺼림칙해서. 그 모습에 이유미가 곤란하다는 듯이 눈을 가늘게 떴다.

"팀장님."

둘 사이의 기묘한 대치 상태를 종결지은 건 김준영이었다. 정확하게는 지옥 불에서 길어 올린 것 같은 낮고 꺼칠한 그의 목소리 때문이었다.

"…3,3,4,2,4,5,1,2,2,3,2,3,0,1."

오하나가 눈을 깜빡이며 생각했다. 귀신에 씌었구나. 마침내.

"…3,3,4,2,4,5,1,2,2,3,2,3,0,1."

"무슨 숫자인지 여쭤봐도 될까요?"

어지간한 강심장인지, 이유미가 태연스레 물었다.

"…새마을금고…."

"계좌번호인가요?"

"큭큭…."

떠듬떠듬 이어진 김준영의 설명에 따르면 그 숫자는 안고영의 테이블에 적혀 있던 계좌번호라고 했다. 그런 게 있는 줄도 몰랐던 오하나는 의아할 뿐이었다. 이과생들은 다들 저 정도는 막 외우고 그러나? 당황한 오하나가 말을 고르는 사이 이유미가 찬물을 끼얹었다.

"이쪽은 현금 장사라 다들 계좌이체 많이 해서요. 계좌번호를 붙여놓는 게 별로 특별한 일은 아닌데."

"…표…."

"표수진 팀장이요?"

"책상에… 같은… 번호가…."

김준영이 입꼬리를 힘껏 끌어올리며 말했다. 치솟은 광대가 불그스름했다. 안고영에게 얻어맞은 게 이제야 부어오르는 모양이었다. 괜찮냐고 물으려던 오하나가 말을 삼켰다. 오히려 안고영을 걱정해야 하는 거 아닌가 싶어서. 앙갚음으로 저주라든지, 저주라든지, 저주 같은 게 시작될지도 모르니까. 이유미가 잠시만 기다리라며 어디론가 메시지를 보냈다. 곧바로 답장이 왔는지 핸드폰을 보여주는데, 책상을 찍은 사진이 첨부되어 있었다. 확대해서 보던 이유미가 고개를 끄덕였다.

"여기 숫자가… 계좌번호 맞는 것 같아요."

"잠깐만요."

왠지 따돌림당하는 기분에 오하나가 끼어들었다.

"이게 표수진 팀장 책상이에요?"

"네. 방금 고은아 차장님이 찍어서 보내줬어요. 김준영 과장님, 번호 한 번만 더 말해주시면 좋을 것 같아요."

방금 '김준영 과장님'이라고 했지? '그 사람'도 아니고 '김 과장님'도 아니고 이름을 부른다고? 오하나가 질겁한 얼굴로 이유미를 쳐다봤다.

"…3,3,4,2,4,5,1,2,2,3,2,3,0,1."

3342-4512-23230-1. 사진 속 파티션에 붙은 포스트잇 속 숫자와 동일했다. 이상한 일이었다. 부정 거래를 방지하기 위해서

TA그룹의 모든 계열사에는 계약을 진행하는 부서가 별도로 존재했다. 즉, 실무자인 표수진 팀장이 외주업체 대표인 안고영의 계좌번호를 가지고 있을 공식적인 이유가 없다는 것.

그렇다면 비공식적인 이유가 있다는 얘긴데.

택시가 도착했다. 뒷좌석에 깊게 몸을 묻은 오하나가 손으로 이마를 짚었다. 출산 후에 사라진 줄 알았던 편두통이 다시 찾아온 모양이었다. 이유미가 말을 걸었다.

"아무래도 조사를 좀더 해야 하지 않을까요?"

"뭘?"

오하나가 관자놀이를 짚던 손으로 아예 눈두덩이를 덮어버렸다.

"표수진과 안고영이 사적으로 금융거래를 한 거 같아서요."

"점을 보고 복채를 보냈겠지. 아까 본인이 그랬잖아요. 그쪽은 현금 장사라 다들 계좌로 이체한다고."

"안고영의 풍수 점수 때문에 1위와 2위의 순위가 바뀌었다는 게 좀 마음에 걸리는 부분이 있어요. 제 생각에는, 표수진을 통해 외부의 청탁이 있었는지 확인을 해보면 좋을…."

"아니 좀!"

택시가 크게 커브를 도는 바람에 몸이 쏠려 음이탈이 났다. 의도한 것보다 더 격한 짜증을 내서 민망해진 오하나가 목을 큼큼 가다듬었다.

"적당히 해요. 이 정도면 됐어요. TA식품에서도 신고 들어와서 그것도 빨리 해야 해요."

"이대로 끝내자는… 말씀으로 이해해도 될까요?"

"끝내면 안 될 이유가 있나요?"

"아직 표수진과 연락이 닿지도 않았고, 또."

"우리가 경찰이에요? 아니잖아요. 주어진 일이나 잘합시다. 회사원이면 회사에서 시키는 일을 해야지."

"하지만 팀장님."

"그렇게 자기 멋대로 하고 싶으면 나가서 따로 회사를 차리든가."

무거운 침묵이 돌았다. 목적지에 거의 도착할 무렵 오하나가 사과했다. 감정적으로 말해서 미안하다고. 이유미는 괜찮다며 자기가 더 죄송하다고 했다.

"근데 대리님."

"네에, 팀장님."

"고은아 차장이랑 언제부터 개인적으로 연락하는 사이가 된 거예요?"

마침 택시가 멈춰서 짐을 챙겨 내리느라 오하나는 이유미의 대답을 듣지 못했다. 곧바로 로비에서 조동진 본부장을 마주치는 바람에 그런 질문을 했다는 것 자체를 잊어버렸다. 세 사람이 들어오는 모습을 보고 조동진이 일은 잘 되어가냐며 영양가 없는 안부를 건넸다. 김준영의 부어오른 뺨을 보곤 얼른 시선을 돌리는 꼴이, 귀찮은 일에 휘말릴까 봐 부러 모른 척하는 기색이 뻔했다. 엘리베이터에 오른 오하나가 깊게 한숨을 쉬었다. 차에서 내리면 좀 나을 줄 알았는데 두통이 여전했다. 혹시 김준영의 음침한 아우라 때문인가 싶어서 최대한 거리를 벌린 채 손바닥으로 옆머리를 꾹꾹 누르고 있는데 이유미가 혼잣말처럼 중얼거렸다.

"표수진 팀장이 얼른 회사로 복귀하면 좋을 것 같아요."

"그러게."

오피스 추노

머리가 아픈 와중에도 헛웃음이 나오려고 해서 오하나가 입술을 꾹 깨물었다. 김준영의 아우라 때문이라니, 무슨 말도 안 되는 소리인지. 본인이 누구보다도 잘 알고 있지 않나. 심리적인 문제로 발생한 두통이라는 거.

죄책감, 양심의 가책, 부끄러움, 등등.

행복회복팀은 두 가지 KPI를 가지고 있었다. 표면적으로는 무단 결근으로 행방이 묘연한 직원을 찾아가 문제를 해결해 주고 원활한 회사 생활을 할 수 있도록 도와주는 것. 그러나 이면의 '진짜' KPI는 회사에 피해를 끼친 무단 결근자를 노무적인 이슈 없이 깔끔하게 '처리'하는 것이었다. 2주일 전 조동진 본부장과 면담하며 이 사실을 들은 오하나는 잠자코 고개를 끄덕였다. 위에서 까라고 하면 까는 게 회사원이니까. 하지만 마음이 불편해지는 것까진 어쩔 수 없었다. 아무것도 모르고 옆에서 무단 결근자의 복귀를 돕는답시고 애를 쓰는 이유미를 보고 있자면 더욱.

사내 건강관리실에서 받아온 두통약으로 오하나는 남은 근무 시간을 버텼다. 조동진 본부장이 오후 늦게 잡은 조직 책임자 회의가 속절없이 늘어지는 바람에 오늘도 초과근무를 했다. 데친 시금치처럼 흐물흐물해져 집에 들어가니 지나칠 정도로 흥이 오른 아들과 지나칠 정도로 싸늘한 시어머니가 그를 맞이했다. 아이와 놀아주고 씻기고 재우고 나니 밤이었다. 그 사이 두통이 더욱 심해져 머리가 핑핑 돌았다. 얼른 약만 먹고 자려고 물을 찾아 나왔는데 주방에서 설거지 중인 시어머니의 뒷모습이 보였다. 개수대 바로 옆이 정수기였다. 오하나는 잠시 고민했다. 화장실에서 수돗물을 마셔도 되지 않을까? 아직 결정하지 못했는데 시어머니 엄미숙이 뒤를 돌아보며 말했다.

"뭐 필요하니?"

"아, 아뇨, 그냥 물 마시려고요."

오하나가 들고 있는 두통약을 발견하곤 엄미숙의 목소리가 한층 딱딱해졌다.

"무슨 약?"

"아, 그냥 머리가 좀 아파서. 편두통이."

"저녁은?"

"아, 아까 현이 간식 먹을 때, 대충."

"너는 아, 아, 하는 게 습관이니?"

"아, 아니요. 죄송해요."

"빈속에 약 먹으면 속 배린다. 애 엄마가 그런 것도 몰라서 어떡하니."

정신을 차리고 보니 시어머니가 차려준 밥상 앞에 앉아 있었다. 전자레인지에 돌린 냉동밥과 시래기 된장국, 김이 전부인 단촐한 식단이지만 망극한 나머지 체할 것만 같았다. 지금 두통이 문제가 아니었다. 입으로 들어가는지 코로 들어가는지 모르게 밥을 퍼먹는 오하나에게 엄미숙이 핀잔을 줬다.

"좀 천천히 먹어라."

자기도 모르게 '아'라는 말이 먼저 튀어나오려고 해서 오하나가 밥알과 함께 소리를 삼켰다.

"밥도 제대로 못 먹고 일하는 게 무슨 소용이 있어. 몸 축나면 병원비가 더 나와."

"…죄송합니다."

"나 때는 여자가 애 키우면서 직장을 다니는 건 꿈도 못 꿨다. 어휴, 애가 뭐야, 결혼하자마자 그만뒀는데."

오하나가 된장국 접시에 코를 박았다. 울컥 치미는 감정을 숨기려는 행동이었다. 누군들 육아와 돈벌이를 동시에 하는 게 쉽겠나. 뻔뻔스레 시어머니에게 육아를 부탁하고 눌러앉는 것이 누군들 편하겠느냔 말이다. 혼자 원해서 혼자 결정하고 혼자 낳은 것도 아니고, 다 당신 아들이랑 같이한 건데, 이 상황이 전부 내 잘못인가. 서러움이 밀려와 눈가가 촉촉해졌다. 곧바로 들려온 엄미숙의 말만 아니었다면, 눈물이 된장국으로 똑똑 떨어졌을 것이다.

"부러워."

시래기 쪼가리를 입술에 붙인 채로 오하나가 고개를 들었다. 엄미숙은 언제나처럼 곧은 자세로 앉아 어두운 거실을 보고 있었다

"나는 선택할 수 있는 기회도 없었으니깐."

요즘 애들은 힘들다고 난리지만, 이라며 말꼬리를 흐린 엄미숙이 밥그릇을 치우려고 들었다. 뒷정리는 자기가 하게 해달라며 애걸해서 겨우 시어머니를 방으로 돌려보낸 오하나. 적막한 주방에서 설거지를 하는 동안 손이 자주 멎었다. 부럽다고 했다. 부럽다고. 누가 확성기로 그 말을 귓가에 고래고래 외치는 것처럼 골이 땅땅 울렸다. 뭐가 부럽다는 걸까. 왜? 설마. 에이, 아니겠지. 이 일이 부러울 리가 없잖아. 매일매일 돈 때문에 마지못해 하고 있을 뿐인데. 뇌를 비우고 고분고분 위에서 시키면 시키는 대로, 덮으라면 덮으라는 대로, 빨리빨리 해치우고 모른 척하면 장땡인 이 일이, 부러울 리가 없잖아. 그런 걸 부러워하는 사람이 있을 리가 없잖아….

설거지를 마치고 뒤를 돌자 거실이 눈에 들어왔다. 아까까지 엄미숙이 바라보고 있던 풍경이었다. 소파와 티비, 미끄럼틀과 책장,

무선청소기와 다 죽어가는 고무나무 화분이 층간 소음 방지 매트 위에 듬성듬성 자리하고 있었다. 이 지겹도록 익숙한 공간에서 그는 대체 뭘 보고 있었을까? 거실 창 너머의 하늘은 캄캄했다. 별도 달도 구름도 보이지 않았다.

5.

　　TA식품에서 들어온 무단 결근 건은 쉽게 해결됐다. 인사기록부에 기재된 가족들에게 연락했더니 그중 한 명이 며칠째 게임방에 살고 있던 무단 결근자를 발견한 것이다. 게임 중독 치료 기관을 연결해 주고 사직서를 받으면서 마무리지었다. 그 후 TA생명과학에서 신고가 하나 더 들어왔지만 당사자가 다음날 복귀하여 안건이 인사팀으로 넘어갔다.
　　평온한 나날이 이어졌다.
　　일주일 내내 정시 퇴근에 성공했다. 오하나의 마음에도 여유가 생겼다.
　　그날은 모처럼 차를 끌고 출근한 날이었다. 시어머니가 병원에 가야 해서 어린이집 하원을 오하나가 맡았다. 반차를 쓰고 점심 시간에 퇴근했다. 하원 시간인 4시까지는 자유의 몸이었다. 막상 주어진 자유 시간에 뭘 해야 할지 몰라 우왕좌왕하던 오하나는 결국 한강공원으로 향했다. 트렁크에 박혀 있던 운동화를 신고 산책로를 달렸다. 새틴 소재의 상의를 입은 탓에 흡수되지 못한 땀이 겨드랑이 아래로 주룩주룩 흘렀지만 상관없었다. 얼마 만에 이렇게 혼자 달려보는지 모르겠다. 눈물이 날 것 같았다. 예전엔 이렇게까지 감성적인 타입이 아니었는데, 출산 후 호르몬의 변화가 성격까지 바꿔놓은 건가. 바람에 눈가를 말리면서 오하나는 오래도록 강물을 바라봤다.

아들 현은 신이 났다. 모처럼 엄마가 데리러 와서 들뜬 모양이었다. 시어머니가 워낙 깐깐한 타입이라 아이가 어려워하는 게 평소에도 티가 났다. 보통은 너그러운 할머니와 엄격한 엄마 조합이 더 흔하지 않나…? 오하나가 곧바로 고개를 털었다. 다른 가족과 비교할 시간에 조금이라도 아이에게 집중하는 게 낫다. 최근 쓸 수 있는 단어가 부쩍 많아진 아이는 스쳐 가는 모든 차와 사람을 일일이 묘사하며 엄마가 반응해 주길 기대했다. 대충 대꾸만 해주는 데도 기운이 쭉쭉 빠졌다. 그렇게 운전을 손으로 하는지 코로 하는지 모르게 가고 있는데 잠시 잠잠했던 아이가 빽 고함을 질렀다.

"까치빵빵이!"

"응. 까치빵빵이야?"

"엄마, 저기 봐! 까치빵빵이 못생겼어!"

아이는 까치 어린이집에 다니고 있고 까치빵빵이는 그 어린이집에서 운영하는 노란색 통학 버스를 말한다. 지나는 길에 비슷하게 생긴 버스를 본 모양이었다. 대강 호응해 주고 넘기는데 자꾸만 엄마도 보라며 앞좌석을 걷어 찼다. 마침 신호에 걸린 터라 고개를 돌렸더니 허름한 빌라촌 골목에 굉장한 존재감의 노란색 차가 보였다. 낯설지가 않았다. 드림카라며 남편이 보여준 적이 있다. 람보르기니… 우루스. 가격은 3억 원 정도.

"돼지처럼 생겼어! 돼지빵빵이! 돼지빵빵이!"

우리 아들 장래에 자동차 디자이너는 어렵겠구나. 돼지빵빵이라니…. 남편이 침이 마르게 칭송하던 황소 모티브의 전면부를 힐끔거리며 신호가 바뀌길 기다리는데 조수석에서 사람이 내렸다. 달리는 KTX 위에서 멋쟁이 토마토 춤을 추면서 봐도 느껴질 암흑의 기운, 김준영이었다. 그렇구나. 마침 초록불이 켜졌다. 부드럽게 엑셀을 밟으며 앞으로 나가다가 격하게 핸들을 틀어 갓길에 정차했다. 급정거에 놀란 아이가 찡얼거렸다. 건성으로 다독이며 오하나가 뒷유리를 쳐다봤다.

김준영 과장이 이 시간에 왜 여기에?

심지어 지금 운전석에서 내려오는 풍성한 밤색 머리는 이유미 대리였다.

오하나가 다시 운전대를 잡은 것은 그날 밤. 아들도 시어머니도 잠든 야심한 시각이었다. 노란색 돼지빵빵이, 람보르기니 우루스는 여전히 같은 자리에 있었다. 뒤쪽에 조용히 차를 대고 시동을 껐다. 긴 한숨이 나왔다.

나 뭐 하냐, 지금.

육아휴직 기간을 제외하면 장장 18년, 지난했던 회사생활의 경험치가 지시하는 바는 명확했다. 못 본 척하라. 회사 밖에서 동료들의 사적인 만남을 보면 모른 척해 주는 게 매너였다. 그러다가 나도 알고 너도 알고 복합기도 알고 그렇게 되는 거지. 변변찮은 대화도 없던 이유미와 김준영이 어째서 이런 관계로 발전했는지, 아니 까놓고 말하면 주술에 걸린 게 아니고서야 저 김준영과의 사이에서 모종의 썸씽이 피어오를 수 있다는 게 세상 신기했지만 그 또한 사생활. 슈퍼카와 낡은 빌라촌의 조합이 상당히 이질적이나 좀 독특하다 생각하면 끝나는 일이었다. 문제가 된다면 단 하나, 아까 저 차를 본 게 4시를 갓 지난 시간이었으니 오후 6시까지인 정규 업무 시간에 근무지를 이탈했다는 건데, 그거야말로 출근해서

오피스 추노

책임을 물을 것이지, 이런 야밤에 두 사람의 꽁무니를 쫓아 나설 이유가 정말이지 조금도 없는 것이다.

그런데도 왔다. 왜?

마음에 걸려서.

뭐가?

초조해진 오하나가 관자놀이를 꾹꾹 눌렀다. 부하 직원을 스토킹한 팀장으로 뉴스에 나오면 어떻게 하지. 모자이크는 해주나?

다행히 오하나의 초상권 걱정은 기우로 끝났다. TA백화점의 무단 결근자 표수진 팀장이 편의점 봉투를 들고 차 앞을 지나갔기 때문이다. 둥근 얼굴에 길쭉한 눈, 끝이 살짝 올라간 들창코에 입술이 명란젓처럼 두꺼워서 모자를 썼는데도 쉽게 알아볼 수 있었다. 그가 빠른 걸음으로 인근 빌라의 현관으로 사라진 뒤 람보르기니에서 이유미와 정준영이 튀어나왔다. 아마도 오랜 기다림 탓에 집중력을 잃어 타이밍을 놓친 모양이었다. 둘이 뭐라고 투닥거리는가 싶더니 오른편 골목으로 사라졌다. 멀리서 파란 불빛이 보이는 걸 보니 표수진이 들른 편의점으로 가는 것 같았다.

이 모습을 지켜보던 오하나가 조용히 차를 몰아 집으로 돌아갔다. 시어머니가 깰까 봐 까치발로 거실을 가로질러 아들 옆에 누웠다.

잠이 올 리가 없었다.

확실히 표수진의 무단 결근은 이상하다. 최근 조사한 TA식품, TA생명과학 건과 비교하면 더욱 그렇다. 어떤 증후도 보이지 않았고, 사적인 문제도 관찰된 바 없다. 무엇보다도 찝찝한 점은, 표수진이 너무, 말 그대로 '너무' 잘 나가는 사람이었단 사실이다. 팀장 임명 전부터 핵심인재에 선발되어 관리받고 있었고 작년부터

임원 후보군에 들어가서 내년에 최연소 임원이 되니 마니 하던
상황이었다. 오하나의 지난 회사 생활에 비추어볼 때, 그는 직장인의
라이프 사이클에서 가장 의욕이 넘치는 단계에 있었다. 누구보다도
열정이 넘치고 야망이 부풀어 오를 시기였다. 이런 상황에서는
이직도 퇴직도 넌센스였다. 그런데 심지어 무단 결근을?

　표수진이 남긴 레이어에는 데이터를 수정한 흔적이 있었다.
대형 백화점의 신규 오픈은 주변 상권과 부동산에 막대한 영향을
미친다. 이유미의 주장처럼 모종의 이해관계에 따른 조작 가능성도
배제할 순 없다. 그렇다면 대형 스캔들이다. 하지만 행복회복팀의
업무는 기업 범죄를 파헤치는 것이 아니다. 그들의 KPI는
무단 결근자의 복귀를 도와주는 척하면서 문제없이 해고할 수 있게
밑작업을 하는 것이다. 회사원은 주어진 업무를 해야 한다.
하고 싶은 일도 해야 하는 일도 할 수 있는 일도 아닌, 시키는 일.
그 대가로 월급을 받고 있고….

　복잡한 생각에 잠겨 있을 때 아들 현이 뒤척이며 돌아누웠다.
어둠 속에서도 자기를 닮은 이마와 남편을 닮은 눈매가 선명했다.
귀는 시어머니를 닮은 것 같기도 하고. 뒤집어진 이불을 정리해 주자
아이가 엄마 쪽으로 몸을 붙였다. 따끈한 숨이 가슴에 닿았다.

　오하나는 조금 두려워졌다.

　이 아이가 자기 같은 어른이 될까 봐.

　눈을 감으니 네가 부럽다던 시어머니의 목소리가 귓가에
아른거렸다.

　다음 날. 행복회복팀의 하루는 여유롭게 흘러갔다. 오늘도
정시 퇴근을 달성한 오하나가 이유미에게 인사하고 정준영의
눈을 피하며 가장 먼저 사무실을 나섰다. 옆 건물 식당까지 걸어가

저녁을 먹고 느긋하게 카페에서 페퍼민트 티를 마신 후 버스를 탔다. 목적지는 허름한 빌라촌 골목 어귀, 변함없이 존재감을 뿜어내고 있는 노란색 돼지빵빵이 운전석 앞.

똑똑.

차창이 내려가며 이유미의 얼굴이 나타났다. 그에게서 한 번도 본 적 없는 놀란 표정이라, 오하나는 좀 우쭐했다.

처음이었다. 아무도 시키지 않은 야근을 하게 된 것은.

게다가 수당도 안 나오는데 말이지.

오하나가 뒷좌석에 올라탔다.

6.

처음엔 인사기록부에 등록된 표수진의 주소지를 찾아갔다고 한다. 거기서 표수진이 짐을 들고 나와 이 빌라로 가는 모습을 목격했고, 자연스럽게 마주칠 타이밍을 재느라 며칠째 지켜보기만 했다며 이유미가 털어놓았다.

"보고도 없이 잘도 이런 일을 벌였네요."

오하나의 어조가 낮아지자 이유미가 고개를 숙였다.

"표수진을 만날 수 있을지, 만나더라도 설득이 될지 확신이 없어서, 퇴근하고 저희끼리 어떻게든 해보고 말씀 드리려다가…."

"…크크큭….ˮ

오하나는 4시부터 노란색 차가 이 자리에 있던 게 생각났지만 김준영이 노려보는 것 같아서 일단 넘어가기로 했다.

"임직원 개인정보를 보고 이렇게 찾아오면 나중에 문제가 될 수 있는 거 알고 있죠?"

"죄송합니다."

"두 분이 경력이 짧아서 잘 모르시는 거 같은데, 이번 기회에 알아두세요. 이 정도 리스크는 팀장급에서 감당해야 해요. 그러라고 조직 책임자가 있고, 그러라고 돈을 더 받는 겁니다."

머지않아 그의 말을 이해한 이유미가 꾸벅 고개를 숙였다. 김준영이 조수석에서 히죽였다. 오하나는 등받이에 몸을 기댄 채 눈을 감아버렸다. 이게 잘하는 짓인지 여전히 모르겠어서.

나름 각오를 하고 뛰어들었지만 딱히 하는 건 없었다. 하염없이 동태를 살피며 기다리는 것뿐. 심지어 오하나가 합류하고 사흘이 지나도록 표수진은 집 밖에 나오지 않았다. 아무리 람보르기니의 내장 인테리어가 인체공학적이라곤 해도 좁은 공간에 오래 앉아 있는 게 쉬운 일은 아니었다. 더욱이 늦은 나이에 출산한 40대에게는. 쌩쌩해 보이는 두 사람 앞에서 차마 말은 못 했지만, 엉덩이부터 시작해서 허리며 목이며 가릴 것 없이 온몸이 쑤셨다. 더 큰 문제는 정신적 압박이었다. 야근이 길어질수록 아들에게도 시어머니에게도 얼굴을 들 수가 없었다. 리스크를 감당하라고 팀장이 있느니 뭐니 멋진 척은 다 해놓고 집에서 애가 기다린다며 발을 뺄 수도 없는 노릇이라 오하나는 속이 쓰렸다. 다리가 달달 떨리고 머리가 지끈거렸다. 조명이 고장나 들고나는 사람이 잘 보이지 않는 빌라 입구를 뚫어져라 째려보기만 했다. 오하나의 한숨이 길고 깊어지자 이유미가 김준영의 옆구리를 찔렀다. 빌라 센서 등을 좀 확인해 달라며 그를 밖으로 내보냈다. 오하나가 뒤늦게 김준영이 뒷모습을 보며 어벙한 감탄사를 냈다. 괜찮나 싶어서. 저렇게 보내도.

오피스 추노

"괜찮을 거예요. 저주 같은 거 안 할걸요."

뭐지? 오하나가 이유미를 바라보며 눈을 깜빡였다. 혹시 내가 지금 속마음을 입 밖으로 말했나?

"…순간적으로 왠지 그런 걱정을 하실지도 모른다는 생각이 아주 조금 들어서요."

이유미의 입술이 보드라운 곡선을 그렸다. 뜨끔한 오하나가 고개를 창밖으로 돌렸다. 그렇게 티가 났나. 근거도 없이 사람을 의심했다가 들킨 게 겸연쩍었다. 정신차리자. 이성적으로 생각해. 하지만 그의 자아반성 시간은 곧바로 막을 내렸다. 센서 등을 만지던 김준영과 음식물 쓰레기를 들고 나오던 표수진이 정면에서 마주쳤기 때문이다.

어두컴컴한 와중에도 표수진의 얼굴이 급격히 일그러지는 게 보였다.

쓰레기 봉투가 김준영의 몸에 맞아 폭죽처럼 터졌다. 표수진의 악다구니가 빌라촌의 정적을 찢고 사방팔방 울려 퍼졌다. 이런 당혹스러운 상황에도 김준영은 태평하게 쭈그리고 앉아 바닥에 널부러진 음식물 쓰레기를 손으로 줍기나 했다. 더욱 흥분한 표수진이 분을 이기지 못하고 팔다리를 마구 흔들자 음식물이 빗방울처럼 신명나게 튀어 올랐다. 이 난장판으로 이유미가 입장했다. 한 치의 망설임도 없이, 제자리를 찾아가는 퍼즐 조각처럼, 물 흐르듯이 부드럽게 다가가 표수진에게 말을 걸었다. 상황 판단을 하느라 한발 늦게 차에서 내린 오하나는 이유미가 건넨 말을 듣진 못했지만, 그 몇 초 사이에 표수진의 몸부림이 멎고 표정이 한결 누그러진 것만은 확인할 수 있었다.

"어떻게 믿죠?"

표수진이 숨을 거칠게 쉬며 김준영에게 삿대질했다.

"저를 죽이러 온 사람이 아니라는 걸?"

이유미가 생글생글 미소지으며 표수진의 검지를 사붓이 밀어내렸다. 어느 틈에 챙긴 건지, 손에 명함이 들려 있었다.

"팀장님은 TA백화점 소속이시죠."

경계하는 기미를 늦추지 않고 표수진이 고개를 끄덕였다.

"저희는 지주사 소속입니다. 팀장님 명함이랑은 스타일이 좀 다르죠? TA백화점이 최근에 명함 디자인을 새로 했다고 들었어요."

"그랬죠."

"저희 소속을 좀 봐주시겠어요? 행복근로본부. 한동안 일선에서 물러나 있던 권화용 회장이 올초에 직접 나서서 만든 직속 조직입니다. 표 팀장님도 잘 아시겠지만."

"흠. 뭐."

"부끄럽지만 지주사에도 소위 말하는 사내 정치라는 게 있어요. 있는 정도가 아니라 꽤 심하죠. TA백화점 장동욱 사장 라인이랑 TA식품 장치욱 라인끼리는 서로 인사도 안 한다니까요. 하지만 행복근로본부는 달라요. 권화용 회장이 철저하게 자기 사람들로만 들여 앉혔거든요. 상대적으로 마음이 좀더 급한 장동욱 사장이 최근에 행복근로본부장을 자기 편으로 만들려고 시도 중인데, 쉽지가 않죠. 지금은 손을 많이 뗐다고는 해도, '그' 권화용 회장이 만든 조직이니까."

이유미가 잠시 숨을 고르더니 환하게 웃었다.

"제가 너무 말이 많았죠? 이런 사정이야 팀장님이 훨씬 더 잘 아실 텐데."

이 조직이 장동욱 라인에도 장치욱 라인에도 속하지 않은 건 맞지만 그건 대충 만들어서 곧 없어질 부서라서 그렇지 딱히 권화용 회장의 영향력이 강한 건 아닌데…. 하지만 오하나는 이걸 입 밖으로 꺼낼 만큼 눈치가 없는 인간은 아니었다. 표수진이 어깨를 으쓱 추켜올렸다.

"뭐. 그거야."

"다시 한번 강조하자면 저희는 권화용 회장 직속 조직인 행복근로본부에서 왔습니다. 표 팀장님은 회사 돌아가는 사정을 누구보다 잘 알고 계시니까, 아마 눈치 채셨을 거예요. 계열사 팀장 한 명의 무단 결근을 조사하기 위해서 지주사 인원 세 명이 움직이고 있다는 게, 좀 과하다고 생각하시지 않았어요?"

"그건 그렇죠."

"저희가 알고 싶은 것은 좀 더, 위쪽입니다."

이유미가 검지를 머리 위로 들어 허공을 콕 찔렀다. 그 손짓에 여섯 개의 눈동자가 쏠렸다. 이내 손가락을 입술로 내린 이유미가 표수진을 올곧이 쳐다보며 또박또박 말했다.

"그동안, 어떤 일이 있었는지, 얘기해 주시겠어요?"

그렇게 해서 약속을 잡아냈다.

이틀 후.

빌라촌 근처의 카페에 도착한 세 사람. 창가 자리에 앉았다. 이유미가 고집했다. 경계심 많은 표수진이 분명 어딘가에서 지켜보고 있을 테니 동태를 노출해야 한다나 뭐라나. 따뜻한 페퍼민트 티를 내려다보며 오하나가 물었다.

"대체 어떻게 한 거예요?"

"메뉴에 없었는데 제가 여쭤봤어요. 팀장님 페퍼민트 좋아하시는 거 같아서요."

"그거 말고. 아니 그것도 문제긴 한데 아무튼. 대체 어떻게 구워삶은 거예요? 고은아, 안고영, 표수진."

이유미가 방긋 미소지었다.

"그냥요. 어쩌다 보니."

"그냥, 어쩌다 보니."

오하나가 페퍼민트 티를 홀짝였다.

"그냥 어쩌다 보니까 지독히 방어적이던 사람들이 유독 이유미 대리 앞에서만 속마음을 술술 털어놓던가요?"

"말씀이 너무 재밌는 거 같아요. 제가 무슨 특별한 능력이라도 가진 느낌이 들어요."

이유미가 입술을 끌어올려 고른 치아를 내보였다. 그때 검시관처럼 나이프를 쥐고 컵케이크를 노려보던 김준영이 우물우물 소리를 냈다. 이유미가 되묻자 목소리를 높이는데, 몇 번을 반복하고서야 알아들을 수 있었다. 표수진이 오고 있다고. 오하나가 창밖으로 고개를 돌렸다. 그러나 그의 눈에는 표수진보다 뒤에서 돌진하는 은색 세단이 먼저 보였다. 앞뒤 생각할 것도 없이 손이 나갔다. 이유미와 김준영의 멱살을 틀어쥔 오하나가 카페 안쪽으로 몸을 날리자 곧장 유리창이 산산조각 났다. 땅이 흔들리고 매캐한 연기가 차올랐다. 차가운 바닥에 이마를 대고 엎드려 오하나는 생각했다.

아. 오늘 현이 어린이집 내가 픽업해야 하는데.

2장
연차 내고 싶은 이유미 대리

1.

연차 내고 싶다.

인간이라곤 코빼기도 보이지 않는 곳으로 떠나 오래도록 쉬고 싶다.

이유미 대리가 주변에 와글와글 모여든 구경꾼을 보며 하는 생각이다.

하지만 떠날 수 없다.

그렇다면 읽는 수밖에.

자동차가 건물 유리창을 부수며 달려들었다. 막 카페 안으로 들어오려던 표수진이 차 밑에 깔렸다. 창가에 바투 앉아 있던 세 사람으로 말할 거 같으면, 오하나가 찰나에 이유미와 김준영을 끌어당긴 덕분에 무사할 수 있었다. 괴력을 발휘해서 두 사람의 목숨을 구한 오하나는 119에 신고 중이었다. 김준영은 표수진을 살피는 듯했다. 하지만 이유미의 관심은 완전히 다른 곳에 있었. 사고를 보고 모여든 사람들. 더 정확하게는, 그들의 표정과 몸짓.

오하나는 이유미에게 특별한 능력이 있는지 의심했다. 이유미로서는 어리둥절할 뿐이다. 이걸 특별하다고, 능력이라고 할 수 있을까?

굳이 구분하자면 질병에 가깝지 않을까?

이유미는 타인의 얼굴에서 마음을 읽었다.

언제부터였는지는 잘 모르겠다. 심각한 조울증을 앓던 도박 중독자 아래서 살아 남아야 했던 미취학 아동 시절부터? 보호자가 폐쇄형 병동에 입원한 후 아버지라는 사람의 집에 얹혀 눈치를 갈고 닦아야 했던 청소년기 시절에? 어느 순간 자기에겐 당연히 보이는 것을 남들이 모르고 있길래 깨달은 것뿐이다. 아, 이게 정상이 아니구나, 하고. 예를 들면 이런 것. 오하나 팀장은 누가 커피를 주면 고맙다고 말하면서 입술과 눈꼬리가 비대칭으로 움직인다. 거짓말이니까. 여기에 약간의 관찰, 그러니까 모니터 옆에 종류별로 민트 캔디를 열댓 개씩 늘어놓는 패턴을 더하면 자연스레 페퍼민트 티를 좋아할 확률이 높아지는 것이다. 정말로 별거 아니다. 그냥 어쩌다 보니 알게 되었을 뿐.

엘리베이터에서 이유미가 표수진이 회사로 얼른 복귀하면 좋겠다고 말하자 오하나는 '그렇다'고 대답하면서도 무의식적으로 고개를 저었다. 이것도 역시 거짓말. 이유미가 처음 TA백화점에 갔을 때 고은아 차장을 무리의 리더로 점찍은 이유도 간단했다. 혼자서만 데스크에 비스듬히 기댄 상태로 사람들의 말을 듣고 있기 때문이었다. 지배자의 자세였다. 더 얘기해야 하나? 고은아 차장은 싫어하는 표수진 팀장의 이름을 언급할 때마다 코허리에 힘을 주며 미간을 찌푸렸다. 인간이 혐오하는 대상을 향해 보이는 전형적인 표정. 또? 가짜 무당 안고영은 대기실 CCTV로 손님들을 관찰해 놓고 그걸 신기로 알아낸 듯 시늉하며 오른손 검지와 중지를 들썩이는 버릇이 있었다. 모두 굳이 노력하지 않아도 이유미가 저절로 알게 되는 것들이었다.

일단 진실을 읽어내기만 하면 원하는 건 쉽게 끌어낼 수 있다. 안고영 같은 사기꾼은 기저에 깔린 죄책감이 수면 위로 드러나도록 그가 사용한 단어를 그대로 반복하면서 죄에 대한 징벌을 환기시키는 전략을 사용했다. 고은아 표수진처럼 인정욕구가 강한 타입은 '네'라는 대답이 나올 수밖에 없는 질문을 반복하면서 반론이나 거절 의사를 무력화시키는 방법이 꽤 쏠쏠한 편. 왜 그렇게 판단해서 왜 그렇게 행동했느냐고 묻는다면 해줄 말은 없다. 그냥, 그래 보여서. 나중에야 인터넷에서 이 행위들을 '미세표정 탐지'나 '각성 최면 암시'라는 이름으로 부른다는 걸 알게 되었다.

정작 이유미의 진짜 마음은 모른 척하고 싶다. 안 보이고 안 들리고 못 느껴서 그냥 모르고 넘어가고 싶었다. 하지만 그게 불가능하다면, 아무리 애써도 알아챌 수밖에 없다면, 이용해야겠다고 다짐한 것이 불과 5년 전의 일. 그래서 이유미는 지금 사고 현장을 둘러싼 구경꾼들의 표정을 읽어내고 있다. 사람은 놀라면 눈썹이 올라가면서 눈과 눈썹 사이가 멀어진다. 동공이 확대되고 입 주변의 근육에 힘이 풀려 입술이 살짝 열린다. 모두가 그런 얼굴이었다. 남색 야상점퍼를 입고 목이 구부정하며 팔이 기이할 정도로 긴 저 남자를 제외하면 말이다. 남자의 눈썹은 아래로 내려가고 눈가에 잔주름이 졌다. 저건, '안도'의 감정이다.

범죄자가 자신의 범행이 성공하는 걸 보고 짓는 표정.

이유미가 벌떡 일어났다. 하지만 남자는 인파 속으로 사라졌다. 사람들을 헤치며 쫓아갔지만 소용없었다. 숨을 헐떡이며 도로변에 주저앉은 이유미. 사이렌 소리가 들리고 구급대원들이 뛰어오는 모습이 보였다. 이유미는 생각했다. 대체 어디서부터 잘못된 거지?

도청이나 도촬 가능성을 고려하지 않고 표수진과 대놓고 약속을 잡은 것?

아니 그 전에, 빨리 정리하라는 오하나의 압박을 무시하고 표수진을 따라다닌 일?

아니 그보다도 전에, 야쿠르트 판매원 옆에 있는 김준영을 발견하고 접근했던 날?

그래, 그날.

가짜 무당 안고영을 만난 다음날이었다. 표수진과의 금융거래 정황을 포착하고도 오하나는 그 내용은 쏙 뺀 채 보고서를 마무리지었다. 왜 그러는지 이해는 갔다. 애초에 '행복회복팀'이라는 이상야릇한 이름을 달고 있는 이 팀이 정말로 임직원들의 행복을 위해 만들어졌을 거라고는 단 한순간도 생각해 보지 않았다. 문제를 해결하는 시늉만 내고 잡음 없이 사건을 종결시키는 게 진짜 역할이라는 건 이유미도 애저녁에 접수를 마쳤다. 하지만 계속 찝찝했다. 표수진이 속한 계열사가 TA백화점이고, 그곳의 사장이 차기 회장으로 거론되는 '그' 장동욱임을 생각해 보면, 뒤가 구린 느낌을 떨쳐낼 수가 없었다. 하지만 지난 팀에서도 감사 시즌에 괜히 장동욱 라인을 건드렸다가 행복회복팀으로 내쫓기고 말았으니 섣불리 움직일 수도 없는 노릇이었다.

이유미는 우선 사이즈부터 가늠해 보기로 했다. 어디서부터 어디까지 입김이 뻗쳐 있는지 확인하는 게 먼저였다. 조동진 행복근로본부장의 직속 기획팀에서 일하고 있는 선배와 점심 약속을 잡았다. 선배는 조동진 본부장이 지난달에 소래포구까지 가서 장동욱 사장과 회를 먹었다는 이야기를 전해줬다. 심지어 지난주에도 약속이 있었는데, 조동진이 당일 취소를 해서 비서가 그쪽한테 싫은 소리를 듣더라는 비하인드까지 술술 털어놓았다. 이유미는 본부장의 최근 모습을 복기했다. 눈에 띄는 변화는 없었다. 워낙 속내를 잘 드러내지 않는 타입이었다. 거짓말하거나 캥기는 게 있을 때 오른쪽 입술 끝을 올리는 버릇이 있었다. 선배가 전해준 정보만으로 판단했을 땐 조동진 본부장이 장동욱 사장의 접근을 거절한 모양새로 보였다. 그렇다면 적어도 표수진 사건과 관련해서는 두 사람의 연결고리는 없을 것이다. 직속 임원이 한통속이 아닌 걸 확인했으니 약간의 자유가 생겼다. 이제 다음 단계는, 표수진의 소재를 파악하는 것. 회사에 묶여 있는 이상 스스로 나서기가 쉽지 않았다. 흥신소까지는 쓰고 싶지 않아서, 그럼 너무 본격적으로 돼버리니까, 쓸 수 있는 카드를 검토하느라 이유미의 머릿속이 복잡했다.

그러다 선배와 함께 커피를 들고 돌아오는 길에 야쿠르트 판매원 옆에 있는 김준영을 마주친 것이다.

이유미에게 김준영은 요주의 인물이었다. 저주를 내린다거나 불행을 몰고 다닌다는 헛소문 탓이 아니었다. 오하나 팀장은 아닌 척하면서 내심 신경 쓰는 모양이던데, 허무맹랑한 루머에 휘둘리는 꼴이 우스울 따름이었다. 문제는 눈에 보이는 곳에 있었다. 김준영의 표정에서는 마음을 읽을 수 없었다. 이유미의 인생에서 처음이었다. 더 정확히 말하면, 콧볼을 기점으로 상안부와 하안부가 정확히 반대의 감정을 표현하는 모순적인 얼굴은 살면서 처음 봤다.

김준영의 상안부를 지배하는 감정은 '고통'이었다. 이마 근육에 힘이 들어가며 미간이 좁아든다. 눈썹 안쪽 부분이 위로 솟으며 눈꺼풀이 팽팽해진다. 눈밑살이 미세하게 떨리며 콧등 주변에 옅게 주름이 팬다. 그렇게 팽팽하게 경직된 상안부로 언제나 살아간다. 아침에도, 점심에, 저녁에도, 회의 중에도, 커피를 마시면서도, 밥을 먹을 때도.

 단지 그뿐이었으면 만성 통증 환자겠거니 넘어갔을 텐데, 문제는 하안부였다. 대개 고통을 느끼는 사람의 입매는 눈매와 마찬가지로 잔뜩 긴장되어 있다. 입술을 깨물거나 삐죽거리며, 턱이 굳어 있고 살짝 튀어나오기도 한다. 하지만 김준영은 달랐다. 웃고 있었다. 처음에는 억지 미소인가 싶었다. 그치만 가짜라기엔 턱에 긴장감이 너무 없었다. 광대의 모양도 지나치게 자연스러웠다. 진심으로 '기쁨'을 전달하는 표정이었다. 이유미는 혼란스러웠다. 가능할 리가 없다. 고통과 기쁨이 동시에 존재하는 얼굴이라는 게.

 거슬렸다. 불편하고 불쾌했다. 그래서 항상 주의를 놓치지 않았다. 어떻게든 빈틈을 찾아서 꿍꿍이를 밝혀내려고. 자연히 이유미의 시선이 김준영을 쫓는 날이 많아졌다.

 지금처럼.

 언뜻 보기에는 야쿠르트 판매원이 김준영에게 협박이라도 당하는 것처럼 보였지만, 그래서 점심 먹고 회사로 복귀하던 직원들이 애써 안 보이는 척, 모른 척 하는 꼬락서니가 참으로 같잖았지만, 이유미의 눈에는 두 사람 사이에 감도는 우호적인 분위기가 읽혔다. 서로 아는 사이 같았다. 선배를 먼저 안으로 보낸 이유미가 핸드폰을 보는 척하며 대화를 엿들었다. 대화라고 해봤자 판매원의 일방적인 수다였지만. 야쿠르트 카트의 속도 조절 장치에 문제가 생겨 점검하는 상황인 것 같았다. 김준영이 기동부를 매만지는 동안 잔고장이 많고 느려터진 카트에 불만을 토로하던 판매원은 갑자기 화제를 바꿔 대리점 사장의 흉을 보다가 느닷없이 허리와 목에 좋다는 스트레칭 동작을 알려주기 시작했다. 공간을 크게 쓰는 제스처와 개방적인 자세, 피치가 높으며 속도 변화가 빠른 목소리 톤에서 그가 외향적이며 타인에게 영향력을 미치는 걸 좋아하는 캐릭터란 걸 파악할 수 있었다.

기동성, 정보력, 오지랖, 모두가 꺼리는 김준영에게 스스럼없이 말을 거는 친화력까지. 게다가 움직일 때마다 카라 깃 사이로 비치는 흐릿한 얼룩의 정체는 분명, 문신이었다. 장미 문신. 저 연령대에 문신이 있는 경우 소씨적 반사회적 집단에 몸담았을 확률이 높았다. 그렇다면 담력과 실행력까지 플러스.

좋은 생각이 났다.

이유미가 웃으면서 다가갔다. 짐작이 틀릴 리가 없었다. 김준영과 같은 팀이라는 자기 소개에 야구르트 판매원, 방정희는 금세 허물없는 태도를 보였다. 작년에 내리막길에서 브레이크가 고장 났던 아찔한 사고가 있었는데 김준영이 뒤에서 잡아준 덕분에 살았다는 얘기를 묻지도 않았는데 술술 늘어놓았다. 말하는 내내 방정희는 손으로 이유미의 팔뚝을 쓸어내리거나 어깨를 두드리는 제스처를 반복했다. 이런 타입에게 호감을 얻으려면 미러링, 그러니까 행동을 그대로 따라 하는 전략이 효과적이다. 이유미가 똑같이 방정희의 팔을 움켜쥐고 어깨를 매만지면서 친근하게 몸을 치댔다. 어느새 서로를 '정희 언니', '유미 동생'으로 부르게 된 두 사람이 번호를 교환하고 헤어졌다.

회사 로비에 들어선 이유미가 김준영이 따라오지 않는 걸 눈치채고 뒤를 돌아봤다.

"왜 그러세요?"

"…큭…."

"무슨 문제라도 있으세요?"

"……."

찡그린 눈이 이유미를 응시했다. 무언가를 꿰뚫어 보려는 듯이.

이유미가 그 모습을 관찰하며 속으로 저울을 쟀다. 한쪽에는 김준영의 단점을 쌓았다. 표정이 안 읽힌다. 무슨 말을 하는지 알아듣기가 힘들다. 기분 나쁘게 웃어서 짜증난다. 하여간 정상적인 인간은 아니다. 다른 쪽엔 장점을 올려보기로 했다. 표수진네 팀에 갔을 때 모니터 속 레이어 구조를 파악해 낸 걸 보면 관찰력이 좋은 것 같다. 안고영의 계좌번호를 줄줄 외워댔던 걸 생각하면 암기력도 수준급. 야쿠르트 판매원에게 하는 모습으로 유추해 봤을 때 남을 잘 돕는 편인 듯. 컴퓨터야 전공이라고 하니 어지간히 할 테고. 야쿠르트 카트를 점검한답시고 설치는 걸 보니 기계도 좀 다루는 모양이다. 따져 보니 장점이 상당했다.

무엇보다도 회사에서 평판이 나쁘니 일이 잘못됐을 때 덮어씌우기 좋을 것이다.

마지막 항목에서 저울의 팔이 눈에 띄게 기울었다.

이유미가 한 발짝 다가갔다. 김준영이 한 발짝 물러났다. 이유미가 두 발짝 다가갔다.

"과장님, 저 좀 도와주시겠어요?"

며칠 후. 각자 퇴근한 이유미와 김준영이 근처 카페에 다시 모였다. 야쿠르트 유니폼 대신 화려한 원피스를 입고 나타난 방정희가 맞은편 의자에 앉았다. 이유미와 방정희가 호들갑을 떨며 안부를 나누는 동안 김준영은 고개를 거의 180도로 꺾어서 매대

안의 마카롱을 쳐다봤다. 눈치 없는 짓 그만하라며 핀잔을 주고 싶은 걸 꾹 참고 이유미가 마카롱을 추가 주문했다. 어느 정도는 비위를 맞춰줄 필요가 있었다. 이 자리에는 김준영이 필요했다. 아무리 방정희가 개방성이 높은 사람이라도 만난 지 일주일도 안 된 자신보다는 김준영에 대한 신뢰가 높을 것이 당연했기에.

    음료가 나오자마자 이유미는 바로 본론으로 들어갔다. 방정희에게 표수진 실종 사건을 털어놓았다. 그의 이야기 속에서 표수진은 능력 있고 배려심 넘치는 선배가 되었고 이유미는 그를 존경하는 후배로 둔갑했다. 지금 그 선배가 무단 결근으로 해고될 위기에 처했는데, 절대 이유 없이 그럴 사람이 아니고, 분명 안 좋은 일에 얽혀 있는 게 분명한데, 누구와도 연락이 닿지 않아 걱정이라는 이유미의 목소리가 파르르 떨렸다. 방정희가 먼저 말을 꺼냈다. 이 언니가 뭐 도와줄 거 있냐고. 그제야 이유미가 테이블 중간까지 기울였던 상체를 뒤로 물렸다. 상대가 이렇게 나와준다는 건 이미 결론이 난 거나 마찬가지였다. 자세를 고쳐 앉는 걸 무슨 의미로 알아들은 건지, 김준영이 마카롱 접시를 슬그머니 팔로 가리며 제 쪽으로 당겼다. 이유미가 싱그럽게 웃으며 너 혼자 다 처먹으라며 속으로 중얼거렸다.

    방정희가 소식을 물고 온 건 일주일 후의 일이었다. 카페에서 만난 후로 이유미에게 따로 표수진의 사진과 집 주소를 받은 방정희는 그 구역을 관할하는 동료, 본인 말로는 '자기 말이라면 껌뻑 죽는 둘도 없는 동생'을 통해 중요한 단서를 확보해 왔다. 바로 어제, 표수진으로 추정되는 사람이 나타나 오피스텔에 들어갔다가 짐을 들고 나와 10분 거리에 있는 어느 작은 빌라로 들어가는 걸 확인한 것이다. 이유미는 쾌재를 부르며 쾌변에 좋은 야쿠르트를 서른 개 구매해서 데스크 직원에게 선물한 뒤 곧바로 김준영에게 메시지를 보냈다. 이제부터는 표수진을 만나기 위해 직접 움직일 차례였다. 오래 기다려야 할지도 모르니 2인 1조가 나을 것 같아서 김준영을 끌어들이려는 심산이었다.

김준영이 느리게 고개를 저었다.

"…크크큭…."

거절이었다.

그 와중에도 입꼬리를 올려 큭큭대는 꼴이 가관이었다. 이유미의 입가에 줄곧 매달려 있던 미소가 사라지고 불퉁한 본래 표정이 드러났다.

"왜요?"

김준영은 말이 없었다. 생각 중인 건지, 단지 할 말이 없는 건지, 말을 하기가 싫은 건지, 의중을 알 수가 없었다. 이유미가 채근했다.

"시간 외 근무하는 거 싫어서 그러세요? 제가 택시비랑 식사비 다 지원해 드리면 어때요?"

"큭…."

이게 아닌 모양이었다. 그렇다면.

"집 근처에서 기다리는 게 좀 그래요? 스토킹 같아서? 근데 스토킹은 상대가 원하지 않는데 따라다니는 거잖아요. 표수진이 우리를 만나고 싶어 할 거란 생각은 안 해봤어요? 도와줄 사람이 애타게 필요한데 혼자 끙끙대고 있는 상황이라면?"

김준영의 발끝이 미세하게 이유미 쪽으로 틀어졌다. 마음이 움직였다는 몸짓 언어였다. 이유미의 입술에서 피식, 헛웃음이 새어 나왔다. 이런 타입이었구나. 도덕적 당위성이 중요한 타입. 얼굴은 영락없이 전과 39범처럼 생겨 가지고 우습기 짝이 없었다.

"표수진 팀장은 지금, 누군가가 자신을 발견해 주기를 애타게 바라고 있을 거라고요."

그렇게 해서 두 사람이 표수진 집 앞에서 잠복을 시작하게 된 것이다. 이유미가 모는 람보르기니 우루스를 타고서. 너무 튈까 봐 회사에는 갖고 다니지 않는데 김준영은 이게 람보르기니 우루스인지 카니발인지 아무 관심이 없어 보여서 상관없겠다 싶었다. 그러다 오하나를 만났고, 표수진과 약속을 잡았고, 카페에서 기다리던 중에 자동차가 들이닥쳐서, 결국….

피투성이가 된 표수진을 싣고 구급차가 떠나갔다. 이유미의 시선이 남겨진 사람들에게 향했다. 한발 늦게 공포가 밀려왔는지 덜덜 떨고 있는 오하나, 그리고 우두커니 서 있는 김준영.

이유미와 김준영의 눈이 마주쳤다.

입에서 미소가 사라져 있었다.

아마 자신도 마찬가지였을 것이다.

2.

행복회복팀은 공중 분해됐다.

이유미는 ESG전략팀으로, 김준영은 AI인사관리태스크로 이동했다. 오하나는 대기발령 처분을 받아 회사에서 모습을 감췄다.

표수진은 의식 불명에 빠졌다. 단순 교통사고로 결론이 났으나 그 자리에 행복회복팀 팀원들이 있었다는 것 자체가 문제가 되었다. 상벌위원회가 열렸고 오하나는 본인의 말을 지켰다. 모든 책임을 졌다. 이유미와 김준영의 징계가 경고에서 끝난 건 전적으로 그 덕분이었다.

　이유미는 ESG전략팀에 알고 지내던 사람이 많아 적응이 어렵지 않았다. 그중에서는 행복회복팀을 '탈출'한 걸 축하해 주는 이도 있었다. 물론 진심일 리 없었고 팀 폐지에 얽힌 뒷이야기가 궁금해서 견딜 수 없는 표정이었지만.

　업무는 순조로웠다. 하지만 자주, 이유미는 키보드 위에서 손이 멎었다. 회의 시간을 착각하거나 엘리베이터 층수를 잘못 눌렀다. 함께 사는 아르마딜로 도마뱀이 먹을 귀뚜라미를 실수로 500마리나 주문했다. 블루투스 이어폰 한 짝과 신용카드와 자동차 키를 분실했다. 마음에서 시작된 작은 물음표가 점점 커져서 몸을 짓누르고 생활 전반을 압박하고 있었다.

　?
　괜찮아?
　정말 괜찮아?
　이대로 넘어가도 정말 괜찮아?
　표수진의 일은 사고가 아니었다. 살인 미수였다. 남색 야상 점퍼를 입고 목이 구부정하며 팔이 기이할 정도로 긴 남자는 분명 자동차가 타깃을 잘 처리했는지 확인하기 위해 현장을 지키고 있었다. 누군가의 사주를 받았을 거다. 이유미에게는 확신이 있었다. 어떤 방식으로든 TA백화점 장동욱 사장과 연관이 있는 게 분명했다. 최대 매출을 올렸느니 뭐니 하며 연일 홍보 자료에 오르내리는 장동욱과, 의식불명에 빠진 표수진, 책임을 뒤집어쓰고 직업을 잃을 처지에 놓인 오하나까지, 이 세 사람을 생각하면 이유미는 도무지 평정심을 유지하기가 힘들었다. 자주 어지러운 꿈을 꿨다. 왕관을 쓴 장동욱에게 담배꽁초로 얻어맞았고 오하나가 아기를 업고 쫓아오기도 했다. 어젯밤엔 피투성이가 된 수십 명의 표수진과 함께 횡단보도를 건너는 꿈을 꿨다. 소스라치며 새벽에 깨어나 더 이상 잠을 이루지 못했다. 퀭한 눈으로 출근하자 회의실에서 보자는 김준영의 메시지가 도착해 있었다.

김준영이 원하는 것은 고은아 차장과의 만남이었다. 표수진네 팀에서 사용 중인 입지 분석 프로그램의 아이디를 공유받고 싶은데 연락해도 반응이 없으니 찾아온 모양이었다. 이유미가 고은아와 개인적으로 문자를 주고받는 사이란 걸 기억하고 있는 것 같았다. 끊어질 듯 말 듯 아슬아슬 이어지는 김준영의 말을 싹뚝 자르며 이유미가 물었다.

"왜요?"

평소의 이유미라면 절대 이렇게 말하지 않을 것이다. '왜 그게 필요한지 여쭤봐도 괜찮을까요?', '상황 설명을 해주시면 제가 훨씬 이해가 잘될 것 같아요'라며 돌리고 돌리다 못해 꽈배기처럼 배배 꼬인 간접 화법을 사용했겠지. 조심스럽게 망설이는 것처럼, 선택지를 상대에게 넘겨주는 것처럼, 자아가 없는 사람처럼, 그렇게 상대의 경계를 무너뜨린 후 원하는 걸 게걸스레 뽑아먹는 게 이유미의 화법이었다. 근데 김준영 앞에서는 그게 잘 안 됐다. 툭 하면 본심이 튀어나왔다. 표정을 읽을 수 없어서 여유가 사라지는 걸까? 지금도 김준영은 도무지 감정을 파악할 수 없는 얼굴로 멀뚱히 자신을 쳐다보고 있다. 울컥 짜증이 치민 이유미가 쏘아붙였다.

"뭐가 문젠데요? 표수진 무단 결근 건은 공식 종료됐고, 그 사고는, 경찰에서 단순 교통사고라고 했잖아요. 운전 미숙이라고."

"…큭…."

"표수진 사고가 고의라고 생각해서 이러는 거죠? 왜요?

증거라도 있어요?"

 이유미에게는 증거가 있었다. 사고 당일에 발견한 수상쩍은 인물. 모두가 놀란 표정일 때 혼자 '안도'의 감정을 내비치던, 목이 구부정하고 팔이 기이할 정도로 긴 남자. 하지만 김준영은 그때 표수진을 살피고 있었다. 설혹 구경꾼들을 봤다 해도 자신처럼 미세한 표정을 구분해 내지는 못했을 것이다. 그렇다면 따로 짚이는 게 있단 소린데.

 혹시,

 장동욱 쪽 사람인가?

 김준영이 회의실 벽면의 화이트보드에 뭔가를 그리기 시작했다. 맹수처럼 매서워진 이유미의 눈이 그의 몸짓을 쫓았다. 그림이었다. 이걸 그림이라고 불러도 되는지 모르겠지만. 피카소의 <게르니카>를 싸이코패스가 베껴 그리면 저런 모습일까. 불길하고 흉측하며 어떤 의미에서는 굉장히 현대미술의 정수에 가까워 보이는 이미지 앞에서 이유미는 김준영을 의심하던 것도 잊고 입을 떡 벌렸다. 기어이 화이트보드의 모서리까지 알 수 없는 선을 빼곡히 채워 넣은 김준영이 펜을 놓고 뒤를 돌아봤다. 표정의 변화가 없어서 확신할 순 없지만, 서 있는 자세가 어쩐지 자신의 작품을 자랑스러워하는 것 같았다.

 "이, 이거 뭐예요?"

 "…큭큭….”

 김준영의 주장에 따르면 그건 사고 장면이었다. 자동차가 카페로 들이닥쳐 표수진을 깔아뭉개기 직전의 순간. 이때 차량의 운전자는 몸을 틀어 표수진을 바라보고 있었다. 보통 운전 미숙으로 사고를 일으키면 겁에 질려 경황이 없을 텐데, 행인에 불과한 표수진을 정확히 응시하며 심지어 그 방향으로 핸들을 돌리는 모습이 마치 표적이라도 삼은 것처럼 느껴졌다고.

이유미가 생각에 잠겼다. 요상한 일이었다. 장동욱과 한패가 아닐까 의심했던 건 기우였던 모양이지만, 차가 달려드는 그 짧은 순간에 운전자의 몸이 어느 방향으로 기울었는지를 기억하고 있다는 사실을 쉽게 믿을 수 없었다

"그게 보였다고요?"

뱉어놓고 나서 이유미는 이 질문이, 어릴 적 표정 읽는 능력을 숨길 줄 몰랐던 자신이 가장 자주 듣던 말인 걸 깨달았다.

"크… 크큭…."

김준영이 소리내어 웃었다.

찬찬히 보니 화이트보드 위의 그림이 얼추 무엇을 표현하고 있는지 알 것 같기도 했다. 저 관뚜껑 같은 건 자동차, 저 처녀 귀신 같은 건 표수진, 저 좀비 떼처럼 보이는 건 아마도 가로수…. 의미 없는 선처럼 보였던 것이 점차 실체를 가지고 되살아났다. 간판 하나, 도로석 하나까지 상당히 정교하게 담긴 장면이었다.

얼마나 반복해서 되새겼길래 저렇게 기억할까. 얼마나 오래 생각했길래. 얼마나 깊게 마음에 남았길래.

이유미의 마음속에 또다시 김준영의 장단점 저울이 등장했다. 장점이 쌓인 접시에 하나를 더 올렸다. 문제를 해결하기 위해 노력한다. 애써 진실을 외면 중인 자신과는 다르게.

저울의 팔이 아래로, 기울었다.

바로 그날 저녁에 고은아와 약속을 잡았다. 퇴근하고 인근 TA백화점의 한 카페에 도착하자 먼저 와 있던 고은아가 자리에서 일어나 미적지근한 미소로 그들을 맞이했다. 사무실에서 보던

것보다 사람이 유난히 작아 보였다. 이유미의 눈에는 그가 어깨와 팔을 움추리며 몸을 작게 만든 의도가 읽혔다. 힘 앞에서의 복종. 고은아가 표수진을 싫어한 이유는 두 사람이 비슷한 유형이기 때문이다. 권력지향형 강약약강. 일반적으로 사람은 자신이 억압해 둔 감정을 내비치는 대상을 싫어한다. 주변의 눈치가 보여 차마 표출하지 못했던 출세욕을 여과없이 보여주는 표수진이 고은아는 불편했을 것이다. 이 심리를 이용해 이유미는 자기가 가진 약간의, 아주 약간의 힘을 내보여서 그가 수그리게 만들었다. 우습고 역겹고 지루한 일이었다.

노골적으로 굽신거리는 고은아를 김준영이 이상하게 여길까 봐 곁눈질했는데 쓸데없었다. 김준영에게서는 어떤 감정 변화도 읽을 수 없었다. 언제나처럼 낮고 뚝뚝 끊어지는 목소리로 아이디를 공유해 달라고 부탁할 뿐이었다. 고은아가 곤란한 기색을 내비쳤다. 본인이 나설 차례임을 직감한 이유미가 물었다. 공석이 된 팀장 자리에 누가 올라가면 좋겠냐고. 질문에 대답하는 대신 고은아는 표수진이 쓰던 아이디를 김준영에게 알려줬다.

이유미가 입을 일자로 다물었다. 맘껏 빈정거리고 싶은 걸 참는 중이었다.

목표를 달성한 김준영이 도넛을 추가 주문하기 위해 카운터로 갔다. 틈을 노려 이유미가 질문을 던졌다. 사실 이게 본론이었다. 표수진의 사생활. 가족과 사이는 어땠는지, 가까이 지내거나 사귀는 사람이 있었는지, 돈 문제는 없었는지 등. 고은아가 한참을 생각하더니 회식 자리에서 표수진이 여동생을 언급했던 기억이 난다고 했다. 요즘 애들은 왜 이렇게 씀씀이가 헤프냐며 투덜거렸다고. 이 말을 할 때 고은아의 눈동자가 왼쪽 위와 아래를 부단히 오갔는데 이는 과거를 회상할 때 나오는 자연스러운 움직임이었으므로, 진실이었다. 사실 진실이니 거짓이니를 판별할 필요가 없는 중립적인 정보이긴 했다. 안타깝게도, 대다수의 인간은 싫어하는 상대의 추문에 관심을 갖게 마련인데 하필이면 고은아는 여기에 해당되지 않는 것 같았다. 더 이상 캐낼 게 없다고 판단한 이유미가 자리에서 일어났다.

다음날 김준영이 파일 하나를 보여줬다. 표수진이 1위로 만든 입지, 인천 청라동의 반경 1킬로미터 안 모든 등기부등본에 명시된 부동산 소유자를 정리한 리스트였다. 신규 백화점은 주변 집값에 영향을 미치니 부동산과 연관이 있을 거라는 가설을 세우고 데이터를 끌어왔다고 했다. 그러나 표수진을 연상시키는 이름은 없었다. 본인은 물론 가족 이름, 심지어 '표' 씨나 어머니의 성인 '한' 씨도 보이지 않았다. 이유미가 TA백화점 장동욱 사장과 관련된 이름이 있는지 빠르게 훑어보았지만 없었다.

"데이터 사이언티스트는 이럴 땐 보통 어떻게 해요?"

"…이럴 …때라는 것은…."

"데이터는 있는데 해석이 어려울 때."

"…추가 데이터를… 수집합니다…."

"그럼 갑시다."

퇴근 후 바로 출발했다. 목적지는 K스마트로케이션, 그러니까 안고영의 다 쓰러져 가는 점집이었다. 하지만 자물쇠로 문이 굳게 닫혀 있었고 두드려도 기척이 없었다. 까치발을 들고 창문을 엿보던 이유미가 못마땅한 듯 혀를 찼다.

"토꼈네."

담배를 찾아도 보이질 않자 이유미가 가방을 바닥에

내팽개쳤다. 유일한 연결고리인 안고영을 허망하게 놓쳤다는
생각에 화가 부글부글 끓어올랐다. 그 바람에 김준영이 하는 말을
제대로 듣지 못했다.

"네? 뭐라고요?"

"…주암동 59-22번지…."

"웬 주소?"

"안고영… 달력에…."

"달력? 달력을 봤어요?"

"…적혀 있었습니다. …이번 주 토요일…."

이유미가 콧살을 찡그렸다. 전에 점집에서 기다릴 때 호랑이
족자 옆에 달력이 붙어 있었던… 것 같기도 하고 아닌 것 같기도
하고. 보통 사람이 그런 걸 어떻게 기억하냐고. 여하튼 김준영도
겉으로나 속으로나 정상 범주에 속하기는 글러먹은 인간이었다.
일단 지도 어플에 불러준 주소를 검색해 봤다. 경기도 과천시에
위치한 화훼 비닐하우스. 재개발 예정지라 현재 영업은 하고 있지
않았다. 용도를 상실한 비닐하우스라…. 이유미가 안고영과의
만남을 복기했다. 정확하게는 그의 표정과 몸짓을 되새겼다.
유난히 눈동자가 빠르게 움직였지. 점사에 쓰는 종이돈을
만지작거리는 손가락의 궤적이 심상치 않았던 기억이 난다.
종이돈을 만진다기보다는, 좀 더 작고 딱딱한 것을 다루는
손놀림이었다. 예를 들면 카드나 화투패.

이유미가 벌떡 일어났다.

"화투 좀 쳐요?"

김준영이 고개를 저었다. 어떻게 사람이 이렇게 쓸모가 없을까.
김준영 덕분에 안고영의 주말 스케줄을 알아낸 것은 그새 잊고

이유미가 쯧, 불만스레 혀를 찼다.

분명 도박장일 것이다. 들이닥쳐서 멱살이라도 잡고 끌어내고 싶었지만 일반인이 소개도 없이 하우스에 들어가는 건 불가능에 가까웠다. 잠복하려고 해도 망보는 어깨들 때문에 쉽지 않을 거고. 이런 걸 자세히 알고 있는 스스로가 싫어서 이유미가 몸을 부르르 떨었다. 그래도 생각해야 했다. 여전히 의식 없이 누워 있는 표수진을 잊지 말아야 했다. 지금도 뻔뻔한 얼굴로 잘 먹고 잘 자고 있을 사건의 배후를 상기해야 했다. 그 배후와 똑 닮은 앳된 얼굴이 자신에게 뱉던 가래침을 떠올리고 또 떠올려야 했다.

그때 이유미의 시야에 노르스름한 이동체가 언덕을 오르는 모습이 들어왔다. 어디에 있어도 자연스러운 대한민국 최고의 NPC, 야쿠르트 판매원이었다.

3.

"품."

이유미가 터져나오는 웃음을 손으로 막았다. 김준영이 잔뜩 인상을 쓴 채 흐느끼듯이 킥킥거렸다. 평소와 똑같은, 속을 알 수 없는 표정이었다는 뜻이다. 회사 앞 야쿠르트 판매원 방정희에게서 유니폼과 카트를 빌렸다. 영업소에서 가장 큰 사이즈로 가져왔다고 했는데도 유니폼이 김준영의 어깨에 꽉 끼어서 팔이 허공에 떴다.

"…꼭… 이렇게…까지…?"

"겸사겸사요. 안고영을 도와준다고 생각하면 어때요? 공사치는 데 걸리면 큰일이니까 가서 도와주고, 증언도 받고, 일석이조,

일타쌍피, 더블 킬."

사실 이유미로선 그깟 가짜 무당이 도박을 하다 패가망신하든 장기를 팔든 뭐 어쩌라고 싶었지만, 김준영이 주저하는 것 같길래 동기를 더해줬다. 입에 발린 말이야 얼마든지 할 수 있으니까. 돈이 드는 것도 아니잖아? 이만 닥치라는 의미로 이유미가 헬멧을 김준영의 머리에 푹 씌우곤 페이스쉴드를 깊숙이 내렸다. 가발까지 얌전히 귀 뒤로 정리해 주니 립스틱을 발라 발그레해진 입술만 보였다.

"이 회사는 남성 판매원을 채용하지 않는 것 명심하세요."

김준영이 모가지가 떨어질 것처럼 고개를 끄덕였다.

재개발 예정지의 풍경은 스산했다. 인적은 없고 가구와 생활 쓰레기들만 거리에 나뒹굴었다. 출입금지 테이프가 휘감긴 몇 개의 다세대주택을 지나치자 문제의 비닐하우스가 나왔다. 입구에 무전기를 든 남자 두 명이 서 있었고 근처 전봇대에 CCTV가 달려 있었다. 누가 봐도 수상한 풍경이었다. 이유미가 카트 위에서 운전하고 그 옆을 김준영이 따라 걸었다. 예상대로 남자들이 막아섰다.

"뭐야."

"여기 담당이 바뀌어서요. 인수인계하느라."

이유미가 사글사글 웃으며 남자들에게 커피를 건넸다. 오랫동안 하우스에서 '재떨이'라고 불리던 심부름꾼을 요즘엔 배달대행업체가 대신했다. 두둑한 팁을 먹으려고 너도나도 뛰어드는 레드오션 시장이었다. 지역에 따라 야쿠르트 대리점이 끼는 경우도 있었다.

"원래 다니던 아줌마예요? 너무 어린데."

오피스 추노

"인사가 늦었죠. 저는 영업소 매니저예요. 잘 부탁드려요."

"저 아줌마는 키가 엄청 크네."

김준영을 바라보며 하는 말에 이유미가 준비된 멘트를 둘러댔다.

"농구 선수 출신이래요."

"오, 농구?"

남자 중 한 명이 반색하며 허공에 슛을 넣는 시늉을 했다. 이유미가 헤헤 웃으며 김준영의 옆구리를 찔렀다. 어리둥절해하던 김준영이 남자를 따라 팔을 들어올렸는데 유니폼 겨드랑이가 부욱 소리를 내며 찢어졌다. 남자들의 눈동자가 좌우로 흔들렸다.

"들어가 봐요."

김준영이 꾸벅 허리를 굽혔다. 이유미가 속삭였다.

"괜찮아요?"

"…시원…."

하우스 안은 그야말로 별천지였다. 매캐한 담배 연기 속에서 테이블 수십 개가 컨베이어 벨트처럼 이어졌고 주변에는 꾼들이 우글댔다. 이유미가 아쿠르트 몇 개를 손에 쥐고 사방을 살피더니 곧바로 안고영을 찾아냈다. 중간쯤에 앉아 입술을 다문 채 왼쪽 다리를 테이블 바깥으로 빼고 달달 떨어대는 중이었다. '초조함'의 감정이었다. 이미 많이 잃었고, 이번 판도 흐름이 별로라 당장 도망가고 싶은데 판돈이 아까워서 이러지도 저러지도 못하고 있는 상황인 게 뻔했다. 분위기를 보니 호구는 없고 선수끼리 붙은 모양.

이유미가 김준영을 달고 테이블을 훑으며 사람들에게 야쿠르트를 돌렸다. 이번주부터 담당자가 바뀌었으니 선생님들 목 마르실 때 많이 찾아달라며 변죽 좋게 손나팔을 불었다. 귀찮다는 듯 흘겨본 안고영이 이유미의 얼굴을 알아보고 벌떡 일어났다가 반대편 상대의 으름장에 도로 주저앉았다. 섯다 판이었다. 고전적이네. 올드스쿨 납셨어. 패를 쥔 안고영의 손이 땀으로 번질거리고 있었다. 뒤에서 지켜보던 이유미가 발끝으로 안고영의 신발 뒤축을 살짝 밀었다. 찰나에 두 사람의 눈이 마주쳤다.

"죽을랍니다."

안고영이 패를 버렸다. 상대의 패는 장뼁, 안고영이 버린 패는 6끗이었다. 잃을 뻔한 게임을 빠져나온 것이다.

다음 판에서도 이유미가 신발을 건드리자 안고영이 다이를 외쳤다. 이번에 가장 높은 패는 6땡이었다. 안고영의 패는 8끗이었으므로 여지없이 지는 판이었다. 맞은편에 있던 꾼이 연속되는 다이에 면박을 줬다.

새로이 안고영의 손에 쥐어진 패는 9끗이었다. 좋다고 보기도 애매하고 나쁘다고 보기도 애매한 패. 이유미가 이번에는 신발 대신 실수인 척 어깨를 건드렸다. 눈빛이 스쳤다. 안고영이 스테이를 불렀다. 상대는 4끗, 0끗이었다.

"너 뭐야. 누구 밑에서 굴러먹다 왔어? 어디서 왔냐고."

주머니가 두둑해진 채로 도박장을 나온 안고영이 두 사람을 구석으로 데려가 추궁했다. 이유미는 침묵했고 김준영이 대신 대답했다.

"(주)TA···."

이유미가 안고영의 표정을 살폈다. 눈을 깜빡이는 속도가 평소보다 빨랐다. '흥분'과 '기대'. 반면 몸은 팔짱을 낀 채 비스듬히 뒤로 기울어져 있다. '의심'과 '두려움'. 이유미는 기다렸다. 급한 건 저쪽이니까. 지금 안고영은 어떻게 상대의 패를 읽었는지 알고 싶어

미칠 지경일 것이다. 할 수만 있다면 내장이라도 떼어다 바칠 각오가 되어 있으리. 도박 중독자의 사고방식이란 게 뻔하니까. 사실 비법은 간단했다. '그냥' 알았다. 억지로라도 이유를 붙여주자면 패를 고쳐쥐는 손가락의 떨림, 입술 주변부의 움직임, 시선의 방향, 침을 삼키는 횟수가 달랐다고 할 수 있으려나. 자신이 아무 수고 없이 알게 되는 이 쉬운 것들이 도박중독자에게는 평생을 바쳐 얻고 싶은 능력임을 모르지 않았다. 그래서 베팅했다. 이 판에.

과연 머지않아 안고영의 입이 열렸다. 물어본 적도 없고 궁금하지도 않은 개인사를 동반한 하소연이 구구절절 이어졌다.

그는 한때 수도권을 주름잡던 타짜. 하지만 여러 차례 큰 판을 말아먹으며 알거지가 됐고 신장 하나를 날려먹었다. 살려고 찾은 직업이 가짜 무당이었다. 도박판을 구르며 눈치만은 톡톡히 기른 덕에 그럭저럭 밥벌이는 하게 됐지만, 짜릿한 손맛을 잊지 못하고 틈만 나면 하우스를 어슬렁거리고 있었던 것.

"그러니까 어떻게 한 건지 방법만 알려주면, 어? 내가, 어? 허참, 기분이다, 앞으로 5년 동안 버는 돈에 10퍼센트씩 떼준다. 응?"

"……."

"…15퍼센트?"

"……."

"…알았어, 알았어. 진짜 이거는 내가 사업가 마인드로다가 대승적으로 가는 거예요? 20퍼센트."

"돈은 됐어요."

이유미의 대답에 안고영의 얼굴이 햇살처럼 환해졌다.

"대신 다른 조건이 있어요."

첫째, 표수진에 대한 모든 정보를 숨김없이 털어놓을 것.

둘째, 표수진 사고의 배후를 파헤치는 일에 협조할 것.

셋째, 자신에게 존댓말을 쓸 것.

앞선 두 개의 조건에는 군말없이 고개를 끄덕이던 안고영이 세 번째 조건에서 얼굴이 굳었다. 자식뻘인 여자에게 굽신거리는 게 자존심에 걸리는 모양이었다.

싫음 말라며 자리를 뜨려는 이유미를 안고영이 붙잡았다.

"아유, 어딜 가려고. 유미 씨."

"……"

"세상에나, 벌써 시간이 이렇게? 시장하시죠? 유미님."

"……"

"요 근처에 곤드레 밥을 기가 막히게 잘하는 델 아는데 가시겠습니까? 이유미 선생님."

"……"

"제가 운전하겠습니다. 존경하는 이유미 선생님."

"하나 더."

넷째, 김준영한테 한 대 맞을 것.

옆에서 야쿠르트 유니폼을 벗어 개고 있던 김준영이 벌떡 고개를 들었다. 안고영이 두 사람을 번갈아 보다가 겸연쩍게 웃었다.

"저번에 내가 점집에서 뭐 조금 친 거, 아니, 아주 살짝 약간 손으로 민 거 때문에 그래요? 그땐 내가 너무 당황해서 그랬지. 아니 그쪽도 그렇게 쳐들어온 게 잘한 건 아니잖아. 그런 의미에서 우리가 이제 같은 배를 탄 기념으로다가 옛날 일은 다 잊고 거국적으로."

"다 잊고 깔끔하게 정리하는 차원에서 한 대 맞고 끝내요."

분명 처음 점집에 갔을 때 안고영이 행복회복팀 세 사람을 내쫓으려고 하다가 김준영의 뺨을 친 적이 있었다. 하지만 큰 부상도 아니었고 무엇보다도 맞은 본인이 문제 삼지 않았다. 지금에 와서 이 이야기를 꺼내는 이유는 같잖은 앙갚음 때문이 아니었다. 저런 기회주의적이고 비굴한 인간을 기어오르지 못하게 통제하려면 물리적인 신고식을 해주는 편이 좋았다.

하지만 김준영이 거절했다.

이유미의 눈썹이 위로 솟았다.

"왜요?"

묵묵부답.

"한 대 치고 끝내라니까?"

김준영이 천천히 고개를 가로저었다. 이유미가 피식 웃었다. 왜 말을 안 듣지?

"저 사람이 먼저 김준영 과장님을 쳤잖아요. 갚아주라고요."

"…큭…."

김준영의 미간이 더욱 좁아지고 입가의 주름이 진해졌다. 마음속의 말을 꺼내기 위해 노력하는 것 같았다.

"…저는…."

인내심이 바닥난 이유미가 다리 한쪽을 달달 떨었다.

"…폭력을…."

"엥? 폭력? 갑자기?"

"…폭력을 …폭력으로 갚고 싶지 …않습니다."

"와. 어디 수도원에서 오셨어요?"

돌연 이유미의 얼굴에 해맑은 미소가 어렸다.

"죽도록 맞아보면 그런 말 못할 텐데. 경험이 없으신가 봐요. 부럽다."

"곤드레밥! 브레이크 타임! 전에! 가시죠!"

찬바람이 쌩쌩 부는 둘 사이에서 눈알만 바쁘게 굴리던 안고영이 와락 외쳤다. 두 사람을 끌고 가면서 안고영이 속으로 혀를 찼다. 역시 애들은 배가 고프면 예민해진다니까.

4.

곤드레밥 집에서 안고영은 표수진의 일을 털어놓았다. 올 초에 그가 혼자 점집에 왔다고 한다. 인천 청라동에 후한 평을 부탁하며 돈을 건넸다고. 자기가 준 점수로 1위가 바뀌었다는 것까진 모르고 있었다. 김준영이 태블릿PC를 꺼내 청라동 부동산 리스트를 보여줬다. 아는 이름이 없다며 안고영이 고개를 저었다.
"근데 왜 하고많은 무당 중에서 그쪽한테?"
"흠, 여름이었던가."
이유미가 물끄러미 쳐다보자 안고영이 코를 삼켰다.
"여름이었던가요."
"작년, 여름."
"그때가 제가 참, 말하기 뭣하지마는 이게, 빚에 쪼들려서 뭐 각막을 떼니 마니 하는 신세였는데 사람이 죽으라는 법은 없는지, 뭘 때려 맞췄는지는 모르겠지만 점사 하나가 참 잘 풀려 가지고, 그때부터 TA백화점 대빵 전속 비스름한 게 되어서요."
"잠깐만. 누구라고요?"
"TA백화점 대빵. 장동욱 사장."
이유미가 뜨던 숟갈을 내려놓았다. 코 주변부 근육이 응축되고 눈썹에 힘이 들어갔다. '경멸'의 감정이었다. 얼굴에서 마음을 지우려고 애쓰며 이유미가 찬찬히 생각을 정리했다. 예상했던 대로였다. 장동욱. 위험했다. 그만큼 값어치도 있었고. 함부로 덤볐다간 바로 역풍을 맞을 게 뻔했다. 결정적인 증거를 찾아서 빼도 박도 못하게 잡아야 했다. 하지만 어떻게…. 그때 옆에서 김준영이 슬그머니 가방에서 노트를 꺼내 펜을 쥐고 뭔가를 깨작거리기 시작했다. 그에게 기분이 상해 있던 터라 처음에는 무시했던 이유미도 점점 완성되어 가는 정신 사나운 그림에 불가항력으로 시선을 빼앗기고 말았다.

"…코, 코끼리를 삼킨 보아뱀?"

"자유의 여신상 아니오?"

믿을 수 없게도 작성자 김준영의 주장에 따르면 그건 11자리 숫자였다. 표수진의 인사 정보에 있던 아버지 연락처라고 했다.

"…가족분들을 만나… …피의자 정보를….'

피의자라면, 사고 때 표수진을 들이받은 차량의 운전자를 가리킬 터.

이유미도 모르진 않았다. 표수진 살인미수에 장동욱의 개입이 있었단 걸 증명하려면 사주를 받은 당사자를 족치는 게 가장 확실했다. 김준영의 말은 표수진 가족들이 합의 문제로 사고 피의자의 연락처를 가지고 있을 테니, 그걸 넘겨받아 접근해 보자는 것이었다. 하지만 연락처를 확보한다고 끝나는 문제가 아니었다. 순순히 입을 열 리가 없지 않나. 장동욱이 한두 푼 건넨 게 아닐 텐데. 고민에 빠진 이유미를 곁눈질하며 안고영이 남은 석쇠불고기를 입에 쑤셔 넣었다.

사흘 후, 이유미와 김준영, 안고영은 병원 1층 카페에 표수진의 부모를 만났다. 회사에서 자체적으로 사건을 조사 중이라며 둘러대자 표수진의 아버지가 세 사람의 손을 어루만지며 하나님의 은총을 빌었다. 피의자는 40대 남성이며 직업은 아동용 교구 영업사원. 사고 직후 거액의 합의금을 제안했다고 한다. 번호를 넘겨받고 이유미가 몇 가지 질문을 던졌다. 표수진의 사생활, 그러니까 취미, 만나는 사람, 주머니 사정, 가족 내 분위기 등에 대하여. 특히 그가 작년에 퇴직금을 중간 정산 받고 올해 회사 내부 대출까지 최대 한도로 끌어다 쓴 이유를 집중적으로 파고들었다. 아버지의 대답에는 실속이 없었다. 표수진이 오랫동안 혼자 살다가 최근 본가로 들어왔고, 본인이 목사로 있는 개척 교회에 다 같이 다니고 있고, 그가 집안 경제를 책임지는 실질적인 가장이라는 정보 정도. 소득은 의외의 곳에서 나왔다. 이 대화에서 표수진의 아버지는 유독 늦둥이 막내딸 표하리를 언급할 때마다 독특한 감정을 내비쳤다. 시선을 아래로 향하고 입술을 깨물며 손으로 입을 가리고 수시로 침을 삼키는, '수치심'과 '은폐'를 내비치는 언어들. 아버지가 딸에게 갖는 통상적인 감정은 아니었다. 이유미가 머릿속에 표하리의 이름을 새겼다. 좀 더 파헤칠 필요가 있을 것 같지만 지금은 피의자에게 접촉하는 것이 우선이었다. 다시 병실로 올라가 보겠다고 하는 그들을 배웅했다.

 곧이어 이유미가 피의자의 번호로 전화를 걸었다. 상대편은 이유미가 TA백화점이 아니라 지주사 소속이라는 걸 몇 번이나 확인하더니 할 말이 없다며 끊어버렸다. 몇 번이고 다시 걸어 보았지만 아예 차단한 것 같았다.

 허탕이었다. 각자 고민을 더 해본 후 다음을 기약하기로 하고 헤어졌다. 수 분 후, 이유미와 안고영이 다시 만났다. 주차장의 람보르기니 우루스 안에서. 카페에서 했던 통화는 리허설일 뿐,

본방은 지금부터였다. 연출 이유미, 각본 이유미, 주연 안고영.

"뭐, 이렇게까지 해야 해?"

이유미의 사늘한 시선에 안고영이 벌리고 있던 허벅지를 다소곳이 모았다.

"이렇게까지 저 김준영이라는 사람에게 비밀로 해야 하는 이유가 있습니까?"

"굳이 노출할 필요 없어요. 어차피 도움도 안 될 텐데."

이유미의 직감이었다. 지금 그들이 하려는 일은 김준영의 '선' 바깥에 있었다. 안고영을 한 대 치라고 했을 때 돌아왔던 반응처럼, 아니 어쩌면 그 이상으로, 반대하거나 심지어 훼방을 놓을 위험이 있었다. 그래서 제외했다.

준비해 온 시나리오는 단순했다. 계좌에서 성매매 불법자금이 세탁된 기록이 나왔다며 윽박지르다가 수사에 협조하면 봐주겠다고 회유하는 검찰. 보이스피싱에서 사용하는 흔하디 흔한 수법이었지만 피의자가 평판에 민감한 직업이니 정신적으로 흔들기에 좋을 것 같았다.

그로부터 약 30분 후에 두 사람은 피의자의 계좌 입출금 내역 캡처본을 확보했다. 안고영의 능청스러운 연기가 제대로 먹혔다. 신기는커녕 자다가 가위 한 번 눌려본 적 없는 위인이 여태 무당으로 밥벌이를 할 수 있었던 이유가 있었다. 거기에 이유미가 설계한 치밀한 화술이 더해지니, 처음에는 의심하던 피의자도 속절없이 말려들어 막판에는 도와달라고 애걸복걸하는 지경에 이르렀다. 피의자가 보내준 세 은행 계좌에는 두 달 전 연속으로 큰돈이 들어온 기록이 있었다. 이유미가 회사 메신저에서 입금자명을 검색했다. 같은 이름이 세 명 나왔다. 그중 한 명은 TA백화점 미래전략실 소속으로, 장동욱 사장의 비서진이었다.

백화점 입지 데이터를 조작한 직원이 사고를 당했는데, 피의자가 장동욱에게서 돈을 받았다? 대형 스캔들이었다.

하지만 여전히 결정타가 없었다. 지금 터트리면 돈을 보낸 비서만 독박을 쓰고 끝날 것이다. 장동욱이 꼬리 자르기를 하고 유유히 도망치는 꼴을 두고 볼 순 없었다. 안고영이 솔깃한 제안을 했다. 장동욱 사장의 집에 직접 들어갈 수 있다는 것이다. 평소 전속 무당으로 점사를 봐주고 있기에, 신규 사업에 마가 끼었다면서 액막이 핑계를 대면 자택을 방문할 수 있을 거라고 했다.

"이유미 선생님께서는 제 애동제자인 척 동행하셔서 직접 장동욱이를 만나시면 어떨지."

안고영 입장에서는 자기가 내놓을 수 있는 최고의 패였는데, 이유미의 표정이 영 뜨뜻미지근했다. 뜨뜻미지근한 정도가 아니라 퍽 난처해 보였다. 안고영이 이유미의 시선을 좇다가 갑자기 우렁찬 비명을 질렀다.

"우아아아아아악! 잘못했어요, 잘못했어요!"

차장 밖에 원혼이 서 있었다. 사실 김준영이었다. 겁에 질려 눈물까지 찔끔 대는 안고영을 밖으로 밀어내고 이유미가 김준영을 들여보냈다. 하필이면, 안고영 입냄새 때문에 창문을 살짝 열어뒀다. 사고 피의자를 유인하려고 꾸민 수작을 보고 들었을 것이다. 어디서부터? 초조해진 이유미가 곁눈질했다. 김준영이 인상을 쓴 채 웃고 있었다. 여전히 감정을 읽을 수가 없었다.

오랜 기다림 끝에 김준영의 입이 열렸다.

"…같아집니다…."

무슨 소린지 도통 알아들을 수가 없었다. 이유미가 주의 깊게 들으려고 조수석 쪽으로 상체를 기울였다. 김준영이 쭈뼛쭈뼛 몸을 뒤로 물렸지만 자리가 없었다.

"…나쁜 방법을 쓰면…."

"나쁜 방법을 쓰면?"

"…나쁜 사람과… 같아집니다…."

이유미가 헛헛하게 웃었다.

"나쁜 방법 말고 좋은 방법이 있으신가 보다. 저는 멍청해서 모르겠어요. 박사님이 좀 알려주실래요?"

"…회사에 …보고를 …하거나…."

"아하."

"…경찰에… 신고를…."

"너무 좋은 생각이다."

한참 동안 자동차 앞 유리를 뚫어져라 노려보던 이유미가 느닷없이 셔츠 소매를 위로 말아 올리기 시작했다. 차내 온도가 서늘한 편이었으니 더위를 식히려는 의도는 아닐 것이다. 김준영의 미간에 깊게 주름이 패였다. 행위의 의미를 알 수 없어 혼란스러워하는 기색이었다. 말리는 사람도 없겠다, 이유미가 소매를 아예 어깻죽지까지 올렸다. 뽀얀 팔뚝에 개구리알처럼 시커먼 흉터들이 점점이 박혀 있었다. 올라갈수록 개수가 늘어나서 윗 팔뚝은 빈틈없이 들어찬 흉터로 피부가 아예 검어 보였다.

"이게 뭘까요?"

김준영이 숨을 쉬지 않는 것 같아서 이유미가 곧바로 정답을 내놓았다.

"담배빵이요. 저한테 이런 짓을 한 사람, 경찰에 신고했거든요. 증거불충분으로 풀려났어요."

이유미가 손으로 제 머리끄댕이를 잡아당겼다. 놀랍게도, 탐스러운 밤색 머리카락이 홀러덩 허공에 떠올랐다. 가발이었다. 그 아래로 커다란 흉터가 뱀처럼 수놓인 두피가 모습을 드러냈다. 모근이 반절은 타버린 민머리였다.

"제 머리에 끓는 물을 부은 사람, 경찰에 신고했거든요. 심신미약으로 집행유예를 받았어요."

이유미가 쥐고 있던 가발을 바닥에 내팽겨쳤다. 그러니까, 다시 한번 말하자면, 평소의 이유미라면 절대 이렇게 말하지도 행동하지도 않았을 것이다. 약점을 스스로 전시한다? 멍청한 짓이었다. 트라우마를 들켰다간 이용당할 뿐이니 영원히 감추는 것만이 정답이었다. 게다가 이런 행동은 사건 해결에 아무런 도움이 되지 않는다. 자신이 어릴 적 당한 폭력과 가해자들이 받은 처분은 표수진 사건과 별개의 문제였다. 누구보다 잘 알았다. 알고 있지만 참을 수 없었다. 김준영의 입에서 경찰에 신고한다는 얘기가 나온 순간, 세상 험악한 외피를 쓰고 세상 태평한 말을 하는 저 면상을 어떻게든 뭉개버리고 말겠다는 오기가 생겼다. 죄책감을 자극해서 후회하는 모습을 보지 않고서는 잠을 이룰 수 없을 것 같았다.

하지만 이런 결과가 기다리고 있을 줄은 몰랐다.

김준영이 떨어진 가발을 주워 이유미의 머리에 씌워주면서 닭똥 같은 눈물을 뚝뚝 흘렸다.

3장
출근하고 싶은 김준영 과장

1.

출근하고 싶다.
왜 오늘 일요일이지?
침대에서 눈을 뜬 김준영이 지독한 두통과 싸우며 하는 생각이다. 천천히 몸을 일으킨 그가 협탁 서랍에서 알약을 꺼내 삼켰다. 약효가 돌길 기다리며 도로 침대에 누워 눈을 감는다. 20년 넘게 계속된 아침 루틴이었다. 김준영은 진통제를 먹지 않으면 정상적인 생활을 할 수 없다. 너무 많은 정보가 매순간 뇌리에 새겨지는 까닭에 언제나 심한 두통에 시달리기 때문이다. 과잉기억증후군. 김준영이 아홉 살 때 받은 진단명이다.

보고 듣고 느낀 모든 것을 사진 찍듯이 통째로 기억하는 능력은 미디어에서 천재성으로 묘사되곤 하지만 실상은 질병이었다. 지나친 정보가 감각 기관에 과부하를 일으켜 집 밖을 나가면 제대로 걸을 수도 없었다. 이 때문에 김준영은 고등학교까지의 과정을 홈스쿨링으로 갈음해야 했다. 성인이 되어 뇌의 성장이 멈추고 적절한 약을 찾으면서 겨우 바깥 활동이 가능해졌다. 대학생이 되어 처음 학교라는 장소에 간 김준영은, 캠퍼스에 들어서자마자 사람들이 모세의 기적처럼 갈라지는 광경을 보게 되었다.

    아무리 알약을 밥처럼 삼켜도 잔잔한 통증이 남아 있어 미간을 찌푸린 채, 새로운 공간에 왔다는 호기심에 눈은 희번덕, 드디어 친구가 생긴다는 설렘에 입가에는 조커 같은 미소를 지은 괴상한 남자. 거기다 햇빛을 보지 못한 피부는 새하얗다못해 시퍼런 빛깔이 돌고, 작은 자극에도 잠을 이루지 못하니 눈 밑엔 다크써클이 거뭇거뭇, 약 부작용으로 입술은 보라색이었다. 그야말로 시체안치소에서 방금 일어났다고 해도 어색함이 없을 비주얼에 새학기를 맞은 캠퍼스가 순식간에 얼어붙은 것도 이상한 일은 아니었다. 하지만 제대로된 사회 생활이 처음이었던 김준영은 이걸 문제라고 인식하지 못했다. 외부 자극에 취약한 자신을 배려해 고맙게도 공간을 만들어주는 줄만 알았다. 말만 섞어도 안 좋은 일이 생긴다는 소문이 퍼지는 바람에 상황을 객관적으로 일러줄 친구도 생기지 않았다.

    안타까운 사실은 김준영이 겉보기와 다르게 타인을 무척 좋아한다는 것이다. 특히 작고 귀여운 사람에게 맥을 못 췄다. 콩나물처럼 키만 웃자란 탓에 그의 눈높이에선 대다수가 귀여워 보인다는 게 함정이지만. 기실 김준영이 느끼는 귀여움은 생물과 무생물, 종을 가리지 않았다. 사람뿐만 아니라 모든 깜찍한 것들에 살살 녹아내렸다.

    예를 들면 햄스터라든지, 햄스터라든지, 햄스터 같은.

    약효가 돌아 침대에서 빠져나온 김준영이 거울 앞에서 멈춰 섰다. 제 잠옷 속 햄스터와 눈이 마주치자 입을 길게 찢었다.

오피스 추노

굿모닝, 햄쿠.

이 잠옷은 그가 애정하는 캐릭터 햄쿠의 세계 햄스터의 날 한정판 굿즈였다. 출시일에 연차까지 내놓고는 늦잠을 자는 바람에 헐레벌떡 뛰어갔더니 이미 대기줄이 구불구불했다. 다행히 사람들이 김준영을 보고 뒷걸음질을 치면서 앞다투어 순서를 양보해 줘서 구매할 수 있었다. 그런 배려를 받을 때마다 김준영은 온 마음이 인류애로 가득 차는 것을 느꼈다. 햄쿠를 좋아하는 사람들은 꼭 햄쿠처럼 다정하다니까. 방을 가득 채운 햄쿠들, 그러니까 햄쿠 인형, 피규어, 컵홀더, 쿠션, 이불, 슬리퍼, 극장판 포스터, 디오라마, 입체 카드, 클리어 파일, 스노우볼, 아크릴 스탠드, 키보드와 마우스를 돌아보며 김준영이 히죽거렸다. 아참, 찌럭이를 빼놓으면 안 되지. 젤리처럼 생긴 찌럭이는 햄쿠가 자기 콧물로 만든 반려동물이었다. 일부 강경 햄쿠 팬 중에선 찌럭이를 배척하는 사람도 있었지만 김준영은 그의 편이었다. 어쩐지 자기와 좀 닮았다고 느꼈기 때문이다. 말도 안 되는 얘기지만, 햄쿠 곁을 지키는 찌럭이로 다시 태어난다면 얼마나 좋을지 자주 망상에 빠지곤 했다.

그 와중에 만난 것이다. 인간 햄쿠, 이유미 대리를.

김준영이 눈을 뜨자마자 출근하고 싶다는 기상천외한 생각을 하게 된 원인이 여기에 있었다. 동료들을 만날 수 있어 회사를 좋아하긴 했지만 주말에 나가고 싶어 하는 정도는 아니었으니까. 하지만 그건 인간 햄쿠의 존재를 두 눈으로 확인하기 전의 얘기였다. 햄쿠처럼 까만 눈동자와 햄쿠처럼 동글동글한 콧망울과 햄쿠처럼 자그마한 귀와 햄쿠처럼 폭신폭신한 뺨과 햄쿠처럼 앙증맞은 손을 볼 수 없는 주말에는 가슴에 날파리가 들어온 것처럼 하루

종일 간지럼증이 일었다. 사진이라도 보고 싶었지만 상대가 기분 나빠할 수 있으니 손수 이유미의 캐리커처를 그려 10센티미터 햄쿠 인형 옆에 세워 두웠다. 웬만한 굿으로는 성불시키기 어려울 듯한 무시무시한 그림이 탄생했다는 걸 본인은 자각하지 못했으므로, 씻으러 나가기 전 김준영이 이유미의 캐리커처를 향해 한 차례 더 웃어 보였다.

아침 식사를 하러 주방으로 나온 김준영을 향해 두 마리 리트리버가 꼬리를 흔들며 다가왔다. 반찬을 꺼내던 아버지가 물었다.

"너 얼굴이 왜 그러니? 다친 건 아닌 것 같고."

"…어디가…."

"왼쪽 눈두덩이, 입술, 오른쪽 턱 귀퉁이."

김준영이 식판에 감자채 볶음을 담다 말고 얼굴을 더듬었다. 옆에서 누나가 끼어들었다.

"화장했네."

식탁에 앉아 있던 어머니가 거들었다.

"예쁘겠다."

예쁜가? 김준영이 더듬이 같은 손가락으로 광대를 벅벅 문질렀다. 색조 화장은 비누로 잘 지워지지 않는다는 걸 몰랐다. 어제 안고영이 무당의 포스가 느껴지게 꾸며주겠다며, 빨갛고 노랗고 푸르딩딩한 뭔가를 발라줬던 게 남은 모양이었다.

이게 어떻게 된 일이냐면…. 자조치종을 따지자면 햄쿠, 아니 이유미의 머리에 난 흉터를 보고 차 안에서 김준영이 울음을 터트린 날로 돌아가야 했다. 감정을 추스르지 못하고 연신 훌쩍이는 김준영에게 이유미가 부탁했다. TA백화점 장동욱 사장 집에

오피스 추노

가달라고. 점사를 핑계로 안고영이 약속을 잡을 테니 동행하면
된다고 했다. 김준영이 오래 생각한 뒤에 물었다. 대리님이 가는 게
낫지 않겠냐고. 모르긴 몰라도 지금까지 김준영이 지켜본 햄쿠, 아니
이유미는 못 하는 게 없으니까 연기력도 좋을 거 같았다. 하지만
이유미의 생각은 달랐다. 연기력이 아닌 기억력이 필요하다고
했다. 장동욱이 사는 곳은 대대로 TA가가 지내온 고택으로, 부지
안에 총 네 채의 건물이 있고 한 곳에는 권화용 회장이, 다른 두
곳에는 큰아들 장동욱과 작은 아들 장치욱이, 나머지 한 곳에
고용인들이 살았다. 모든 건물에 경비원이 상주하는 건 물론이고
현관에 금속탐지기가 설치되어 있어 카메라나 녹음 장비를 반입할
수가 없으니 안에서 듣고 보는 것을 빠짐없이 기억해 줄 사람이
필요하다고 했다. 저번처럼 결정적인 힌트가 될 계좌번호라도
건져오면 얼마나 좋겠냐는 이유미의 목소리가 우유 거품처럼
보드라웠다.

    그래서 어제 다녀왔다. 무당인 척을 하고.

    고풍스러운 한옥을 예상했는데 의외로 신식이었다. 옥상에
기와를 얹어 전통 느낌만 낸 3~4층 규모의 건물들이 잘 가꿔진
나무 사이로 드문드문 모습을 드러내고 있었다. 경비원의 안내에
따라 서재에서 기다리니 장동욱이 나타났다. 안고영이 서둘러
김준영은 귀신이 아니라 사람이라는 걸 알려주고 얼마 전
신내림을 받은 애동제자인데 이번 액막이에 필요해서 데려왔다고
둘러댔지만 장동욱의 낯빛이 밝아지지 않았다. 하는 수 없이
화장실에 다녀오라며 안고영이 김준영을 밖으로 떠밀었다. 그 말을
곧이곧대로 이해한 김준영이 넓은 집에서 화장실을 찾기 위해
한참을 헤매다 한 여자와 마주쳤다.

비명에 사람들이 몰려들었다. 사모님이라고 부르며 부축하고 팔과 다리를 주무르는 걸 보니 장동욱의 아내인 것 같았다. 고용인 한 명이 김준영의 정체에 대해 알려주자 그제야 진정이 된 여자가 말했다.

"어머, 신내림 받은 지 얼마 안 된 무당이 그렇게 영험하다던데."

얼결에 김준영이 여자에게 끌려갔다. 긴 복도를 지나 문을 몇 개나 열고 넓은 응접실에 도착했다. 여자가 김준영을 소파에 앉히더니 미주알고주알 고민을 털어놓았다.

"아니, 나는 TA백화점 사모님을 하려고 온 게 아니거든. TA그룹 사모님을 하려고 온 거지."

여자의 관심사는 남편의 회장직 승계였다. TA그룹은 2대째 장자 상속을 했으니 3대째도 마찬가지일 거라고 철석같이 믿었는데, 최근에 시동생인 장치욱 TA식품 사장이 유력한 경쟁자로 부상한 데다가 여태 구석에 짱박혀 있던 여동생까지 설치고 다녀 이만저만 골이 아픈 게 아니라며, 용한 도사님이 잘 좀 봐주시라고 팔뚝을 꼭 잡았다. 여자가 시동생과 시누이의 생년월일시를 불러주는데 정작 김준영은 테이블에 놓인 쿠키만 빤히 내려다보고 있었다. 초코칩이 콕콕 박힌 모양이 꼭 햄쿠 같았다. 귀여워서 먹을 수가 없네. 세상에는 귀여운 디저트가 참 많다니까. 이 오돌토돌한 모양을 봐. 하나 챙겨갈까? 너무너무 귀여워….

"뭐라고요?"

여자의 채근에 김준영이 눈을 들었다.

"지금 귀, 라고 하셨죠?"

저도 모르게 마음의 소리를 뱉어낸 모양이었다. 김준영이 입술만 달싹였다.

오피스 추노

"귀신?"

"……."

"아님 귀인?"

당황한 김준영이 상체를 뒤로 젖히자 그 몸짓을 어떻게 해석했는지 여자의 얼굴에 화색이 돌았다.

"역시 김 의원님인가."

마침 고용인이 들어와 사장님이 찾으신다며 불러냈다. 가까스로 위기에서 벗어난 김준영이 허겁지겁 뒤를 따랐다. 장동욱을 마주친 여자가 박수를 치며 외쳤다.

"여보! 도사님이, 우리한테 귀인이 오신대!"

그렇게 얼레벌레 점사를 마치고 나온 김준영. 어찌나 혼이 쏙 빠졌는지 옆에서 안고영이 나무 뿌리에 걸려 넘어지는데도 멍하니 보고 있다가 반박자 늦게 부축했다. 가방 속 방울 때문에 안고영의 모든 동작에 챙챙거리는 BGM이 깃들어 요란스럽기 짝이 없었다. 대문을 나갈 때 금속탐지기가 울렸으나 방울 때문이란 걸 알아서인지 별다른 제지는 없었다. 무사히 나온 두 사람. 떨어진 곳에서 대기하고 있던 람보르기니에 올라탔다. 싱잉볼 명상 음악을 듣고 있던 이유미가 볼륨을 낮추고 김준영에게 물었다.

"뭐 본 거 없어요? 들은 거는?"

"…장동욱의 서재에…."

"서재에?"

이유미의 얼굴이 가까이 다가오자 갑작스런 햄쿠 공격에 김준영이 들숨을 집어삼켰다.

"…큽…."

"서재에 뭐요."

"…책이 728권… 저자의 수는 661명….."
순식간에 이유미의 눈이 흐리멍텅해졌다.
"…그중 외국인 저자는 475명…."
"아, 네."
"한국인 저자는 186명…."
"수고 많으셨어요."
차에서 나가기 전, 김준영이 호주머니에서 뭔가를 꺼내 안고영에게 내밀었다. 방울이었다. 안고영의 눈동자가 위아래로 흔들렸다. 왜 안 내리냐고 핀잔하며 뒤를 돌아본 이유미가 억, 하고 외마디 소리를 냈다.
"이걸 왜?"
"…떨어 뜨리셔서…."
조금 전, 사모님에게 잡혀 있다가 서재에 돌아온 김준영은 그새 공간의 디테일이 달라져 있는 걸 포착했다. 이전 기억과 대조해 보니 바닥과 책장 아랫면 사이에 음영의 변화가 있었다. 속을 들여다보니 안고영의 방울이 있었고, 실수로 흘린 거 같아서 주워준 것이다. 안고영과 이유미가 눈과 입과 콧구멍을 한껏 벌리고 자신을 쳐다보자 머쓱해진 김준영이 입술을 꾹 말아 물었다. 저렇게까지 고마워하지 않아도 되는데, 참 다정한 사람들이었다. 고개를 꾸벅 숙이고 사라지는 김준영. 그리고 정확히 3분 뒤 다시 람보르기니로 돌아왔다. 두고 온 카드를 챙기려고.

그 카드는 보통 카드가 아니었다. 햄쿠 스페셜 트래블카드였다. 기내식을 먹는 햄쿠와 찌럭이가 인쇄된 전년도 썸머 시즌 한정판. 그걸 깜빡하고 차에 놓고 내렸다. 오늘이 아니라 며칠 전에, 병원에서 표수진네 부모님을 만났던 날. 그때도 헐레벌떡 찾으러

갔다가 햄쿠, 아니 이유미 대리의 아픈 상처를 보고 감정이 복받쳐 우느라 정신이 없어서 챙기는 걸 까먹었다. 이번에도 뒤늦게 생각이 나 허둥지둥 돌아온 건데, 와서 보니 또 이유미와 안고영이 차에서 대화를 나누고 있었다. 자기만 빼고 두 사람이 부쩍 친해진 것 같아서 침울해진 김준영이 차량으로 다가갔다. 이유미의 목소리가 들렸다.

"미치겠네, 진짜."

"아유, 그러게요. 저 자식이 진짜 눈치도 없이 말이야. 사람이 어렵게 가져다 놓은 걸 다시 가져와? 내가 확, 어? 확, 한마디 해야지 그냥."

"입단속 잘하세요. 김준영 과장이 알아서 좋을 거 없어요."

자기 이름이 나오자 김준영이 열린 창문 틈을 고개를 갖다 댔다. 안고영이 씩씩거리며 뭔가를 바닥에 팽개쳤다. 아까 주워다 준 방울이었다.

"이제 어떻게 하냔 말이야. 다시 집에 들어갈 수도 없어요. 명분이 없잖아."

"생각해 볼게요."

"서재 말고 자동차에 도청 장치를 설치하면?"

"어떻게요?"

"그야…."

생각하고 한 말이 아니었는지 안고영이 머리를 긁적이다 말을 돌렸다.

"근데 진짜 어떻게 할 생각이셔? 솔직히 누가 봐도 장동욱 짓인데."

"확실한 증거가 없어요. 동기도 없고."

"스승님이 뭘 좀 모르시네. 뒤가 구린 새끼들은요, 증거가 확실하지 않아도 뉘앙스만 풍기면 제 발로 찔려서 막, 네? 막, 지갑을 술술 연다고요."

안고영이 히죽거리며 지갑에서 돈 꺼내는 제스처를 반복하다가 반응이 없자 슬그머니 팔을 내렸다.

"저거 저거, 혼자 다 해 처먹으려고 저러지."

투덜거리면서 차에서 내리는 안고영. 반대편에서 몸을 웅크리고 있던 김준영이 조심스레 상체를 일으켰다. 핸들에 머리를 콩콩 찧고 있는 이유미의 모습의 보였다.

"씨발! 씨발!"

괴로워하는 햄쿠 앞에서 김준영의 눈망울이 일렁였다.

도와줘야 해.

장동욱 서재에 책은 828권, 저자의 수는 661명, 그중 외국인 저자는 475명, 한국인 저자는 186명, 그 안에서 김 씨 성을 가진 사람은 22명, 장동욱의 아내가 귀인이라며 언급한 '김 의원'이라는 호칭에 적합한 직업을 가진 사람은, 단 한 명,《대한민국을 생각하다》와《김해탁의 동행》의 저자, 현 여당 대표이자 차기 유력 대권주자인 김해탁이었다.

2.

다시, 김준영의 집.

누나에게 클렌저를 빌려 화장을 지운 김준영이 산책을 나섰다. 몇 시간 뒤, 양재천에 무서운 사람이 있다는 신고가 경찰서에 접수됐다. 집에 가는 길까지 경찰관의 에스코트를 받으며 김준영은 감동에 젖었다. 신고를 해준 시민에게도 고마운 마음뿐이었다. 혼자 강가에 있으면 위험할까 봐 걱정해 준 거니까. 이런 다사로운 배려를 겪으며 김준영은 고민하고 있던 문제에 답을 내렸다.

컴퓨터를 켰다. 인천 청라동 등기부등본을 정리한 파일을 다시 열었다. 부동산 소유자 명단을 다시 점검했고 김해탁의 장인, 장모, 두 아들과 딸, 첫째 며느리, 사위의 존재를 확인했다. 11년 전 김해탁의 대법원장 청문회 때 언급됐던 이름이었다. 그들이 해당 지역에 소유하고 있는 아파트와 빌딩을 모두 합하면 총 서른일곱 채. 최근 김해탁이 대표로 있는 당에서는 자본시장법과 상속법 개정안을 발의했다. 모두 기업 승계와 직접적으로 관련된 법안이었다.

대강의 밑그림이 보였다. 그룹 총수직을 노리는 장동욱이 법안의 대가로 신규 백화점 부지를 김해탁에게 유리한 곳으로 선정했다. 표수진 팀장은 이 조작을 주관하는 용도로 사용된 후 폐기 처분되었다…. 이유미의 말대로 직접적인 단서가 나온 건 아니지만 수사를 시작할 만한 정황 증거는 충분해 보였다. 이제 공식 기관에 역할을 넘길 차례였다. 김준영은 조금 전 자신을 데려다주면서 내내 울상이었던 경찰관들의 얼굴을 떠올렸다. 시민의 안위를 염려하는 그들의 상냥함을 떠올리며, 김준영이 법무부 청렴마당에 접속해 공익 신고를 했다.

그리고 일주일 뒤, 김준영의 집에 불이 났다.

더 정확하게는 김준영의 집 바로 옆, 아버지가 운영 중인 고물상에서 화재가 발생했다. 인명 피해는 없었으나 조금이라도 늦게 발견했다면 불이 번질 뻔한 상황이었다. 방화를 의심하던 경찰은 조사 후에 소식이 없었다. 김준영이 휴가를 내고 잿더미가 된 고물상을 정리하던 중이었다. 시꺼멓게 변해 고꾸라진 펜스 위로 보들보들한 동그라미가 나타났다.

"야."

이유미였다. 오랜만에 보는 얼굴에 김준영의 입꼬리가 반사적으로 올라갔다.

"너 미친놈이야?"

과잉기억증후군은 뇌질환에 속하기 때문에, '미치다'라는 표현이 정신질환을 의미한다면 포괄적인 의미에서 옳았다. 김준영이 고개를 끄덕이자 이유미가 다가와 멱살을 쥐었다.

"내가 경찰에 신고하지 말라고 했지. 머리는 장식으로 들고 다녀? 지금 너 때문에 불난 거 알아 몰라?"

김준영이 미간을 찌푸렸다. 아무리 기억을 되새겨도 이유미가 경찰에 신고하지 말라는 얘길 한 적은 없었다. 자신을 해코지한 가해자를 경찰에 신고했더니 무혐의와 집행유예를 받았다는 과거 일화를 들려주긴 했지만. 더욱이 의미를 알 수 없는 건 이 화재가 자신 때문에 났다는 말이었다. 정확한 의도를 묻고 싶었지만 코앞에 놓인 이유미의 표정이 너무 살벌해서 입술을 떼기가 어려웠다. 햄쿠의 이런 모습은 처음이었다. 앙증맞은 눈매가 파르르 떨리고 오동통한 볼따구가 분노로 씰룩였다. 왜 화가 났지. 내가 뭘 잘못했지. 왜 나한테….

"울지마아아악!"

이유미의 고함에 김준영의 눈꺼풀이 꾹 닫혔다. 눈물 한 줄기가 또르르 볼을 타고 흘렀다.

"처울지 말고 똑바로 말해. 대체 왜 그랬어? 너 장동욱 스파이야?

방해하려고 일부러 그래?"

"…돕고…."

"도와? 이게 돕는 거야? 두 번 도왔다간 아주 사람이라도 죽이시겠어요?"

"…괴로워하는 것 같아서… 가족을… 흡."

"뚝! 또박또박 말 안 해?"

"아무리 나쁜 사람이라도… 가족을… 가족을 가족이 신고하는 건 힘드니까… 도와… 도와주고 싶었… 흐흡."

멱살을 쥐고 있던 이유미의 손에서 힘이 풀렸다.

"지금 무슨 말을 하는 거야."

물기로 뿌예진 김준영의 시야로 이유미의 얼굴이 수채화처럼 번져 보였다.

그걸 알아차린 건 무당 변장을 하고 장동욱 집에 갔을 때였다. 사모님이 점사를 봐달라며 내민 시누이의 이름이 이유미였고 태어난 연도와 날짜가 같았다. 김준영이 회사 동료의 생년월일을 알고 있는 이유는 간단한데, 처음 표수진 사건을 조사하러 TA백화점 본사에 갔을 때 출입증을 받으려고 이유미가 꺼낸 주민등록증을 보고 번호를 외웠기 때문이다. 김준영에게는 아주 일상적인 일이었다. 그렇다고 해도 바로 두 인물이 같다는 결론을 내린 건 아니었다. 우연히 같은 날 태어난 동명이인일 수도 있으니. 하지만 이유미의 주민등록번호 뒷자리 두 번째에서부터 다섯 번째까지 출생 읍·면·동 번호가 대대로 TA가가 살아온 저택의 주소지와 일치한다는 점이 아무래도 미심쩍었다. 여기에 하필 한 사람은 TA그룹의 막내딸이고 한 사람은 TA그룹에 근무, 그것도 지주사에서 일한다라. 우연이 네 번이면 우연이라고 부르기 어려운 법이었다. 결국 김준영은 잠정적으로 두 사람을 동일인이라 결론지었다.

 그래서 장동욱을 경찰에 신고한 것이다. 이유미를 대신해서. 처음에는 함부로 끼어들면 안 될 것 같아 망설였지만, 그래서 양재천을 그렇게 한참이나 서성였건만, 자꾸만 이유미의 모습이 어른거렸다. 그날, 자동차 핸들에 머리를 박으며 씨발씨발을 읊조리던 햄쿠의 고뇌가 가슴에 사무쳤다. 얼마나 힘들까 싶어서. 가족의 범죄를 제 손으로 알려야 하는 상황이 얼마나 괴로울까 싶어서. 게다가 이유미는 과거 끔찍한 폭력을 당했었다. 그런 이에게 가족이라는 울타리가 어떤 의미인지, 김준영은 누구보다도 잘 알고 있었다. 어린 시절 병 때문에 두문불출하던 김준영을 그의 가족이 사랑으로 돌봐주었던 때를 떠올리면서 말이다. 그 소중한 울타리를 제 손으로 무너뜨려야 한다니, 상상만으로도 심장이 조여드는 기분이었다. 그래서 결심했다. 그의 작고 가는 어깨에 놓인 무거운 짐을 덜어주려고.

 이유미가 얼굴을 손으로 가리며 웃었다.

 "와…. 김준영 과장님, 정말…."

 고마워하지 않아도 되는데, 모든 걸 털어놓고는 어쩐지 쑥스러워진 김준영이 코 밑을 손가락으로 비볐다.

 "죽여버릴 수도 없고…."

 응? 잘못 들었나.

 "장동욱과 장치욱은 장 씨인데 나는 이 씨잖아요. 이상하다고 생각은 안 해봤어요?"

 그제야 뒤늦게 남매의 성이 다르다는 걸 의식한 김준영이 입을 헤벌렸다. 이유미가 손사래를 치며 그을음이 묻은 벽에 기대어 앉았다. 한숨이 길었다.

"김해탁이 얽혀 있는 건 어떻게 알아낸 거예요?"

"그… 서재에… 책…."

"아니 자세한 건 됐어요. 알아서 뭐해. 또 어디서 보고 듣고 모조리 외웠겠지."

이해받았다는 기쁨에 김준영의 입가에 미소가 돌아왔다.

"그래서 앞으로 어떻게 할 거냐고요. 김해탁이 법무부 장관이랑 같은 라인이잖아요. 왜 함부로 건드려서 일을 이렇게…."

김준영이 미간을 바짝 좁혔다. 공익 신고 홈페이지에는 분명 신원을 비밀로 해준다고 나와 있었는데. 하지만 방화로 추정된다면서 추가 조사도 없이 소식이 끊겨버린 현 상황을 겹쳐보니 자기가 모르는 모종의 힘이 물밑에서 작용하고 있는 모습이 그려졌다. 화재가 나 때문에 발생했다는 말이 이런 의미였구나. 죄책감에 풀이 죽은 김준영이 고개를 숙였다.

어느덧 해가 뉘엿뉘엿 넘어가고 있었다. 누나에게 저녁 먹으러 들어오라는 메시지가 왔지만 무시하고 김준영은 줄곧 바닥에 쭈그리고 있었다. 옆에서 오래도록 말이 없던 이유미가 돌연 자리에서 일어나더니 손을 내밀었다.

"갑시다."

김준영이 가만히 이유미의 손바닥을 들여다봤다. 손금에 생명선이 길었다. 좋은 일이었다. 이유미가 재촉하듯이 팔을 흔들었다. 하지만 또 일을 그르칠지도 모른다는 두려움에 김준영은 선뜻 손을 잡을 수가 없었다. 이유미의 목소리가 낮게 깔렸다.

"두 번 말하게 하지 말고 같이 가요. 배때기를 확 쑤셔버리기 전에."

농담이 아닌 것 같아 김준영이 스스로의 코어 힘으로 벌떡 일어났다.

"…어딜…?"

"병원이요. 표하리한테 연락 왔어요."

이유미가 핸드폰을 내밀었다. 김준영이 기억을 되짚었다. 표하리는 표수진의 여동생이었다.

3.

여기는 병실. 호흡과 맥박이 돌아왔지만 아직 의식은 없는 표수진이 누워 있는 곳이다. 2인실인데 다른 침대는 비어 있었다. 표하리가 부모님 몰래 조용히 만나고 싶다며 시간대까지 정해줘서 나온 자리였다.

"아빠는 말하지 말라고 했는데…."

표하리가 시선을 내리깐 채로 입술을 삐죽였다. 둥근 얼굴에 길쭉한 눈, 끝이 살짝 올라간 들창코에 명란젓처럼 두꺼운 입술까지, 익숙한 얼굴이었다. 김준영이 침상에 누워 있는 창백한 얼굴을 돌아봤다. 자매가 꼭 닮았다. 나이 차가 스무 살이 넘으니 아무래도 자매보다는 이모 조카 사이처럼 보였지만.

"언니가 돈이 필요했던 건 저 때문이에요."

말을 마친 표하리가 눈을 질끈 감았다. 이유미가 모든 걸 다 이해한다는 듯 고개를 끄덕였다. 김준영만 영문을 모르고 어리둥절했다.

"제가 눈이 안 좋아서요, 주사가 엄청 비싸서 치료비가 많이 나와요. 언니가 그 돈을 마련하느라 힘들었어요. 무슨 나쁜 일을 했거나 사고를 친 게 아니에요…."

표하리의 말에서 몇 가지 키워드를 조합하여 드디어 맥락을 이해한 김준영이 번쩍 고개를 들었다. 눈이 마주치자 표하리가 소리쳤다.

"그니까 언니를 자르지 말아주세요! 곧 일어날 테니까! 금방!"

이유미가 티슈를 건네자 표하리가 코를 풀고 눈물을 닦았다. 이왕이면 코 다음에 눈물이 아니라 눈물 다음에 코 순서가 좋을 텐데. 김준영의 안타까운 마음과 다르게 표하리는 코 묻은 티슈 한 장으로 눈가는 물론이고 축축해진 입매와 턱과 목까지 야무지게 훔쳤다. 발갛게 달아오른 얼굴이 유독 어려 보였다.

불안했나 보다. 부모로부터 회사에서 언니 사건을 조사 중이라는 소식을 들었겠지. 온갖 나쁜 상상이 들었으리라. 퇴직금 중간 정산이니 사내 대출이니 하는 구체적인 항목은 모르더라도 표수진이 회사에서 받을 수 있는 돈을 최대로 끌어온 걸 알고 있을 거고, 공식적인 돈 말고도 비공식적인 돈까지 동원된 걸 어렴풋이 짐작하고 있는지도 몰랐다. 언니가 의식을 회복했을 때 돌아갈 자리가 없을까 봐 해명하러 나온 모양이었다. 안쓰럽기도 하고 기특하기도 해서 김준영의 마음이 말랑말랑해졌다. 그리고 궁금증 하나를 해소했다.

계속 그게 의아했다. 표수진은 왜 장동욱과 손을 잡았을까? 물론 표면적인 이유는 돈이었다. 비리에 동참하는 대가로 매년 막대한 성과급을 타갔고, 아마 음성적인 루트로 더 큰 금액이 흘러갔을 게 분명했다. 하지만 김준영은 여전히 궁금했다. 아무리 돈 싫어하는 사람은 없다지만 표수진은 평범하게 일만 해도 부족하지 않게 살 수 있는 대기업 재직자였다. 왜 그런 꺼림칙한 일에 손을 댄 건지, 스스로의 능력을 넘어서는 돈을 탐한 이유가 뭔지, 김준영이 가진 정보로는 마음의 구조가 그려지지 않았다.

이제야 알았다. 동생 때문이었구나. 동생 병원비를 대려고.

조용히 그러나 빠르게 화가 치밀었다. 가족을 사랑하는 마음을 이용해 사람을 도구처럼 쓰다가 버리다니, 장동욱에 대한 미움을 주체할 수 없었다. 울컥 치미는 감정을 다스리려고 김준영이 괜히 헛기침을 하고 마른 콧물을 들이켰다. 그 소리에 표하리의 어깨가 흠칫 위로 솟았다.

"그럼 약속하시는 거예요. 언니 자르면 진짜 안 돼요."

"얘기해 줘서 고마워요."

"저는 가볼게요. 늦게 다니면 혼나요."

"내려가서 커피 한잔 들고 가요. 내가 살게요."

"…녹차라떼에 초코칩 추가해도 돼요?"

표하리의 뺨에 생기가 돌았다. 목소리에 은근한 응석이 묻어 있었다. 할 말을 다 하고 긴장이 풀려 평소의 모습이 나온 듯, 음료를 기다리는 동안 이유미와 재잘재잘 대화를 나누는 모습이 영락없이 풋풋한 대학생이었다. 표하리를 보내고 이유미가 김준영에게 물었다.

"지하철역까지 태워다 드려요?"

고개를 젓는 김준영.

"저는… 병실에 가봐야 합니다…."

"왜요?"

"…정리를…."

아까 의자가 부족해서 김준영이 옆 침상의 보조 침대를 접어서 앉았다. 급히 나오는 바람에 그냥 두고 나와서 돌아가야 한다는 말이었다.

"둬요. 나중에 누가 하겠죠"

"제가… 썼기 때문에… 제가…."

"아니, 그렇게까지 신경 쓰지 않아도 다른 사람이 해줄 거라고요."

"네…. 제가… 앉았던 거니까… 제가…."

이유미가 너무 빤히 쳐다봐서 부끄러워진 김준영이 시선을 아래로 내렸다. 왜 저렇게 보지. 빨리 가서 정리해야 하는데…. 길게 숨을 내뱉는 소리가 들렸다. 종일 이유미가 한숨을 너무 자주 쉬었다. 심폐 기능에 문제라도 생겼나. 걱정스런 마음에 김준영이 살그머니 눈을 들었다.

"알겠어요. 다녀오세요. 아니다. 저도 같이 가요. 혼자 갔다가 무슨 오해를 받으려고."

"오해… 어떤 오해…?"

"오예라고 했는데?"

김준영이 '오예 받는다'의 의미를 추론하는 동안 이유미가 엘리베이터를 잡았다. 두 사람이 다시 입원동으로 올라갔다. 스테이션의 간호사가 곧 면회 마감이라며 주의를 주자 두고 온 물건만 얼른 갖고 오겠다며 이유미가 양해를 구했다. 병실 앞에서 핸드폰을 들여다보다가 김준영이 통 나오질 않자 이유미가 고개를 길게 뺐다.

"잘 안 접혀요? 도와줘요?"

김준영이 문간에 우두커니 서 있었다.

"왜 그래요? 무슨 일 있어요?"

"…다릅니다…."
"뭐가요?"
김준영이 침상을 가리켰다.
"…가운데 손가락의 위치가…."
이유미가 표수진의 손을 바라봤다.
"…달라졌습니다. 아까와…."

4.

    김준영이 노트에 그림을 그렸다. 표수진의 손가락과 그 아래 침대 시트의 주름 변화를 묘사한 것이었다. 하지만 어떻게 봐도 단두대에 선 마리 앙투아네트 혹은 신라에 불교를 도입한 이차돈의 순교 현장처럼 보였다. 그림의 의도를 이해하지 못한 이유미가 노트 위에 손을 올렸다. 제 손가락을 예로 들어 설명해 보라며. 김준영이 별생각 없이 그걸 만졌다가 펄쩍 뛰며 뒤로 물러났다. 살갗이 생각보다 더 따끈따끈하고 더 말랑말랑해서 너무 이상했다. 이유미가 인상을 구겼다. 입원실이라 큰 소리를 낼 수 없어 이를 악물었다. 으르렁대며 독촉하는 턱짓에 김준영이 거의 손톱만을 사용하여 이유미의 손가락을 밀었다. 가운뎃손가락이 위로 들리고 오른쪽으로 휘었다.
    "그냥 경련 아니에요?"
    의학적 지식이 없는 김준영으로서는 대답할 수 없는 질문이었다. 확실한 건 표수진의 왼손 중지가 움직였다는 것뿐. 김준영이 콜 버튼을 눌러 의료진을 부르려고 하자 이유미가 잡았다.

오피스 추노

검지를 입술 앞에 세우고 쉿, 소리를 냈다. 김준영도 따라 했다. 쉿. 쉿? 쉿.

고장 난 밥통처럼 김준영이 쉿쉿대는 동안 이유미가 표수진에게 말을 걸었다. 지금 제 목소리가 들리시면 손가락을 움직여 주세요. 한참을 기다리자 표수진의 가운뎃손가락이 미세하게 꿈틀거렸다. 이유미가 더욱 몸을 낮추며 다가가 속삭였다.

지금부터 질문을 할 건데, 맞으면 가운뎃손가락을 한 번 움직이고 틀리면 두 번 움직여 주세요. 당신의 이름은 표수진인가요? 당신은 현재 초등학교에 다닙니까? 1 더하기 1은 4인가요?

표수진의 손가락이 느리게 움직거렸다. 질문을 쌓아가자 분명한 경향성이 관찰됐다. 중간부터 움직임을 더 자세히 보기 위해 이유미가 표수진의 손 아래에 종이를 깔고 궤적을 표시했.

"의식이 돌아왔어요."

지켜보던 김준영의 입꼬리가 하늘까지 치솟았다.

"잘하면 진술을 받을 수 있을 것 같은데."

문제는 신뢰도였다. 단순한 근육 수축이 아니라 의사 표현임을 입증해야 했다. 김준영이 움직일 차례였다. 병원과 보호자의 동의를 받은 뒤 외부 소음의 영향이 가장 적은 새벽 시간대를 골라 임시 방음벽을 설치하여 20데시벨 이하의 실험 공간을 만들었다. 장비는 인맥에 의존했다. 김준영의 질병을 연구해서 13년간 27편의 논문을 쓴 뇌공학 교수에게 촬영과 측정 장비를 대여했다. 분석 프로그램은 그가 직접 기존 모델을 수정했다.

그렇게 해서 엿새 만에 환경이 완비됐다. 실험 프로세스는 다음과 같다. 표수진의 손에 센서를 부착해 근육의 미세한 움직임이 일어날 때마다 변화한 위상을 기록한다. 이 좌표값을 수집하여 질문과 매칭, 움직임이 의미하는 언어적 의미를 통계적으로 추출한다. 그리고 이 모든 과정을 별도의 카메라로 녹화해 실험 과정의 객관성을 이차적으로 증빙한다.

프로그램을 실행하고 침상 앞에 마련한 모니터를 켜자 표수진의 손이 나타났다. 모델링을 돌린 것 같은 정확하고 커다란 뻐큐였다. 시각화의 효율성을 위해 나머지 손가락을 안으로 말아넣은 덕이었다. 검은 화면에 동동 떠 있는 중지를 바라보는 이유미와 김준영의 표정이 더없이 진지했다.

"…최대한, 최대한 질문을… 많이…."

"그래야 우연이 아니라 의사소통이라는 걸 증명할 수 있으니까요."

밤새 질문 공세가 이어졌다. 표수진의 컨디션을 고려해서 중간중간 쉬어줘야 했기에 생각만큼 빠르게 진도를 뺄 수 없었다. 당신은 인간인가요? 다이아몬드를 먹은 적이 있나요? 지금 달리는 중인가요? TA백화점에서 일했나요? 토성에 여행을 다녀온 적이 있나요?

어슴프레하게 동이 터올 무렵, 중립 질문에 대한 데이터가 충분히 쌓이자 진짜 질문이 시작됐다.

"TA백화점의 신규 입지 선정에 있어서 사장 장동욱에게 별도의 지시를 받은 적이 있나요?"

"무속인에게 풍수지리 데이터를 조작해 줄 것을 청탁하며 돈을 건넨 적이 있나요?"

"그 결과 1위 입지가 바뀌었습니까?"

표수진의 손가락이 모두 한 번씩 꿈틀거렸다. 대답은 Yes. 지금까지 가설로만 존재했던 의문들이 진실로 드러나는 순간이었다. 모종의 벅차오름을 느낀 김준영이 가슴 앞으로 손을 모아쥐었다. 반면 이유미는 차분했다. 계속해서 질문을 이어가다가 갑자기 녹화 중단을 요청했다. 김준영이 고개를 갸웃거리면서도 시키는 대로 카메라를 껐다. 이유미가 예상치 못한 질문을 던졌다.

"장동욱을 협박했죠?"

표수진의 손이 잠잠했다.

"녹화 안 해요. 증거로 제출하지 않을게요. 사실 관계를 정확하게 파악하려는 것뿐이에요. 다시 한번 물어볼게요. 장동욱을 협박했죠?"

조금 뒤에 표수진의 손가락이 한 번 움직였다. Yes.

"돈이 필요했나요?"

다시 한번 꿈틀대는 손끝. Yes.

"따님을 위해서?"

김준영이 모니터에서 눈을 떼고 이유미를 쳐다봤다. 인사 정보에 등록된 표수진의 가족은 부모님과 여동생뿐이었다. 딸이 있다는 얘기는 듣지 못했는데.

손가락의 중간 마디가 아주 느리게 한 번 위로 올라갔다.

"고마워요. 쉬어요. 이제부터는 우리가 할게요."

병실을 나온 두 사람. 아침 일과를 시작한 직원들 사이를 터덜터덜 걸어 비상구 옆 벤치에 앉았다. 미묘한 손가락의 움직임에 주목하느라 계속 신경을 곤두세우고 있던 터라 피로감이 컸다. 이유미가 입을 쩌억 벌리고 하품하는데 김준영이 얼빠진 목소리로 물었다.

"…딸…?"

이유미가 연이어 하품을 네 번 하는 동안 열심히 생각한 김준영이 다시 물었다.

"…이혼해서 양육권을… 넘겨준 겁니까…?"

"하아아아압니다. 표하리 씨요."

하품 끝에 매달린 눈물을 닦으며 이유미가 설명했다.

"표수진 팀장 딸이에요. 부모님 호적에 넣고 숨기며 살아왔어요."

'수치심'과 '은폐'.

그것은 이유미가 표수진의 아버지에게서 목격한 감정이었다. 일찍이 사고 피의자의 연락처를 받으러 병원 카페에서 만났을 때, 표하리의 이름이 나올 때마다 그의 얼굴에 스치던 시그널을 이유미는 놓치지 않았다. 충직한 하나님의 종으로 살아온 늙은 목사가 끌어안은 낭패감을. 이후 표수진의 이력을 뒤지는 과정에서 그가 대학에 입학해 한 학기를 마친 뒤 바로 휴학했고 이듬해 4월 말에 표하리가 태어났다는 사실을 확인했다. 이것만으로는 언니의 휴학과 늦둥이 여동생의 탄생을 연관 짓기는 어려웠다. 하지만 당시 한국도로공사 서울경기본부에서 일하던 표수진의 어머니가 같은 해 5월에 이달의 우수사원상을 받았다는 사실이 더해진다면 어떨까? 인터넷 기사 속 이름과 사진을 확인한 이유미는 곰곰이 생각에 잠겼다. 4월 말에 출산하고 5월에 우수사원상을 받은 것을 어떻게 해석해야 할지. 법적 출산휴가가 출산 후 45일을 필수로 확보하는 90일로 확대된 것은 2001년의 일이었다.

표하리를 만나고 나서야 물음표가 느낌표로 바뀌었다.

"눈이 아프다고 했잖아요. 병명을 물어보니까 망막색조변성증이라고 하더라고요."

찬찬히 이유미의 목소리를 따라가던 김준영이 눈썹을

쩡그렸다. 이해가 잘 가지 않는다는 의미리라. 어렴풋이 그의 표정 언어를 이해하게 된 이유미가 차근차근 설명했다.

"장동욱과 표수진 말이에요. 왜 갑자기 틀어졌는지가 미스터리였거든요. 원래 그런 일은 아는 사람이 많아질수록 위험하니까, 한번 관계를 트면 웬만하면 계속 가거든요. 그걸 엎어버릴 정도로 사이가 뒤틀렸다? 대체 무슨 일이 있었길래?"

김준영이 발표하는 어린이처럼 오른팔을 들어올렸다.

"…표수진이 장동욱 사장을… 협박…?"

이유미가 고개를 끄덕였다.

"아까 표수진이 뻐큐, 아니 손가락으로 말해줬죠? 자기가 장동욱을 협박해서 돈을 뜯어내려고 했다고. 다 조사해 봤어요. 표수진 자금 사정이요. 코인, 도박, 마약, 사이비, 다단계, 폰지 사기, 돈 떼먹는 지인, 공사 치는 호스트, 없어요. 깨끗해요. 어디로 보나 부족할 게 없는 사람이 왜 갑자기 살던 전세를 빼고 한도까지 대출을 받고 그것도 모자라서 재벌을 협박했을까?"

김준영으로서는 법적으로 비밀 보장이 원칙인 제3자의 자산 내역 및 투자 현황을 이유미가 어떻게 꿰뚫고 있는지가 몹시 마음에 걸렸으나 물어도 대답해 주지 않을 것 같아 잠자코 있었다. 이유미는 김준영의 침묵을 모른다는 신호로 이해했는지 알아서 답을 알려줬.

"표하리가 망막색소변성증을 앓고 있다면 얘기가 다르죠. 그건 계속 시력이 약해지다가 실명까지 되는 질병인데, 최근에 주사 한 번으로 완치가 가능해졌거든요. 근데 가격이 어마어마해요. 한쪽당 7억. 양쪽 눈이면 14억."

"…유전자 치료제."

"맞아요. 비급여죠. 여동생을 위해서 14억이라? 쉽지 않죠. 하지만 사랑하는 딸을 위해서라면."

김준영이 인상을 구겼다.

"…대체 왜…."

혼란스러웠다. 위험을 무릅쓸 정도로 딸을 위하면서도 자기가 낳지 않은 척하는 표수진과, 손녀를 늦둥이로 삼아 응석받이로 키워놓고도 그 존재를 수치스러워하는 표수진의 아버지와, 이 모든 걸 알면서 그저 방관하는 어머니가, 서로를 사랑하는 건지 증오하는 건지 도와주고 싶은 건지 부인하고 싶은 건지, 그런 걸 가족이라고 불러도 되는지까지 그의 상식으로는 도무지 알 수가 없어서, 거듭된 고민으로 김준영의 얼굴은 점점 험악해져 갔다. 그에 비례해서 복도의 인기척이 차츰 사그라들었다. 원래 이렇게 한산한 곳이 아닌데 김준영 때문에 발길이 끊긴 듯했다. 아무래도 비명횡사한 원귀나 지박령, 최대로 높게 쳐줘도 초과 근무 중인 저승사자처럼 생긴 존재가 병원 한켠에 웅크리고 있으니까 좀…. 계속 있다간 민폐만 쌓일 것 같아 이유미가 자리에서 일어났다.

"데이터 정리해야 하죠? 안에서 할 거예요?"

김준영이 고개를 끄덕였다.

"저도 할 거 있음 도울게요. 담배만 잠깐 피우고요."

김준영은 화재를 수습하러 남은 연차를 모아 장기 휴가를 썼지만 이유미는 오전 반차만 낸 상황이었다. 진술을 받는 게 이렇게 길어질 줄 몰랐다. 팀장에게 오후도 연차를 써야 할 것 같다며 굽신거리는 메시지를 보내며 이유미가 로비로 내려갔다. 바깥에 난데없는 폭우가 쏟아지고 있었다. 복도에 창이 없어서 몰랐다. 흡연 부스까지 몇 걸음 되지 않으니 그냥 뛰어갈 요량으로 이유미가 손차양을 만드는데 그 위로 우산이 드리워졌다. 김준영이 뒤에 서 있었다. 가격표가 붙어 있는 걸 보니 방금 병원 안에 있는 편의점에서 산 모양이었다. 오래갈 비는 아닌 것 같은데, 돈이 아깝다는 생각이 들었지만 이유미는 그걸 굳이 입 밖으로 내진 않았다.

 슈퍼카를 색깔별로 갈아치우면서도 이유미는 아주 사소한 영역에서 구두쇠 같은 면이 있었다. 내연남이 주는 생활비를 모조리 도박으로 날려 먹는 보호자 밑에서 어린 시절을 보낸 터라 어쩔 수 없었다. 보호자가 폐쇄형 병동에 입원한 이후 이유미는 비공식적으로 TA의 식솔이 됐지만 그들이 주는 돈을 쓰고 싶지 않아서 최소한의 소비를 유지했다. 주머니 사정이 넉넉해진 건 대리인 없이도 주식 거래가 가능해진 열아홉 살 때부터였다. 기업 관계자들의 인터뷰 영상 속 표정을 분석해 등락 타이밍을 맞춘 덕분에 빠르게 자산이 늘었다. 그 여자가 하우스를 수백 번 들락거려도 얻지 못한 기다란 자릿수의 돈이 어이없을 정도로 쉽게 계좌에 찍혔다. 우습고 허탈했다.

 "…안 가십니까…?"

 생각에 잠겨 있던 이유미가 흠칫 고개를 떨었다. 로비에서 비를 피하고 있던 사람들이 몽땅 사라졌다. 다시 봐도 병원 배경의 김준영은 장르적으로 좀 너무한 구석이 있었다. 존재만으로 모든 분초를 호러로 만드는 캐릭터가 천둥 번개를 동반한 폭우가 쏟아지는 날 병원 앞에 서 있다니, 제아무리 헛된 소문을 믿지 않은 이유미라도 절로 뒷걸음을 치게 만드는 미장센이었다. 그 몸짓을 무엇이라고 해석했는지, 김준영이 입을 길게 벌렸다. 저러다가 뼈와 근육이 튀어나올지도 모른다는 공포심이 들 만큼 잔뜩, 잔뜩 입술을 찢었다. 정말로 무서운 얼굴이었지만 이제 이유미는 알았다. 몇날 며칠 붙어 있다 보니 조금은 이해하게 됐다. 저건 목덜미를 물어뜯거나 눈알을 파먹겠다는 위협이 아니라 호의의 표시였다.

한 우산 아래 두 사람이 묵묵히 걸었다. 갑작스러운 비 때문인지 흡연 부스는 텅 비어 있었다. 이유미가 전자담배를 켰다가 다시 스위치를 내렸다. 비흡연자일 김준영 옆에서 굳이 연기를 내뿜고 싶지 않았다. 그럼 여기 올 이유가 없는데, 다시 돌아가면 되는데, 두 사람 모두 가만히 내리는 비를 바라만 봤다.

침묵을 가르며 김준영이 먼저 입을 열었다.

"…이해할 수 없어서…."

그의 목소리가 여느 때처럼 매우 낮고 느리고 까슬거렸기 때문에, 음가를 놓치지 않기 위해 이유미가 몸을 옆으로 기울였다.

"왜… 가족인데… 숨기고… 거짓을…."

말뜻을 이해한 이유미가 소리 내서 웃었다.

"그러게요. 이해할 수가 없네요."

이유미가 전자담배를 쥔 손으로 가슴께를 벅벅 긁었다. 뭔가를 털어놓고 싶은 마음이 너무 강해지면 간지러움이 인다는 걸 처음 알았다. 맥락에도 안 맞고, 얘기해 봤자 약점만 들키는 꼴이라는 걸 누구보다도 잘 알지만, 온몸에 작은 애벌레가 기어다니는 듯한 자리자리한 느낌을 도저히 견딜 수가 없었다. 결국 패배한 이유미가 검지로 제 정수리를 가리켰다.

"이거요."

김준영의 시선이 따라갔다. 설명하지 않아도 알겠지. 민둥한 머리에 흉터가 가득한 모습을 잊어버리기는 힘드니까. 이유미가 손가락으로 뱀처럼 구불구불한 화상의 궤적을 그렸다.

오피스 추노

"제 가족이 그런 거거든요."

화투장을 만지던 여자의 손이 커피포트를 쥔 날이었다. 그때의 기억을 떠올리며 이유미가 상긋 웃었다. 반면 김준영의 얼굴에선 미소가 사라졌다.

"왜들 그러는 걸까요? 가족인데."

우산은 역시 돈 낭비가 맞았다. 비는 곧 멈췄다. 하지만 두 사람은 한참이나 흡연부스에 머물러야 했다. 누군가가 울었고 다른 누군가가 달래야 했기 때문이다.

5.

데이터 정리를 마친 두 사람이 병원 식당에 내려가 늦은 점심을 먹었다. 숟가락을 기계적으로 움직이며 이유미가 생각에 잠겼다. 이제 진술 내용을 가지고 어떻게 움직일 것인지가 문제였다. 절대로 신중해야 했다. 장동욱을 건드렸을 때의 위험성은 연이은 사건 사고를 통해 똑똑히 확인했다. 온갖 곳에 사람을 심어두고 있는 것 같았다. 잘못했다가는 어렵게 얻어낸 표수진의 진술이 무의미해질 뿐만 아니라 보복을 당할 가능성이 컸다. 또다시 누군가를 위험에 빠뜨릴 수는 없다. 워낙 깊게 고민하느라 이유미는 김준영이 국그릇에 큼직한 고기를 덜어주는 줄도 몰랐다. 어느새 육류의 비중이 대폭 올라간 소고기 뭇국에 밥을 말면서 이유미가 소근거렸다.

"장치욱을 이용하죠. 장동욱이랑 사이가 나쁘니까 도움을 줄지도 몰라요."

김준영이 고개를 비스듬히 기울였다. 상대의 경동맥을 어떤 각도로 끊어낼지 재는 것처럼 보였지만 실은 골똘히 생각 중인 포즈였다.

"…장치욱은…."

목소리를 잘 들으려고 이유미가 식판 위로 고개를 숙였다.

"…대리님을… 괴롭게 만들지 않았습니까…?"

예상치 못한 질문이었는지 이유미가 눈을 동그랗게 떴다. 더욱 햄스터 같았다. 입에 머금고 있던 음식물을 삼키자 볼록했던 볼이 쏙 꺼졌다.

"딱히."

사례가 걸렸는지 찬물을 벌컥벌컥 들이켠 이유미가 문장을 마무리 지었다.

"괴롭히진 않았어요. 장치욱은."

"…그럼 찬성입니다…."

김준영의 괴기한 웃음이 길어졌다. 앞뒤 테이블 손님들이 슬금슬금 일어나 나갔다. 이유미는 이런 전개에 이미 익숙해졌기 때문에 사람들이 사라지길 기다렸다가 마음 편히 평소의 성량대로 말했다.

"그럼 제가 바로 장치욱에게 연락해서, 아니다, 같이 가실래요? 과장님도."

"…가면 …도움이… 됩니까…?"

이유미가 말갛게 웃었다. 여느 때의 모습이었다. 꿍꿍이가 있는 얼굴이었다는 뜻이다.

"제 궁금증 해결에 매우 도움이 돼요."

이틀 뒤 저녁, TA식품 본사 최상층, 장치욱 사장 집무실.

오피스 추노

음료를 들고 들어온 비서가 소스라치게 놀라며 쟁반을 떨어뜨렸다. 김준영이 도우려고 다가가자 외마디 비명을 지르더니 밖으로 뛰쳐나갔다. 이유미가 웃음을 들키지 않으려고 고개를 숙였다. 영문을 모르는 김준영이 나뒹구는 페트병을 하나하나 주워 테이블 위에 올려놓는 모습을 장치욱이 미동도 없이 노려봤다.

살벌한 풍경이었다.

이유미가 애초에 김준영의 용모에 크게 동요하지 않았던 이유는 가까이서 장치욱을 보면서 컸기 때문이다. 장치욱은 해외, 특히 서구권에서 TA의 총수 권화용을 능가하는 인지도를 지녔는데, 다소 어이없게도 그가 파충류라는 소문 때문이었다. 인류를 지배하는 파충류 외계인, 소위 '렙틸리언'이 실존한다고 믿는 음모론자들은 증거로 장치욱의 사진과 영상을 제시하곤 했다. 실리콘처럼 핏기 없는 피부와 푸르스름한 입술, 안광이 번뜩이는 기묘한 눈과 어딘지 모르게 부자연스러운 표정은 장치욱과 김준영의 공통점이었다. 그래서 김준영을 여기에 데려왔다. 제 편이 있다는 걸 보여주는 퍼포먼스도 더할 겸, 한자리에 붙여놓으면 어느 쪽의 음기가 더 강할지 궁금해서.

그래서 누가 이겼냐면….

"그렇군."

이유미로부터 표수진 사건의 경위를 전해 듣고도 장치욱 사장은 이렇다 할 반응이 없었다. 놀라지도, 고개를 끄덕이지도, 의심하지도 않았다. 다만 무미건조한 얼굴로 탁자를 내려다볼 뿐이었다. 이윽고 장치욱이 손끝으로 찻잔을 톡톡 두드리기 시작했다. 리드미컬하게 살랑거리는 손가락이 이유미와 함께 사는 아르마딜로 도마뱀의 혓바닥을 연상케 했다. 잠시 후 비서가 들어왔다. 아까와는 다른 사람이었다. 스케줄이 임박했음을 알리는 목소리에 장치욱이 뱀처럼 스르륵 일어나 말했다.

"그럼 다음 달 창립기념회 때 보자."

집무실을 나가던 장치욱이 문득 물었다.

"너, 지난달 들어온 선 자리가 서울지검 차준호 검사였나?"

대답을 듣지 않고 밖으로 나가는 장치욱. 이유미가 어깨를 늘어뜨리며 안도의 한숨을 쉬었다.

"이제 좀 풀리겠네요."

김준영이 고개를 돌렸다. 어리석은 생각인 줄 알면서도, 360도 목이 돌아가는 공포 영화의 한 장면이 떠올라서 이유미의 등줄기에 소름이 돋았다. 음기 대결의 승자는 아무래도 김준영인 듯했다. 챔피언이다. 이유미가 서둘러 설명을 덧붙였다.

"저 사람 화법이에요. 빙빙 돌려 말하기."

여동생의 해석에 따르면 오빠의 의도는 다음과 같았다.

다음 달 창립기념회 때 보자.

=이 일에 직접 개입할 생각은 없다, 하지만 창립기념회 때 터트리면 뒷수습 정도는 해줄 수 있다.

지난달 들어온 선 자리가 서울지검 차준호 검사였나?

=검찰 쪽은 차준호 검사가 안전하다.

"각오는 되셨죠! 일이 엄청 커질 텐데."

이유미가 일부러 장난스레 던진 말에도 김준영은 반응이 없었다. 원체 말수가 적은 사람이니 신경 쓰지 않고 이유미가 화제를 이어갔다.

"팀장님 모셔 오자고요. 팀도 다시 만들고."

창립기념회 준비팀에 들어가려면 누구와 접촉해야 할지, 어느 타이밍에 무엇을 이용해 터트려야 할지 전략을 세우느라 이유미의 머릿속이 분주했다. 주차장에 내려가 차에 올라탄 두 사람. 이유미가 네비 목록에서 김준영의 집 주소를 선택하며 말했다.

"일단 과장님 집 화재가 진짜 장동욱 짓인지 확실하게 하고 싶어요. CCTV 영상 아직 남아 있죠?"

당초에 이유미가 김준영의 집에 간 이유가 이거였다. 화재가 나서 휴가를 냈다는 얘길 듣자마자 바로 장동욱의 보복일지도 모른다는 의심이 들었다. 증거를 수집하기 위해 뉴스 기사를 뒤져 주소지를 특정해 찾아갔다. 잿더미에 쭈그리고 앉은 김준영의 한심한 꼴을 보니 다짜고짜 손부터 나가는 바람에 본래 목적을 잊어버리긴 했지만. 이후로는 병원에 가서 표수진의 진술을 받기까지 정신이 없었고. 이제 본격적인 한 방을 도모해야 할 텐데 그 전에 확인할 건 확인하고 넘어가자는 의미였다.

"방화범은 현장에 다시 나타나요. CCTV에 흔적이 남아 있을 거예요. 보여줄 수 있죠?"

김준영이 영 엉뚱한 대답을 했다.

"…결혼… 하십니까…?"

이유미가 말뜻을 이해하지 못해 콧살을 찡그렸다. 할 말이 있는 것처럼 김준영이 입술을 꿈지럭대다가 이내 꾹 다물었다.

"결혼이요? 갑자기?"

"……."

"아, 선 얘기 땜에 그래요? 한 달에 수십 개씩 들어오는데 하나도 안 나가요. 저쪽 집안이 물어다 준 사람 만날 생각 없어요."

막히니까 빨리 출발할게요, 이유미의 말에 김준영이 고개를 끄덕였다. 과장해서 표현하자면 입꼬리가 눈썹까지 올라간 채였다.

여전히 인상을 쓰며 웃는 괴상한 낯짝이었지만 잦은 접촉을 통해
김준영의 표정 인덱스를 쌓아가는 중인 이유미는 알 수 있었다.
저건, 기쁜 거다. 선 볼 생각도, 결혼 계획도 없다는 말에 상대가
기뻐하는 이유는 이유미의 상식으로는 두 경우밖에 없었다.
첫째, 자신에게 호감이 있다. 둘째, 극단적인 반결혼주의자다.
본인이 생각해 놓고도 후자가 터무니없다는 걸 알지만, 그렇다고
해서 섣불리 전자라는 결론을 내릴 수도 없었다. 누가 상상이나
했겠냔 말이다. 김준영 과장이 사람에게 호감을 가진다고? 그것도
나한테? 왜? 어쩌려고? 고백이라도 하려나? 사귀자고?

거절하면 울겠지?

분명히.

음악도 없는데 이유미의 손가락이 핸들 위에서 톡톡 박자를
탔다.

김준영의 집에 도착한 두 사람. 이유미가 CCTV가 있던 위치를
확인하고 시야각을 살피고 있는데 어딘가에서 목소리가 들려왔다.

"김준영이 사람을 집에 데려왔어!"

바로 옆 단독주택 2층에서 김준영과 꼭 닮은 여자가 창문으로
목을 빼고 두 사람을 내려다보고 있었다. 그 소리에 초로의 남자가
현관으로 뛰쳐나왔다.

"준영아!"

당황한 김준영이 허둥대자 빠르게 상황을 읽은 이유미가
사근사근 웃으며 인사를 건넸다. 초로의 남자, 김준영의 아버지는
이유미에게 아들과는 무슨 사이인지, 여기는 왜 왔는지,
개 알러지가 있는지, 최근 국제 비철금속의 시세 급등에 대해서
어떻게 생각하는지를 물었다. 귀가 빨개진 김준영이 아버지를

제치고 허겁지겁 이유미를 방으로 안내했다. 조심스럽게 발을 디딘 이유미가 이내 뒷걸음을 했다. 사방은 물론 천장과 바닥까지 들어찬 동글동글 햄스터, 햄쿠에게 압도당했기 때문이었다.

"이거 뭐예요?"

"…햄쿠…."

김준영이 침대에서 인형을 안아 들었다.

"…닮았습니다…. 대리님…. 제가 좋아하는… 햄쿠…."

이유미의 표정이 급격히 싸늘해졌다. 김준영이 자신에게 관심을 가진 이유가 특별한 호감이 있어서가 아니라 캐릭터 때문이란 걸 깨달았기 때문이다. 고백하면 단칼에 거절해서 엉엉 우는 얼굴을 보려고 했는데, 엄청 기대 중이었는데, 모두 허탕이었다. 걷잡을 수 없는 실망감이 몰려왔다. 이유미의 눈매가 뾰족해진 것도 모르고 김준영이 거듭 해죽였다. 자신의 방에 햄쿠와 햄쿠를 닮은 인간이 동시에 있다는 사실이 믿기지가 않는 모양이었다. 이유미가 어서 영상이나 보여달라고 채근하며 햄쿠 쿠션을 엉덩이로 깔아뭉갰다. 김준영이 화재 직후 CCTV 영상을 틀었다. 뾰로통하게 지켜보던 이유미가 한 장면에서 탄식을 내뱉었다.

"여기요. 이 남자."

"…남자…남자? 아는… 남자입니까?"

"안다고 해야 하나."

흐린 화질임에도 눈에 띄었다. 허벅지까지 오는 야상 점퍼를 입은 남자가 군중 속에서 목을 구부정하게 뺀 채 화재 현장을 바라보고 있었다. 키나 몸집에 비해서 팔이 기이할 정도로 길었다.

"표수진 사고 때도 구경꾼 중에 이 남자가 있었어요."

김준영이 이미지를 최대로 확대했다.

"어디 소속이려나. 장동욱 라인일 텐데."

이유미의 말을 곱씹으며 김준영도 화면 속 남자를 유심히 살폈다. 표수진을 죽일 뻔하고 아버지의 고물상을 잿더미로 만든 사람이 동일인이라니.

이제는 정말로 움직여야 했다. 더 이상 늑장을 부렸다간 다치는 사람만 늘어날 것이다. 물러설 자리가 없었다.

영상 확인을 끝내고 방문을 연 두 사람. 코앞에서 어색한 미소를 짓고 있는 김준영의 아버지와 누나를 마주쳤다. 부담스러운 부녀의 눈길에 당황한 이유미가 일단 웃는 얼굴을 만들었다. 김준영이 이유미를 데리고 나가려고 길을 트는데 누나가 막았다.

"저녁 식사 하고 가세요. 아직 안 드셨죠? 사람, 아니 여자, 아니 김준영 친구분."

"…친구 아니고…. 같은 팀이었던… 직장 동료."

"같은 팀이었다는 뜻은 지금은 같은 팀이 아니라는 뜻이네."

"여보. 메추리알 장조림 네 알 더 먹을래요?"

"고마워요. 소고기는 빼고 주세요."

"언제부터 언제까지 같은 팀이었지?"

"…저도 두 알… 더…."

"지금 통에 남은 게 총 네 알이야. 엄마 드리면 없어."

"그럼 나한테 두 알, 준영이한테 두 알 주면 되겠네요."

"응. 여기요."

"같은 팀도 아닌데 이 집에 함께 온 이유는?"

"…나는 팀 소속이 아니고… 태스크 소속…."

"여보, 고마워요. 유미 씨는 안 부족해요? 차린 게 없어서 미안해요."

이유미가 괜찮다는 의미로 손을 휘젓다가 실수를 깨닫고 목소리를 냈다.

"아니에요. 제가 갑자기 온 걸요. 감사해요. 아주 맛있어요."

얼결에 김준영네 저녁 식사에 동석하게 된 이유미. 두 마리 리트리버가 인간들을 지켜보는 가운데 도합 열 개의 젓가락이 플라스틱 식판에 닿아 딱딱 거리는 소리가 요란했다. 이 가족은 항상 식판에 밥을 먹었기에 손님도 예외는 아니었다. 어머니가 시각장애인이어서 정확한 자리에 반찬을 두기 위해 도입했다고 했다. 보통 평일의 저녁 식사는 어머니의 출퇴근 차량을 운전해 주는 활동지원사님이 같이하실 때가 많은데 오늘은 선약이 있어서 먼저 가셨다고, 아쉽다고들 했다. 타인에게 쉬이 내보이기 어려운 이런 내밀한 정보들을 이유미는 식탁에 앉은 지 5분 만에 알았다. 설명하고 얘기하는 데에 통달한 사람들 같았다. 지나치게 사소하다 싶은 것까지 일일이 묘사했다. 어머니를 소외시키지 않기 위해 정확하고 구체적인 발화로 소통하는 것이 그들의 습관인 듯했다. 그 대화에는 숨은 뜻도, 암시도, 비꼬기도 없었다. 간지러운 애정 표현은 없었지만 서로를 신뢰하고 지지하는 마음이 단어 하나하나에서 느껴졌다. 그제야 이유미는 김준영이 '가족'이라는 집단에 지나칠 정도로 긍정적인 이미지를 가지고 있던 이유를 이해하게 됐다. 태어날 때부터 이런 사람들이 곁에 있다면 그럴 수밖에 없을 것이다. 태어날 때부터 그런 사람들이 곁에 있어서 이렇게 되어버린 본인처럼 말이다.

한참이나 팀과 태스크의 개념적 차이에 대해 자문자답하는 누나의 목소리를 듣고 있던 김준영이 벌떡 자리에서 일어났다. 잔뜩 커진 눈이 이유미를 향하고 있었다. 젓가락을 쥔 채 탁자에 고개를 박고 있는 이유미는 마치 정신을 잃은 것처럼 보였다. 덩달아 놀란 누나가 다가와 맥박과 체온을 확인하더니 말했다.

"잠든 것 같은데."

그러고 보니 희미하게 새근대는 소리가 났다. 누나가 어깨를 흔들자 이유미가 실눈을 떴다.

"괜찮아요? 어디 아파요?"

"네에?"

"졸려요?"

"네에?"

"잘래요?"

"네에."

비몽사몽인 이유미를 누나가 부축해서 방으로 옮기는 동안 벽시계에서 뻐꾸기가 튀어나와 여덟 번 울었다.

"손님 주무시니까 작게 말하자."

어머니의 말에 모두가 네, 라고 대답했다. 이후로도 한참 동안 식탁에서 소근대는 소리가 이어졌다.

다음 날, 밤새 꿀잠을 자고 일어난 이유미가 낯선 천장을 보며 소리 없이 비명을 지르다가 후다닥 방에서 나왔다. 조용히 도망갈 생각이었는데 곧바로 김준영과 마주쳤다. 햄쿠 잠옷을 입고 정수기에서 물을 따르고 있던 그가 힘껏 입꼬리를 올렸다. 이유미는 웃지도 울지도 못했다. 그저 사라지고 싶었다. 그때 손바닥에 부드러운 감촉이 닿았다. 어제 본 두 마리 리트리버 중에 털이 좀 더 하얀 녀석이 다가와 몸을 비볐다. 민망했던 이유미가 옳다구나 시선을 피하며 강아지를 어루만졌다.

오피스 추노

"이, 이 친구는 이름이 뭐예요?"

"…루…리…."

"다른 친구는?"

"…샤…샤…."

평소에도 처지는 말투긴 하지만 유독 목소리가 땅을 파고 들어갔다. 이유미가 곁눈질로 동태를 살폈다. 컵에 물을 받은 김준영이 여남은 알약을 꿀꺽 삼키곤 식탁 의자에 앉아 지긋이 눈을 감았다. 그의 얼굴에는 보통 때보다 훨씬 강한 고통의 감정이 서려 있었다. 이유미가 살며시 물었다.

"저기, 괜찮으세요?"

"…네 …방에 갖다놓은 물이… 떨어져서…."

말하는 걸 보니 하루이틀 먹는 약은 아닌 것 같았다. 김준영이 끙끙 앓으면서 눈도 뜨지 않고 물었다.

"…괜찮으십니까?"

"예? 저요? 뭐가요? 완전 괜찮은데요."

쪽팔린 거 빼고는, 라는 말은 생략.

다행이라는 듯 김준영이 힘없이 입꼬리를 올렸다.

"…갑자기 …주무시길래…."

다 죽어가는 얼굴로 누가 누굴 걱정하나 싶으면서도 어제 일을 생각하면 김준영의 오지랖을 이해할 수 없는 건 아니라서, 이유미의 뺨이 한없이 붉어졌다. 식사 중에 졸다가 갑자기 잔다고 들어가는 사람이 어디 있어. 그것도 처음 보는 직장 동료네 가족들 앞에서. 역대급 흑역사였다. 아무도 묻지 않은 변명을 둘러대자면, 너무 편안해서 그랬던 거 같다. 긴장이 풀려서. 겉과 속이 다른 사람들 속에서 잔뜩 날이 선 채로만 살다가, 있는 그대로 듣고 있는 그대로 이해하면 되는 상황에 놓여본 게 처음이라 저도 모르게 마음의 갑옷이 흐물흐물 녹아버리고 말았다. 그 자리가 힘들거나 싫었던 것으로 오해하지 않았으면 해서 이유미가 힘주어 말했다.

"덕분에 완전 잘 잤어요. 한 번도 안 깨고."

김준영이 눈을 감은 채 흐리게 웃었다. 미간의 주름이 다소 옅어져 있었다. 약효가 도는 모양이었다. 알약의 정체를 묻는 이유미에게 김준영이 띄엄띄엄 설명했다. 과잉기억증후군이라는 병명과, 모든 것을 빠짐없이 기억하는 괴로움, 두통 때문에 집 밖을 나서기 어려웠던 십대 시절과, 지금의 평범한 생활이 있기까지 지탱해 준 사람들에 대해서. 한적한 경기도 외곽에 위치한 김준영네 집은 무척 조용했다. 처음으로, 아무런 노력을 기울이지 않고도 이유미는 그의 목소리를 편안하게 귀에 담을 수 있었다. 낮고 꺼칠한 음성에 실려 김준영의 역사가 퇴적층처럼 쌓였다.

이유미가 팔을 들어 올렸다.

한껏 도닥이면서 고생했다고, 잘 견뎠다고 말해주고 싶어서.

사실은 자신이 간절히 듣고 싶었던 말을.

하지만 이유미의 팔은 어디에도 닿지 못했다. 허공을 떠돌다 얌전히 아래로 내려갔다. 누나와 부모님이 주방으로 나왔기 때문이었다. 죄송하다며 거푸 머리를 숙이는 이유미를 보는 그들의 표정이 한없이 너그러웠다. 그게 더 몸둘 바를 모르게 만들었다. 스스럽게 구는 사람치고는 꽤나 뻔뻔하게도 아버지가 차려주시는 아침까지 야무지게 챙겨 먹은 이유미가 김준영과 함께 람보르기니에 올랐다. 출근하는 그들을 세 명의 인간과 두 마리의 강아지가 배웅했다. 이유미가 백미러를 보며 물었다.

"그럼 저 애들은 안내견이에요?"

오피스 추노

김준영이 고개를 끄덕였다. 루리는 10년 전부터 함께 지내다가 은퇴 후 가족들이 입양했고, 이후 샤샤가 파트너로 함께하고 있다고. 국내에서 시각장애인 안내견을 육성하는 단체는 TA그룹에서 운영하는 사회공헌재단이 유일하므로, 이유미가 멋쩍게 웃었다.

"TA그룹에 대한 이미지가 되게 좋았겠다. 그래서 입사했어요?"

김준영이 히죽이는 것으로 대답을 대신했다.

"좋은 이미지 망가뜨려서 미안하네. 후회해도 어쩔 수 없어요. 이쪽 세계가 다 그래요."

"…후회하지 …않습니다…."

"그래요?"

"…대리님을… 만났으니까…."

느닷없이 날아온 돌직구에 이유미가 멍하니 얼이 빠져 있다가 뒤늦게 신호를 확인하곤 브레이크를 밟았다. 정지선을 넘어 아슬아슬하게 차가 멈췄다. 김준영이 고개를 돌려 이유미가 무사한지 확인했다. 괜찮다며 손사래를 치고는 이유미가 가슴팍에 손을 얹었다. 심장이 너무 뛰어서. 가슴이 쿵쾅거리는 기세가 무서울 정도였다. 이건 급정거 때문이 아니었다. 외부의 영향과 내재적 동기를 구분하지 못할 정도로 이유미는 둔하지 않았다. 이런 종류의 두근거림은 뇌의 호르몬이 주관한 몹시 간지럽고 아주 부담스러우며 절대 반갑지 않은 모종의 화학 반응이 만들어낸 결과가 분명했다.

이유미가 꿀꺽 침을 삼켰다.

우는 얼굴이 보고 싶던 이유가 이거였어?

씨이발.

4장
역시, 퇴근하고 싶은 오하나 팀장

1.

역시 퇴근하고 싶다.
가능하다면 인생에서.
오하나가 선거관리위원회에서 보궐선거 홍보지를 봉투에 집어넣으며 하는 생각이다. 아파트 커뮤니티 게시판에서 발견한 단기 알바였다. 모인 사람 대부분이 학생이었는데 개중 자신과 비슷한 나이로 보이는 여성들이 서넛 있었다. 저이끼리 아는 사이인 듯, 쉬는 시간에 모여 간식을 나눠 먹길래 힐끔 쳐다봤는데 그만 눈이 마주치고 말았다. 얼른 고개를 숙였다. 어쩐지 부끄러웠다. 추정컨대 저들은 육아하다가 짬을 내어 벌이를 나온 근면성실한 주부, 반면 본인은 아이를 시어머니에게 떠넘기고 출근하는 척 집을 나와 단기 알바를 전전하며 이직 공고나 뒤지고 있는 반백수라는 사실이.
시어머니에게 말을 못 했다. 대기발령 중이라고.
그 와중에 회사에서 문자가 왔다. 잔뜩 긴장한 채 확인했더니 무슨 전자서명을 오늘까지 마치라는 내용이었다. 알바를 마치고 구립도서관에 들러 노트북을 펼친 오하나. 클라우드 시스템에 들어가려는데 그새 비밀번호를 잊어버려서 연속으로 로그인에 실패했다. IT센터에 전화해 본인 인증까지 해가며 겨우겨우 회사 포털 사이트에 접속하니 근로기준법 개정 어쩌구에 따른 계약서 변경에 서명하라는 알림창이 떴다. 내용을 정독한 뒤 오하나가 안도의 한숨을 쉬었다. 전 직원에게 받는 서명이었다. 본인에게만 요구하는 서약서가 아니라는 점에 마음을 놓고 동의를 클릭했다. 사라진 팝업창 아래에 나타난, 언제봐도 미묘하게 정신 사나운 메인 화면을 멍하니 보다가 익숙한 얼굴을 발견했다.

'…이유미 대리?'

구석에 올라온 썸네일 이미지였다. 홍보팀에서 창립기념회 준비 브이로그를 올린 모양이다. 억지 미소를 짓고 있는 사람들 뒤로 자그맣게 이유미로 추정되는 실루엣이 보였다. 영상을 전체 화면으로 재생해 그 모습을 찾았다. 이유미가 맞았다. 더욱 놀라운 것은 그 옆에 원귀, 아니 김준영이 있다는 점이었다.

구 행복회복팀 팀원들의 얼굴을 보니 갑자기 당시의 악몽이 되살아나는 듯했다. 행복. 망할 놈의 행복. 그런 애매모호한 단어가 붙은 조직에 발을 들인 것부터가 잘못이었다. 날림으로 결성된 미심쩍은 팀, 대놓고 아웃라이어인 팀원들, 꺼림칙한 업무 내용, 거기에 이면 KPI까지. 회사 생활 하루이틀도 아니고, 이 정도 수상쩍은 시그널이면 재빨리 튀었어야지 무슨 대단한 성과를 내겠다고 뭉개고 앉아서 사람까지 다치게 했는지. 게다가 팀장이 리스크를 감당한다느니 뭐니 하며 허세나 부리다가 몽땅 뒤집어쓰고 실업자가 되게 생겼으니 자기 팔자 자기가 꼰다는 말이

딱이었다. 애초에 왜 팀장이 리스크를 감당해야 하는데? 돈을 더 받는다고 해봤자 직책 수당 50만 원이 전부인걸. 어차피 야근수당 안 줘서 그게 그거라고!

　머리에 스팀이 오른 오하나가 자리에서 벌떡 일어나자 바퀴 달린 의자가 뒤로 데굴데굴 굴러갔다. 데스크 직원의 시선이 따가웠다. 어느덧 폐관 시간이었다. 가방을 챙겨 밖으로 나온 오하나. 쏟아지는 퇴근 인파에 섞여 걷다가 흠칫 어깨를 떨었다. 건널목에 서 있는 여자가 이유미인 줄 알았다. 밝은 톤의 깔끔한 옷차림과 우아하게 컬이 들어간 중단발, 자그마한 체형이 비슷했다. 그가 이 동네에서 와서 신호등을 기다릴 리가 없는데. 람보르기니를 타고 도로에 있으면 모를까. 아, 이유미는 회사에 차를 타고 다니지 않았던 것 같다. 셔틀 버스 대기줄에 서 있던 걸 몇 번 본 적이 있다. 그렇다면 더욱이 이런 곳에서 마주할 일이 없는 사람이었다. 게다가 행복회복팀이 없어진 후 이유미는 ESG전략팀에 배정됐다고 들었는데 전략 쪽은 매번 분기말에 경영보고회 일정으로 바쁘니까 분명 아직 일하고 있을 테고…. 신호등에 초록불이 떴다. 길을 건너던 오하나가 문득 멈춰 섰다. 잠깐. 왜 ESG전략팀 소속인 이유미가 창립기념회 준비를 하고 있지? 그건 기획팀 업무잖아. 게다가 인공지능 어쩌구 태스크에 배정됐다고 들은 김준영까지…?

　횡단보도 한가운데 오도카니 서 있으니 사람들과 연신 몸이 부딪쳤다. 오하나가 생각을 떨쳐내려는 듯 고개를 흔들고 마저 길을 건넜다. 기획팀에서 지원 요청을 했나 보지. 큰 행사 때마다 흔히 있는 일이다. 하지만 계속해서 어딘가 찝찝한 기분을 지울 수가 없었다. 하필? 저 두 사람을? 이유미는 그렇다 치고 김준영까지? 표수진의 집 앞에서 잠복하던 두 사람의 모습이 떠올랐다.

오피스 추노

우연이라기엔 너무 꺼림칙했다. 그러나…. 아파트 입구에 도착한 오하나가 가방을 고쳐 매며 중얼거렸다. 우연이든 필연이든 뭔 상관. 다 남의 일이다.

회사에서 퇴근한 척 집에 들어간 오하나가 시어머니에게 육아를 넘겨받았다. 아들 현은 요즘 저녁만 되면 온 집안을 망아지처럼 뛰어다녔다. 할머니랑 있을 땐 나름 에너지를 조절하다가 엄마가 오면 폭발하는 것 같았다. 소파를 삼십 번째 기어오르는 손자를 보며 시어머니가 고개를 절레절레 흔들었다.

"애 아빠는 어릴 때 참 얌전했는데. 누굴 닮아서…."

아빠를 안 닮았으면 누굴 닮았겠어. 말에서 가시가 느껴졌다. 초등학교 때 핸드볼, 중학교 포환 던지기를 했던 며느리 들으라고 하는 얘기일 것이다. 포환으로 전국체전에 딱 한 번 나가긴 했지만 메달권 근처에도 가지 못했고 중학교 졸업과 동시에 그만둔 터라 오하나는 본인을 '선출'이라고도 생각하지 않았지만, 운동과 평생 거리가 멀었던 시어머니에게는 거의 국가대표급으로 각인이 된 모양이었다. 못 들은 척, 입을 앙다문 오하나가 바닥으로 점프하는 아들을 받아 안았다. 온몸이 땀으로 축축했다. 그날 밤에는 아이를 재우다가 같이 잠들어 타국에서 남편이 걸어온 전화도 받지 못했다.

다음 날 아침, 오하나는 여느 때와 같이 등원 준비를 거든 후 출근하는 척 집을 나왔다. 그리고 지하주차장으로 갔다. 대기발령 이후 대중교통만 이용했던 터라 퍽 오랜만에 잡아보는 핸들이었.

그렇게 오하나가 도착한 곳은 K스마트로케이션 사무실 앞. 그러니까, 안고영의 점집이었다.

주차 자리가 없어서 뱅뱅 돌았다. 딱 한 바퀴만 더 돌고 그래도 없으면 신의 계시라고 생각하고 물러나려고 했는데 하필 노상에 자리가 났다. 주차를 마치고도 오하나는 한동안 차에서 내리지 못했다. 이게 맞나 싶어서. 관심을 끄자고 그렇게 다짐했건만 밤새 꼬리에 꼬리를 무는 생각에 잠을 설쳤다. 아침에 일어나 어머님을 유미님이라고 부를 정도였다. 그 정도라면 당사자에게 연락을 하든가 회사 지인을 통해 알아보면 될 텐데 우습게도 겁이 났다. 대기발령 중인 동료의 연락을 반길 직장인이 어디 있겠나. 한때 가까웠던 사람이 보일 냉랭한 반응이 지레 두려웠다. 고심 끝에 이 사태에 발을 깊숙이 담그고 있는 외부인인 안고영을 택했다. 처음부터 다짜고짜 찾아오려던 건 아니고, 문자를 해도 답이 없고 전화를 거니 차단당해서 결국 직접 부딪쳐 보기로 한 것이다.

　숨을 크게 들이쉰 오하나가 차에서 내렸다. 점집 문을 두드렸으나 반응이 없었다. 혹시 몰라 손잡이를 잡아 당겼더니 몇번 덜컹거리다가 열렸다. '계세요'를 외치며 들어가니 안고영이 하얗게 질린 채로 나타났다.

　"부순 거요?"
　"네?"
　"문을 부수고 들어왔어?"
　"그냥 당기니까 열리던데…."
　오하나가 다가가자 안고영이 물러났다. 왜 저렇게 겁을 먹나 싶어 뒤를 돌아보니 삼중으로 걸쇠가 달려 있던 문이 잠금장치째 뜯겨 있었다. 민망해진 오하나가 헛기침을 했다.
　"수리비 드릴게요."
　안고영의 표정이 조금 풀어졌다. 기회를 놓치지 않고 오하나가 단도직입적으로 물었다.
　"이유미 대리랑 김준영 과장이 뭔가 일을 꾸미는 거 같은데 아시는 게 있나요?"

"모르겠는데."

"아시잖아요."

"모른다고."

"모른다고?"

오하나가 오른팔로 가방끈을 고쳐 쥐었다. 아래팔의 근육이 올록볼록 솟아올랐다.

"모르겠습니다."

안고영은 완강하게 부정했다. 너무 기계적으로 대답해서 오히려 수상했다. 일단 후퇴하기로 하고 오하나가 돌아서는데 그 앞을 안고영이 소심하게 막아섰다. 수리비 보내주세요. 계좌이체를 하고 밖으로 나오는 오하나. 차에 돌아가 운동화를 벗어두고 살금살금 발소리를 죽인 채 다시 점집으로 갔다. 부서져서 제대로 닫히지 않은 문틈으로 안고영이 누군가와 통화하는 소리가 들렸다.

"위대하신 이유미 스승님. 방금 그 여자 팀장이 찾아와 가지고요."

오하나가 귀에 들어간 물을 빼려는 것처럼 고개를 한쪽으로 기울였다. 잘못 들었나 싶어서.

"전에 같이 왔던. 네, 위대하신 이유미 스승님. 뭘 아는 거 같진 않고. 저도 뭐 입을 조개처럼 꽉 다물었으니까요."

정확히 들은 게 맞았다. 위대하신… 이유미 스승님?

집 근처 구립도서관으로 돌아온 오하나. 매일 마주치는 데스크 직원이 어쩐지 한심하게 쳐다보는 것 같은데 자격지심이겠지. 자료실 구석에 자리를 잡고 노트와 펜을 꺼냈다. 이유미, 정준영, 안고영의 이름을 쓰고 동그라미로 셋을 묶은 뒤 길다랗게 화살표를 그랬다. 화살촉이 가리키는 자리에 '창립기념회 D-7'을 적은 뒤 그 밑에 잔뜩 물음표를 새겼다. 모르겠다. 대체 무슨 일이 벌어지고 있는지. 하지만 이유미와 김준영이 일주일 뒤에 있을 창립기념회를 타깃으로 뭔가를 준비하고 있다는 것만은 확실했다. 오하나가 수첩 맨 아래에 '나'라고 적은 뒤 마구 동그라미를 쳤다. 이 상황에서 '나'는 대체 뭘 해야 할까? 아니, '나'는 대체 뭘 하고 싶은 걸까? 펜촉에 눌려 종이가 찢어지고서야 손이 멎었다. 한숨이 나왔다. 적당히 하자는 생각이 들었다. 말만 대기발령이지 사실상 자진 퇴사하라고 유예 기간을 받은 거나 마찬가지인데 더 이상 팀원도 동료도 아닌 이유미와 김준영이 무슨 짓을 벌이든 상관할 바 아니었다. 신경 끄고 이직 준비나 열심히 하는 편이 낫다.

    수첩을 덮고 노트북을 열었다. 이력서를 마저 작성해 보려고 하는데 좀처럼 진도가 나가지 않았다. 이유미와 김준영이 자간 틈으로 자꾸만 튀어나오는 탓이다. 표수진 사건에 적극적으로 매달리던 젊디 젊은 얼굴들이 어룽거렸다. 열정과 정의감이 항상 답인 건 아닌데, 회사 생활을 하다 보면 때가 무르익기를 기다려야 하는 타이밍이란 게 있는데, 저렇게 다짜고짜 사고를 치면 진상을 밝히기는커녕 두 사람만 곤란해질 텐데, 대기업을 상대로 법적인 분쟁에 휘말리면 개인만 피 말리는 거고, 그러다 회사를 그만두면 레퍼런스 체크 때문에 이직도 어려워지니 이제는 팀장도 선배도 아니지만 사회생활을 조금 일찍 시작한 연장자로서 말려야 하는 거 아닌가, 하는 걱정들이 거실을 뛰어다니는 현이처럼 우다다다 오하나의 머리를 가로질렀다. 그러다가도 이유미 대리는 람보르기니를 끌고 다니는데 무슨 걱정이랴 싶고, 김준영 과장도 요즘 없어서 못 구한다는 데이터 어쩌구 학위를 가지고 어딜 못

가겠느냐는 생각에 입술이 삐죽 튀어나왔다. 누가 누굴 걱정해. 발등에 불 떨어진 사람이 여유도 많지. 고개를 절레절레 흔들고 화면에 집중하는 오하나. 하지만 한번 뻗어나간 생각은 도통 돌아올 줄을 모른다. 이번엔 그들이 타깃으로 삼은 창립기념회에 꽂혔다. 왜 하필 이번 창립기념회인지. 매년 으레 하는 수준이 아니라 올해는 그룹 70주년 기념이라 엄청 크게 하는 거 같던데. 더욱이 후계 발표가 있을 거라는 예측 때문에 하루걸러 하루씩 관련 기사가 포털 메인에 걸리는 판국이었다. 이런 중요한 행사에 깽판을 친다고? 그 대단하신 권화용 회장이 가만히 있을 리가 없지. 고소만 당하면 다행이고, 혹여나 표수진에게 했던 것처럼 뒤에서 응징에 나선다면 큰일이었다. 어떻게든 일을 벌이기 전에 말려야…. 그치만 내 코가 석자…. 아냐 도리적으로 이건…. 하지만…. 그러나…. 어쩌면…. 그럼에도 불구하고…. 아니 근데 진짜….

결국 폐관 시간까지 이력서는 한 줄도 수정하지 못했다.

갈팡질팡, 아무것도 결정하지 못한 채 잠만 설치면서 하루하루가 흘렀다. 그렇게 창립기념회 당일이 됐다. 오하나는 아침부터 반쯤 얼이 나가 있었다. 아이가 먹을 콩나물국에 청양고추를 넣어버리고, 양치한 걸 까먹어서 한 번 더 하고, 잠옷 바지를 입고 나가려다가 다시 들어왔다. 그래놓곤 현관에 앉아 멍하니 정신을 놓고 있으니 시어머니가 빨리 안 가냐고 핀잔을 줬다. 창립기념식 때문에 늦게 출근하는 날이라고 허둥지둥 둘러대며 오하나가 집을 나서는데 시어머니가 문밖까지 따라 나와 가방을 건넸다. 알고 보니 손에 아들의 유치원 배낭을 들고 있었다.

"도통 뭐가 문제인지는 모르겠다만."

까치가 그려진 노란 배낭을 뺏으며 시어머니가 말했다.

"떳떳하게 다녀. 난 내 손주의 엄마가 비겁한 인간인 건 싫다."

차에 탄 오하나. 백미러를 빤히 바라봤다. 이마에 주름이 깊고 기미가 자글자글한 여자가 보였다. 눈이 마주쳤다. 아시는 것 같지? 여자가 물었다. 뭘? 오하나가 되물었다. 그동안 회사 가는 척만 한 거. 오하나가 대답했다. 아마…도. 부끄러워진 오하나가 핸들에 고개를 파묻었다. 그렇게 한참 동안 운전대에 엎어져 있던 그가 돌연 몸을 일으켜 네비게이션을 켰다. 목적지를 선택한 뒤 기어를 바꿨다. 주차장을 빠져나오며 가볍게 엑셀을 밟는 오하나의 얼굴에는 망설임이 사라져 있었다. 떳떳해지기 위해서, 비겁한 엄마가 되지 않으려고, 이유미와 김준영, 그 두 사람이 잘못되기라도 하면 오래도록 꿈자리가 사나울 게 뻔해서, 그냥 뭐라도 하지 않으면 후회할 것 같아서, 의욕도 기대도 없던 회사 생활이었지만 이렇게 무기력하게 끝맺기는 싫어서, 속도를 냈다. 몇 시간 뒤 70주년 창립기념식이 열리는 그곳, TA본사, 그가 20년 가까이, 정확히는 출산휴가와 육아휴직 기간을 제외하고 18년 2개월간 다녔던 빌딩을 향해.

실로 오랜만의 출근이었다.

2.

도착하자마자 오하나는 괜히 왔다고 생각했다.

TA빌딩 주변은 벌써부터 소란스러웠다. 컨퍼런스 홀이 있는 C동을 중심으로 스태프들과 경호원, 기자들과 VIP 차량이 뒤섞여 북새통이 따로 없었다. 이대로 집에 가고 싶었지만 여기까지 온 이상 딱 분위기만 파악하자 싶어 인파를 헤치며 걸었다. 다행히 아는 사람과 마주치지 않고 로비에 들어왔다. 이 기세를 몰아 자연스럽게 컨퍼런스 홀 쪽으로 걸음을 옮기는데 직원이 막아섰다. 출입증 받아서 오라신다. 당황한 기색을 감추며 천천히 리셉션 데스크로 방향을 튼 오하나. ID카드를 내밀고 지주사 직원이라 둘러댔지만 사전 등록 없이는 들어갈 수 없다는 거절만 돌아왔다. 조동진 본부장님이 불러서 온 거라며 떼를 쓰는데 뒤에서 익숙한 얼굴이 다가오는 게 보였다. 하필 그 조동진 본부장이었다. 다급히 후퇴한 오하나가 화장실 기둥 뒤에 몸을 숨겼다.

운이 나빴다. 조동진 본부장 지시로 왔다고 해놓고선 당사자 앞에서 내빼는 꼴을 보였으니 공식적인 루트로 들어가기는 글러 먹었다. 비공식적인 루트를 노리려고 주변을 관찰하는데 낯익은 얼굴이 또 나타났다. 처음에는 몰라봤다. 정장을 빼입고 머리카락까지 반지르르하게 넘겨 인상이 영 딴판이었기 때문이다. 로비를 서성이며 리셉션의 여자 직원들에게 추파를 던지는 꼴을 보고서야 눈치챘다. 가짜 무당 안고영. 저 사람이 왜? 오하나의 미간이 잔뜩 우그러졌다. 목에 출입증을 걸고 있는 걸 보니 초청을 받은 모양이었다. 장동욱이 불렀나? 아니면 '위대하신 이유미 스승님'이? 둘 중 뭐가 됐든 수상한 방문이었다. 오늘 여기서 무슨 일이 나긴 나겠구나. 그렇담 어떻게든 피해를 최소화해야 했다. 우선 현장으로 들어가는 게 먼저였다.

빌딩을 빠져나와 모퉁이를 돌았다. 화물 엘리베이터 앞에 케이터링 차량이 서 있었다. 다들 무거운 음식을 나르느라 정신이 없어 보였다. 잠시 타이밍을 노리던 오하나가 커다란 박스를 든 직원 옆에 붙어 함께 엘리베이터에 올랐다. 그렇게 쭉 박스에 얼굴을 가리고 홀까지 도착했다. 잠입 성공이었다.

창립기념식장은 아직 어수선했다. 스태프들이 부산하게 오가는 와중에 일찍 도착한 내빈들이 중간중간 담소를 나누고 있었다. 케이터링 직원인 척 테이블 사이를 오가며 오하나가 상황을 살폈다. 안고영이 보였다. 다들 바삐 움직이는데 혼자만 뒷짐을 지고 어슬렁대서 금방 눈에 띄었다. 뭘 하는가 지켜봤더니 식장 구석구석을 돌아다니며 투명한 액체를 뿌린 뒤 주문 같은 걸 외고 있었다. 주술 행위인가? 그렇다면 장동욱 사장과 관련됐을 가능성이 컸다. 중요한 자리니까 액운이 끼지 않게 막아달라는 부탁을 받았을지도. 지주사에서 일하며 느낀 건데 재벌가의 미신에 대한 추종은 일반인의 상식을 가뿐히 뛰어넘었다. 보통 행사도 아니고, 그룹의 존망을 결정할 승계 발표가 예정되어 있는 자리라면 충분히 가능한 일이었다. 스태프들도 언질을 받은 건지 안고영이 오퍼레이팅 부스까지 들어가 설쳐대는데도 별다른 제지가 없었다. 오하나는 확 맥이 풀렸다. 안고영이 액막이 때문에 온 거라면 전혀 문제될 게 없었다. 역시 기우였던 걸까. 하지만 분명 이유미와 김준영의 낌새가 수상했는데….

　우물쭈물하고 있으니 케이터링 담당자가 일을 시켰다. 얼결에 쟁반 수십 개를 나르며 땀을 뻘뻘 흘리는 오하나. 빈 칵테일 잔을 새 걸로 바꾼 뒤 바닥 난 커피 디스펜서를 채우고 있는데 사방이 컴컴해졌다. 무대에 달린 거대한 디스플레이에서 오프닝 영상이 흘러나오기 시작했다. 정체가 들킬까 봐 내내 몸을 수그리고 있던 오하나가 자기도 모르게 턱을 들었다. 시선을 사로잡는 인물이 단상에 올라왔기 때문이다. 짧은 은발과 매서운 눈매, 큰 키와 강단있는 체구, 멀리서도 느껴지는 최상위 포식자의 아우라, TA그룹의 총수 권화용 회장이었다. 남편이 죽은 후 자리를 이어받아 재계 50위권이었던 TA그룹을 선두로 올려놓은 천재적인 기업가. 재작년 일선에서 물러났지만 회사에 대한 애착이 엄청나 배후에서 막대한 영향력을 미치고 있다는 소문이 자자했다. 권화용이 마이크 앞에 입술을 갖다 대자 거대한 홀에 정적이 흘렀다. 옆 사람의 숨소리가 들릴 정도로 고요해진 장내에 살아 있는 전설의 목소리가 울려 퍼졌다.

 권화용의 개회사를 시작으로 창립기념식은 순조롭게 진행됐다. TA그룹의 역사 회고, 성과 발표와 미래 비전 선포, 축사와 축연이 이어졌다. 안고영은 식이 시작되자 어디론가 모습을 감췄다. 이유미와 김준영은 아까부터 그림자도 보이지 않았다. 구석에 쭈그리고 앉아 빼돌린 핑거푸드를 입에 넣으며 오하나가 멍하니 기념식을 지켜봤다. 괜한 어림짐작으로 쳐들어와 일당도 없는 노동만 했다는 후회에 기운이 쭉쭉 빠졌다. 그의 허탈함과는 무관하게 행사는 막바지를 향해 가고 있었다. 장동욱 사장이 단상에 올라왔다. 식순에 없던 서프라이즈였다. 유력한 후계자로 지목받는 인물의 등장에 요란스레 카메라 셔터음이 쏟아졌다. 아무려나 자신과는 상관없는 일. 오하나가 무릎을 툭툭 털며 일어났다. 아는 사람과 마주치기 전에 미리 식장을 빠져나갈 생각이었다. 하지만 나가지 못했다.

 장동욱 사장이 입을 여는 순간, 범상치 않은 영상이 시작됐기 때문이다.

 무대에 설치된 대화면 디스플레이를 통해 재생되는 그 영상은 여러모로 창립기념회의 톤 앤 매너에서 완전히 벗어난 형식과 내용을 담고 있었다. 장내의 수군거림이 점차 커지다 종국에는 비명 같은 탄식이 속출하는 가운데 떡 벌어진 입을 손바닥으로 가리며 오하나는 확신했다. 정렬이 모조리 어긋난 자막과 없는 게 나을 그라데이션 배경과 쓰레기통에 처넣고 싶은 오버레이 효과. 저 영상, 공대 출신 김준영 과장이 만든 게 틀림없다고. 이유미 대리도 참… 지가 좀 만들지. 경영학과 나왔으면서. 오하나의 머릿속 퍼즐 조각들이 빠른 속도로 맞춰지기 시작했다. 행사 시작 전 안고영이 오퍼레이팅 부스에 들어가 한참을 서성였던 이유. 통신 쪽을 해킹해서 저 영상을 틀기 위해서였나? 그렇다면 이유미와 김준영이 코빼기도 비추지 않는 것도 납득이 갔다. 아마 멀지 않은 장소에서 원격으로 상황을 주시하고 있으리라. 굳이 현장에 나타나서 위험을 감수할 이유가 없었다. 그도 그럴 것이 영상의 소재가 무척이나 도발적이었기 때문에.

  장동욱의 횡령과 배임을 고발하는 내용을 쏟아내던 영상이 본격적으로 표수진 사건을 다루기 시작했다. 여태까지는 에피타이저, 이제부터가 메인 디쉬라는 걸 강조하는 듯 영상의 글씨가 네온사인처럼 반짝이기 시작했다. 그 아래로 오하나의 기억에도 선명한, 카페 유리창으로 돌진하는 차량이 담긴 CCTV 영상이 나왔다. 그리고 다음 장면은 뻐큐였다. 뻐큐. 큰 뻐큐. 그러니까 이걸 구체적으로 묘사하자면, 무대를 뒤덮은 세로 길이 3미터 초대형 디스플레이를 꽉 채우는, 거대한, 뻐큐, 그 자체였다. 2분할 화면의 다른 면을 통해 그 손가락이 병실에 누워 있는 표수진의 것임을 확인할 수 있었다. 뻐큐 위에서 초록색 트래킹 마크들이 깜빡였다. 센서를 부착하고 변경 사항을 측정 중인 것 같았다. 이윽고 변조된 목소리가 질문을 던지자 손가락이 미묘하게 움직이며 트래킹 마크의 좌표값이 변하기 시작했다. 목소리가 계속됐다. 당신은 인간입니까, 토성에 다녀온 적이 있나요,

오피스 추노

대한민국에 살고 있습니까? … 답이 정해져 있는 질문들이 이어졌다. 청중에게 표수진이 손가락으로 예, 아니오를 표현하여 외부와 소통할 수 있는 상태임이 알리려는 의도인 듯했다. 이윽고 본격적인 질문이 시작됐다.

-TA백화점의 신규 입지 선정에 있어서 장동욱 사장에게 별도의 지시를 받은 적이 있나요?

-무속인에게 풍수지리 데이터를 조작해 줄 것을 청탁하며 돈을 건넨 적이 있나요?

-그 결과 1위 입지가 바뀌었습니까?

-이 점을 빌미로 장동욱을 협박했나요?

-당신은 이 교통사고가 장동욱의 보복이라고 생각하십니까?

Yes, Yes, Yes, Yes, Yes. 곧바로 화면은 장동욱이 한 남자와 악수를 나누는 장면으로 바뀌었다. 남자의 정체는 여당 대표이자 차기 대권주자인 김해탁. 두 사람의 웃는 얼굴 위로 장동욱이 데이터를 조작해서 1위로 밀어준 인천 청라동 지도가 촤르륵 펼쳐졌다. 빨간 깃발이 잔뜩 꽂혀 있었는데, 찬란한 무지갯빛으로 일렁이는 자막이 디졸브로 등장하며 깃발의 의미를 부연했다.

★ 김해탁 ⓒH표 친인척들이 소유한 부동산 ★

뜬금없이 통통한 쥐새끼 캐릭터가 사방에서 튀어나와 화면 속을 데굴데굴 굴렀다. 전혀 의도를 알 수 없었다.

무대에서 장동욱이 소리쳤다.

"아니야!"

오하나가 주변을 살폈다. 어디선가 장동욱을 줌인하는 카메라가 있을 것 같았다. 그가 파악한 이유미는 타인의 행동거지에서 숨은 의미를 읽어내는 데에 탁월한 재능이 있었다.

이 폭로도 장동욱의 반응을 살피기 위해 꾸며낸 쇼일지도 몰랐다. 한쪽 뺨에 벚꽃잎 같은 보조개를 피운 채로 장동욱의 살과 근육을 해부하듯 뜯어보고 있을 이유미를 생각하니 팔뚝에 오돌토돌 소름이 돋았다. 이런 상황을 알 리 없는 장동욱은 보다 퀄리티 높은 분석 자료가 되어주겠다고 마음먹은 것처럼 격하게 무대 위를 뛰어다니기 시작했다. 몸으로 화면을 가리려고 했지만 작달막한 키로는 거슬리는 그림자 몇 가닥 드리울 뿐이었다. 카메라 셔터음과 웅성거림, 고함과 욕설로 식장이 떠들썩하게 달아오를 무렵, 장동욱의 횡령과 배임, 살인교사 혐의를 요약 정리하며 영상이 마무리되고, 기다렸다는 듯 문이 열리며 검은 옷을 입은 사람들이 쏟아져 들어왔다. 누군가는 경찰, 누군가는 검찰이 왔다고 소리쳤고 장내가 아수라장이 됐다. 무대에 있던 장동욱은 사라지고 없었다.

 혼란을 틈타 오하나가 서둘러 밖으로 나왔다. 빨리 사라져야겠다는 생각밖에 없었다. 대기발령 중인 직원이 출입증도 없이 문제의 장소에 있었던 게 걸리면 피곤한 일만 생길 게 뻔했다. 일부러 인적이 뜸한 북문으로 나와 주차한 자리로 뛰어가는데 오하나만큼, 아니 오하나보다 다급한 몸짓으로 차에 오르는 사람이 보였다. 장동욱이었다. 우뚝 멈춰 선 오하나. 다행히 저쪽에서는 눈치채지 못한 것 같았다. 장동욱이 뒷좌석에 타자 목이 구부정하고 팔이 기이할 정도로 긴 남자가 나타나 문을 닫고 운전석에 올랐다. 곧장 굉음을 내며 차가 출발했다. 멀어져 가는 검정색 롤스로이스의 꽁무니를 멍하니 바라보던 오하나가 깜짝 놀라 입을 틀어막았다. 급하게 주차장 어귀를 돌아나가던 차가 야쿠르트 카트와 부딪치고는 후속 조치 없이 도로로 빠져나갔기 때문이다.

 오하나가 바닥에 넘어진 야쿠르트 판매원에게 뛰어갔다.

오피스 추노

낯이 익었다. 회사 앞에서 아침마다 마주치던 얼굴이다. 다리를 부둥켜안고 끙끙대길래 부축하려고 하니 판매원이 손을 뿌리치며 외쳤다.

"됐고, 저놈! 저 뺑소니놈 잡아줘요!"

"네?"

"척수를 호로록 비벼먹을 새끼가!"

"뭐라고요?"

판매원의 등쌀에 밀려 얼떨결에 야쿠르트 카트에 올라선 오하나. 무릎걸음으로 기어온 판매원이 시동을 걸었다.

"선생님, 꼭 좀 잡아주세요. 꼭!"

곧바로 오하나는 두 가지 난제를 떠안게 됐다.

첫째. 야쿠르트 카트가 이렇게 빠른 이유는 무엇인가?

둘째, 이 미친 카트를 멈추는 방법은 무엇인가?

야쿠르트 판매원 방정희가 소싯적 강북 일대를 주름잡던 폭주족이었다는 사실을 오하나가 알 리가 없었다. 그가 과거의 인맥을 동원하여 카트의 최대 속력을 시속 100킬로미터로 개조한 사실도 꿈에도 예상하지 못했으리라. 머리카락이 벗겨질 것 같은 속도감 속에서 오하나가 할 수 있는 일이라곤 그저 비명을 지르는 것뿐이었다. 중심을 잡으려고 애를 쓰며 브레이크처럼 생긴 부품을 찾아 발로 눌렀지만 되려 빨라지기만 했다. 과속방지턱을 과속으로 넘느라 차체가 농구공처럼 튀어오르고 오하나의 몸이 그보다 더 높게 하늘로 치솟았다. 불행 중 다행은 튕겨 나가지 않으려고 붙잡은 게 핸들이어서 가까스로 방향을 바꿔 건널목에 정차 중인 차량을 피했다는 점. 하지만 이대로 가다간 필시 광란의 야쿠르트 카트가 벌인 십중추돌 사고로 헤드라인을 장식할 게 뻔했다. 차라리 혼자 다치는 게 낫겠다 싶어 아무 벽에나 부딪쳐 카트를 멈추려는 오하나. 행인이 없는 걸 확인하고 인도로 핸들을 돌리던 참에 불쑥 1차선에서 차량이 끼어들었다. 간신히 반대 방향으로 틀어 충돌은 피했으나 단발의 차였다. 너무 놀란 나머지 스무 살 넘어서는 입 밖으로 뱉어본 적 욕지기가 불가항력으로 튀어나왔다. 야 이 뒤질래 존만 한 노란 새끼야! 미친 존만 한… 노란색 람보르기니?

 노란색 람보르기니가 맹렬한 속도로 검정색 롤스로이스를 따라갔다. 오하나는 지금의 상황을 받아들이기가 너무 힘들었다. 그러니까, 백주 대낮에 서울 한복판에서 슈퍼카 두 대가 박력 넘치는 추격전을 벌이고 있고 그 뒤를 본인이 살구색 야쿠르트 카트로 졸래졸래 쫓아가고 있는 상황이, 너무나도, 상식을 벗어난 일이라. 혹시 지금 자신이 그래픽은 끝내주지만 고증이 부족한 가상현실 속 추격자 캐릭터에 빙의라도 한 것인지, 만약 그렇다면 이대로 부딪쳐 죽어도 인생 리셋이 가능할 텐데 시험 삼아 죽어볼 수도 없고 어쩐담, 하는 다분히 현실도피적인 망상으로 그의 사고가 뻗어나가는 동안 검정색 롤스로이스가 갑자기 유턴을 했고 노란색 람보르기니가 요란스레 스키드마크를 그리며 뒤를 따랐고 오하나의 작고 소중하고 미친 살구색 야쿠르트 카트는, 그냥, 앞으로 갔다. 계속, 쭉, 직진.

 "하, 하, 하."

 오하나가 소리 내어 웃었다. 웃으면 복이 온다잖아.

 그때 카트가 서서히 느려지기 시작했다. 배터리가 닳은 덕분이었지만 자세한 사정을 알 리 없는 오하나는 천지신명이 도우셨거나 조상신의 가호가 있었거나 열 살 때 초콜릿 받으려고 딱 한 번 간 교회에서 올린 기도가 지금에서야 효력을 발휘했거나 진짜 웃어서 복이 왔거나 이 네 가지 가능성 중 하나를 타진하며 카트에서 뛰어내렸다. 도로에 남은 스키드마크를 쫓아가니 공사 중인 막다른 공터에 다다랐다. 두 대의 슈퍼카와 네 명의 사람이 있었다. 장동욱이 고래고래 외치는 소리가 들렸다. 일단 가로수에 몸을 숨긴 오하나.

"비켜!"

도망치려는 장동욱과 막아서는 이유미가 서로 대치 중인 것 같았다.

"좋은 말 할 때 비켜라. 어? 지금 비키면 내가 봐준다. 봐준다고 했다."

대답은 들리지 않았다.

"넌 내가 어릴 때 담뱃불로 그거, 장난 좀 쳤다고 바로 꼰지를 때부터 알아봤어. 아주 싹수가 노란 거. 근데 이번에도 소용없어. 망하는 건 너야. 내가 아니고."

어릴 때? 담뱃불? 무슨 소리지? 오하나가 귀를 기울였지만 여전히 돌아오는 대답은 없었다. 대신 낯선 목소리가 들렸다. 힐끗 돌아보니, 놀랍게도 김준영이었다. 언제나 모기 날갯짓 수준의 데시벨로 속삭이는지 흐느끼는지 모르게 말하던 사람이 갑자기 앞으로 나와서 더듬더듬 소리치는 것이다.

"포, 포포, 포포포, 포기, 포기하십시오, 저희랑 거, 거, 검찰에…!"

퍽, 소리가 났다. 장동욱과 같이 있던, 목이 구부정하며 팔이 기이할 정도로 긴 남자가 주먹을 휘둘렀다. 김준영이 공중에 솟았다가 바닥에 쓰러졌다. 뒤에서 장동욱이 깔깔거리며 박수를 쳤다. 팔이 긴 남자가 이번에는 이유미에게 다가갔다. 이유미가 뒷걸음질을 쳤다. 팔이 긴 남자가 손을 뻗었다. 이유미가 또다시 뒷걸음질을 쳤다. 더이상 물러설 공간이 없었다.

다시 한번 퍽, 하는 소리가 났다. 장동욱이 박수를 멈추고 눈을 부릅떴다. 이유미가 아니라, 팔이 긴 남자가 쓰러졌기 때문이다. 어디선가 돌멩이가 날아와 남자의 등판을 가격했다. 장동욱은 돌이 날아온 방향으로 고개를 돌렸다. 그곳엔 팔을 사선으로 내리고 한쪽 다리로 무게를 지탱하고 선 오하나가 서 있었다.

핸드볼의 숄더패스 피니쉬 자세였다.

"넌 또 뭐야!"

장동욱이 뒤를 보인 틈을 타 이유미가 달려들었다. 팔뚝을 이로 물며 늘어지자 비명이 터져 나왔다. 삽시간에 뒤엉키며 몸싸움이 벌어졌다. 이유미는 꽤 잘 버텼지만, 체급 차이를 뛰어넘을 순 없었다. 멀리서 봐도 확연한 열세였다. 오하나가 다시 돌을 집었다. 팔을 뒤로 당기고 주먹을 어깨 아래로 내렸다. 하지만 아까처럼 쉽사리 던질 수가 없었다. 눈을 희번덕거리며 이유미를 패는 장동욱은, TA백화점 사장이자 TA그룹의 후계자였다. 온갖 물음표들이 오하나의 근육에 브레이크를 걸었다. 재벌의 대가리를 깨고도 내가 무사할 수 있을까? 표수진을 차로 들이박아버린 사람인데? 내가 없으면 우리 현이는 어떻게 해? 남편은, 엄마 아빠는, 여동생은, 시어머니는…? 돌을 쥔 팔에 힘이 빠졌다. 바닥을 나뒹굴던 이유미가 울컥 핏물을 뱉었다. 붉게 젖은 코와 입술을 장동욱이 구둣발로 걷어찼다. 핏줄기가 허공으로 튀었다.

오하나의 귓가에 아침에 들은 시어머니의 목소리가 울려 퍼졌다.

-떳떳하게 다녀. 난 내 손주의 엄마가 비겁한 인간인 건 싫다.

오하나가 돌을 쥔 주먹에 다시 힘을 주고 자세를 가다듬는 순간,

오피스 추노

누가 뒤에서 어깨를 잡았다. 팽팽하게 긴장해 있던 몸이 갑작스런 터치에 화들짝 튀어올랐다. 돌아보니 포식자가 서 있었다. TA그룹의 권화용 회장이었다. 서늘하고 매서운 눈을 마주하곤 그대로 굳어버린 오하나. 권화용 회장이 그의 팔을 아래로 끌어내리더니, 장동욱을 향해 소리쳤다.

"장동욱!"

반응이 없자 권화용의 입에서 사자후가 터져 나왔다.

"장, 똥, 개!"

장똥개? 똥개? 믹스견? 상황 파악이 안 된 오하나의 동공이 세차게 흔들리는 동안 장동욱이 겁에 질린 개처럼 멈춰 섰다. 권화용이 혀를 한번 차더니, 옆에서 아직도 던지기 자세를 하고 있는 오하나에게 가볍게 목례를 하고 앞으로 걸어갔다. 맹견처럼 날뛰던 모습은 온데간데없고 순하디 순한 강아지가 된 장동욱이 엉거주춤 일어나 허리를 숙였다. 권화용이 피범벅이 된 이유미 앞에 섰다. 가발이 분리되어 바닥을 뒹굴고 있었다. 구두 끝으로 화상 흉터가 자욱한 머리를 건드리자 눈꺼풀이 파들거리며 열렸다. 그걸 보며 권화용이 웃었다.

"난 말이야."

옆에 있던 수행원이 허리를 숙였다.

"옛날부터 얘가 너무 싫었어. 사람을 꿰뚫어볼 것처럼 쳐다보잖아."

"그러셨군요."

"근데 그게 척이 아니라 제법 하더라니까. 꿰뚫어보는 거. 그래서 내 회사에 기어들어 온다는 걸 봐줬는데 말이야."

"네에."

"이런 대형 사고를 치네."

이유미가 숨을 헐떡였다.

"이따 정신 차리면, 김 실장이 좀 물어보세요. 이게 키워준 사람에 대한 보답이냐고."

권화용이 떠나고 수행원들이 이유미를 부축해 갔다. 잇따라 도착한 검찰인지 경찰인지 모를 사람들이 장동욱과 팔이 긴 남자를 차에 실었다. 뒤늦게 깨어난 김준영이 오하나를 이유미라고 부르며 괜찮으시냐고 울었다. 한 대 맞더니 눈에 뵈는 게 없는 모양이었다.

3.

1년 뒤.

특대형 야쿠르트가 가슴을 짓누르는 꿈에서 깨어난 오하나는 그 정체가 남편의 팔이란 걸 깨달았다. 곧장 일어나 아침 준비를 시작했다. 그 사이에 남편은 아들을 깨우고 씻긴다. 최근 부쩍 말이 많아진 현이가 참새처럼 조잘조잘거리는 소리가 작은 집을 가득 채웠다. 남편이 현이를 데리고 식탁에 앉으며 물었다.

"누나 거는?"

"안 땡기네."

"뭐? 오하나가 밥이 안 땡긴다고? 오늘 뉴스에 나오는 거 아니야? 당장 병원 가자. 회사 빠진다고 연락해. 여보 아프면 나는 못 참아."

"모차마!"

아빠의 주접을 따라 하는 현이의 볼을 꼬집으며 오하나가 피식거리는 사이 도어벨이 울렸다. 등원을 도와주러 온 시어머니였다. 남편이 한국에 돌아온 뒤 부부는 시어머니의 집 근처로 이사를 나왔다. 매달 나가는 대출 이자를 생각하면 한숨이 나왔지만, 분가 이후 눈에 띄게 밝아진 시어머니의 얼굴을 볼 때마다 잘했다 싶었다. 현이가 할머니에게 어제 그린 그림을 자랑하는 동안 후다닥 주차장으로 내려가는 부부. 오늘은 오하나가 운전대를 잡았다. 회식이 잡혀 있는 남편 대신 정시 퇴근을 해서 시어머니와 바통 터치를 해야 하기 때문이다. 꼭 뭐라도 챙겨 먹으라며 당부하는 남편을 지하철역에 내려주고 오하나가 회사에 도착했다. 바로 올라가려다가 남편의 애원이 생각나 지하 구내식당에서 컵과일을 챙겼다. 이윽고 그가 향하는 곳은 4번 엘리베이터. 목표지는 22층. 카드를 찍고 사무실로 들어가는데 뒤에서 소리가 들려왔다.

"…크큭…."

오하나가 반사적으로 눈을 질끈 감았다 떴다.

"…좋은 …아침 …입니다…. …팀장님…."

"네, 좋은 아침이네요."

매번 김준영 과장이 출근하는 시간을 피해서 오자고 다짐해 놓고 잊어버린다. 출산 후 찾아온 건망증이 영 나아지질 않았다. 놀라서 쿵쾅거리는 심장을 다독이며 오하나가 김준영을 피해 먼 길을 돌아 자리에 앉았다. 어차피 바로 옆이지만.

다시 부활한 행복회복팀은 순항 중이었다. 오하나는 팀장으로 복귀했고, 김준영도 돌아왔다. 팀원 세 명이 추가돼서 규모도 커졌다. 양적인 변화만이 아니라 질적인 변화도 있었다. KPI가 재정비됐다. 무단 결근자의 문제를 해결하고 소속 조직이 근무 환경을 개선할 수 있도록 가이드할 것. 이면의 목표는 사라졌다. 최근에는 TA생명의 무단 결근자를 우울증으로 인한 3개월

병가 휴직자로 탈바꿈시키고 사내 심리상담실의 예약 시스템을 무기명으로 개편하는 성과를 거뒀다. 담당자는 김준영 과장이었다.

김준영은 여전히 이상하고 무서웠으며 무섭고 이상했다. 100가지쯤 되는 그의 괴괴한 행동은 최근 하나가 추가되어 101가지가 됐는데, 그것은 텅 빈 허공을 한참 동안 바라보는 일이다. 처음 오하나가 그 모습을 목격했을 때는 접신 중인 줄 알고 다리에 힘이 풀렸다. 그러나 인간은 적응의 동물, 반복해서 보다 보니 덤덤해졌고 심지어 왜 저러는지 이유를 알 것도 같았다. 일전에 두 사람이 밖에서 점심을 먹고 돌아오다가 야쿠르트 판매원과 마주친 적이 있었다. 오하나를 죽음의 초고속 야쿠르트 카트 위로 내몬 방정희 판매원 말이다. 그가 반갑게 인사를 하며 '유미 동생'은 어디 갔냐고 물었는데 곧바로 김준영의 얼굴이 붉으락푸르락 물들었다. '유미 동생'은 분명 이유미 대리겠지. 둘 사이에 무슨 일이 있었는지 모르니 섣부른 판단일 수 있고, 아마 김준영 자신도 눈치채지 못한 것 같지만, 그는 자주 이유미 대리를 그리워하는 것 같았다.

오하나로서는 복잡한 마음이었다. 이유미 대리가 TA그룹의 숨겨진 혼외자, 로열패밀리란 걸 알게 된 후 그는 꼬박 이틀을 도서관에서 자숙했다. 자신의 지난 행실을 돌아보며 이유미에게 혹시 실례되는 말이나 행동을 하지 않았는지를 일일이 복기했다. 몇 가지 걸리는 게 있었지만 상사가 부하를 대하는 일반적인 범위에서 크게 벗어나진 않았다는 결론을 내리고 겨우 가슴을 쓸어내렸다. 물론 방심은 금물. 상대의 속을 모르니 긴장을 다 풀 수는 없었다. 허나 끙끙대며 고민한 것이 무색하게도 이유미는 회사에 돌아오지 않았다. 인사팀 지인에게 물어보니 퇴직 처리가 됐다고 했다. 지난 6개월간 장동욱 사건으로 온 나라가 떠들썩한 와중에도 소식 한 줄 들려오지 않았다. 가끔 생각이 났다. 싹싹해 보이는 겉모습과는 다르게 무섭도록 예리하면서도 꽤나 폐쇄적인 면모가 있었던 그 친구가 어디서 뭘 하고 있을지. 밉보여서 멀리 쫓겨난 걸까? 아무래도 권화용 회장 입장에서는 열받을 만했다. 눈엣가시 같은 남편의 혼외자식이 제 친아들을 감방에 처넣었으니 자기 같아도 곱게 봐주지는 못할 것 같았다. 물론 아무리 상상의 역지사지를 펼쳐봤자 오하나가 재벌의 머릿속을 이해할 순 없지만 말이다.

아, 좋은 소식 하나. 표수진이 많이 호전됐다. 지난주에 재활운동을 시작한다는 소식을 그의 여동생, 아니 딸인 표하리로부터 전해 들었다.

출근해서 몇 가지 이메일을 처리한 오하나가 바로 TA유통으로 외근을 나갔다. 무단 결근 건은 아니고 그쪽 HR에서 협업 요청이 들어왔다. 아침부터 입맛이 없더니만 갑자기 잠이 쏟아지는 바람에 미팅 내내 졸지 않으려고 안간힘을 써야 했다. 같이 온 김준영이 걱정됐는지 쉬는 시간에 아이스커피를 내밀었다.

"고마워요."

"…아닙니다…."

뭘 탄 건 아니겠지. 그럴 사람이 아닌 걸 아는데도 무심코 의심이 갔다. 오하나가 컵에 입을 댄 후 얼음만 삼키고 음료를 몰래 뱉었다. 진짜 약을 탔을까 봐 그러는 건 아니고, 카페인에 약해 커피를 마시지 않는 것뿐이었다. 이걸 굳이 말하지 않아도 알아차리는 사람이 있었는데 말이지. 예전 이 팀에.

택시를 타고 사무실로 복귀하는 길. 졸다가 머리를 창문에 찧고 깨어난 오하나는 불현듯 생리 예정일이 꽤 지났다는 사실을 깨달았다. 설마, 설마 하면서 날짜를 되짚어 보니 설마가 아닐 확률이 적지 않은 터라 얼굴이 파리해졌다. 택시에서 내린 김준영이 오하나의 창백한 낯빛을 보곤 건강관리실에 데려가려는 걸 겨우 마다했다. 일단, 오늘 일을 마치고, 퇴근길에 약국에서 임신테스트기를 사고, 집에 들어가서 현이랑 놀아준 다음에, 내일 아침에 첫 소변으로 테스트를 해야겠어. 오하나가 깊이 심호흡을 했다. 진정해라, 하나야. 진정해야 한다.

 사무실에 복귀하니 본부 전체에 긴급 공지가 있었다. 지난달 임시 조직개편에서 조동진 본부장이 타 계열사로 이동했기에 빈자리에 누가 올 것인지 소문만 분분했는데, 드디어 신규 본부장이 취임해 인사 자리를 마련한다고 했다. 다들 호기심으로 눈을 반짝이며 소강당으로 향했다. 아직 얼굴에 핏기가 돌아오지 않은 오하나도 비틀거리며 사람들을 따라갔다. 본인에게 닥친 문제가 너무나도 거대해서 누가 본부장으로 오든 말든 관심을 가질 여력이 없었다. 하지만 이런 오하나마저도 주변이 지나치게 조용해지자 고개를 들지 않을 수 없었다. 모든 이들의 시선이 단상 위 한 곳에 쏠리고 있었다. 머리카락이 없는 여자를 향해. 오하나가 눈을 크게 떴다. 자세히 보니 완전 민머리는 아니었다. 절반쯤은 짧게 머리카락이 나고 나머지 절반을 흉터인지 문신인지 모를 붉은 선이 구불구불 뒤덮고 있었다. 동요하는 사람들을 한참이나 무심하게 내려다보던 여자가 씨익 웃었다. 뺨에 벚꽃 같은 보조개가 패였다.

 "반갑습니다. 행복근로본부장 권유미입니다."

 이유미, 아니, 본인 소개에 따르면 권유미가 인사를 건네는 데도 장내엔 정적만 흘렀다. 저마다 눈만 깜빡이기 바빴다. 권유미라고 했지? 장유미도 아니고 권유미라고. 설마, 권화용 회장의 성을 받은 건가? 피 한 방울 섞이지 않은 남편의 혼외자식을 입양한 뒤 자신의 성을 물려주고 지주사 본부장 자리에 앉히는 건 대체 뇌 구조가 어떻게 생겨 먹어야 가능한 일인지, 줄곧 표정 관리에 애쓰던 오하나도 이번에는 입이 헤 벌어지는 것을 막을 수 없었다. 대체 무슨 담판을 벌였길래…. 그 와중에 느닷없이 박수가 터져 나왔다. 김준영이 긴 팔을 번쩍 들어 올려 손뼉을 쳤다. 직원들이 술렁이기 시작했다. 저주? 살인 예고? 살 날리는 중? 그 모습을 보는 이유미, 아니 권유미의 눈이 가늘게 휘어졌다.

그날 오후, 오하나는 갓 부임한 본부장의 호출을 받았다. 자꾸 따라오려는 김준영을 떼어놓고 집무실에 도착하자 시원스런 통 유리창을 배경으로 권유미가 환하게 웃으며 오하나를 맞이했다.

"오랜만입니다."

"넵."

좀처럼 적응하기 어려운 헤어스타일이었다. 풍성했던 머리카락은 어디가고 왜 저런 파격을 택했는지, 속내를 짐작조차 할 수가 없었다. 본판이 잘나서 그럭저럭 어울리기는 하다만…. 어색해서 죽을 것 같은 오하나의 마음을 아는지 모르는지, 권유미는 그때는 폐를 끼쳤다느니, 도와주셔서 감사했다느니, 회장님이 한번 뵙고 싶어 한다느니 하며 인사치레를 늘어놓았다. 그 끝에 드러난 진짜 용건은 자기를 도와달라는 것이었다. 자신은 결코 TA그룹에 오래 있을 생각이 없고 업계에서 명성을 쌓아 조직 내 문제해결 담당 컨설팅 기업으로 독립하는 게 목적이라고 했다. 그걸 위해 팀장님의 역할이 정말 중요하다며, 자신의 날개가 되어달라고 힘을 주어 말했다. 아직 권유미를 아랫사람으로 대하던 습관이 남아 있는 터라 실수를 방지하기 위해 말을 삼가던 오하나가 어색하게 웃었다.

권유미의 어깨 너머로 벽시계가 보였다.

현재 시각 5시 55분.

빨리 퇴근해서 임신 테스트기를 사고 집에 가서 현이 밥을 먹이고 또…. 두 사람의 눈이 마주쳤다. 오하나는 순간 욕이 튀어나오려는 것을 꾹 눌렀다. 생각해 보면 권유미처럼 비범한 눈치를 가진 위인이 모를 리가 없었다. 퇴근 시간이 임박하여 오하나가 초조해하고 있다는 걸, 다 알고서 일부러 시간을 끄는 거였다. 깜찍하게 패인 보조개가 더할 나위 없이 심술궂어 보였다. 아찔했다. 저게 본래 모습이구나. 높은 자리에 오르니 더러운 성격을 굳이 포장할 필요가 없어서 저러는구나. 아니 근데, 내가 뭘 잘못했다고? 오하나가 눈을 깜빡였다. 정시 퇴근과 현이와의 행복한 저녁과 부부끼리의 오붓한 밤과 평화로운 시어머니의 얼굴…. 이 모든 것들이 아지랑이처럼 일렁이다가 흐려졌다. 아랫배가 사르르 아파왔다.

"아, 바쁘세요? 지금 가셔야 하죠?"

해사하게 웃는 권유미를 마주 보며 오하나가 대답했다.

"괜찮습니다. 본부장님."

정말로

퇴근하고 싶다.

오피스 추노

봄버

범유진

1장

귀의 빗꼴은 죽음이다.

"곡 4궁*은 완생**도 귀*** 아닐 때 이야기지. 패턴 훤히 보입니다. 손님."

사하라는 혀를 차며 마우스를 클릭했다. 모니터 속 가로세로 각 열아홉 줄로 이루어진 바둑판에 백돌이 경쾌한 기계음을 내며 놓였다. 이걸로 오늘의 업무는 완료다. 화면에 뜬 'Your Lose'라는 새빨간 글자가 곧 퇴근 알람이었다. 길게 기지개를 켜는데 휴대폰이 울렸다. 힐끗 발신자를 확인한 사하라의 미간에 주름이 잡혔다. 퇴근 후 걸려 오는 상사의 전화는 누구든 달갑지 않은 법이다. 그렇지만 받아야 한다. 여러 불법 도박 사이트를 운영하는 사하라의 상사, 통칭 '최'는 어쨌든 사하라의 월세와 사채 이자를 내주고 있는

---

*   보통 4개의 방향(위, 아래, 왼쪽, 오른쪽)으로 상대의 돌을 두고, 중앙에 있는 자신의 돌로 상대의 돌을 둘러싸는 형태.
**   상대에게 잡히지 않는 돌. 외부를 향한 활로가 막혀도 죽지 않는 상태의 돌.
***   이웃한 두 변에 의해 만들어진 구석. 바둑판의 네 모서리.

사람이었다.

[야. 조금 전 판 뭐야? 길잖아!]

통화 버튼을 누르자마자 최의 고함이 터져 나왔다.

[한 판 더 진행할 거 꾸물거리면 그만큼 손해인 거 알아, 몰라? 내가 뭐랬어. 이거 바둑 아니랬지. 무조건 빠르고 짜릿하게 플레이하는 게 중요하다고!]

"아. 삼촌. 방금 판 스페셜 리그였잖아. 애초에 이 사이트 와서 돈 거는 인간들 심리가 뭐야? 나는 도박이 아니라 바둑을 즐기는 점잖은 인간이다, 이거 아냐. 스페셜 리그는 그중에서도 자기가 바둑 좀 둔다고 으쓱거리는 인간들이 추가금 내고 들어오는 판이잖아. 굳이 직접 플레이를 하면서 자기한테 배팅하는 자아도취형 인간들! 그런 인간들 만족시키려면 가끔은 이렇게, 적당히 쫄깃하게 져 줘야 해. 그래야 그 비싼 멤버십 유지하지."

[하여간 말이나 못 하면.]

수화기 너머 날카롭던 말투가 슬그머니 누그러졌다.

"삼촌도 그렇게 판단해서 굳이 돈 주고 나 쓰는 거잖아. AI만 돌려서 사이트 쪽 승률만 높아지면 회원들 다 떠나. 나처럼 착착 재미있게 잘 지는 플레이어가 또 어디 있어. 안 그래?"

[그건 그렇지. 야, 그래도 방금 건 좀 위험하지 않았냐? 네가 이겨 버리는 줄 알았어. 서당 개 삼 년에 풍월 읊는다고, 나도 바둑 좀 볼 줄 아는데 아슬아슬하더구먼.]

"아슬아슬은. 패턴 훤히 보여서 단박에 이길 수 있는 실력이었어."

[그러니깐! 야, 잊어버리지 마라. 넌 지기 위한 플레이어야.]

"알아. 삼촌. 단번에 이길 수 있단 건 언제든 져줄 수 있단 뜻이야."

통화를 끊고, 사하라는 휴대폰을 베개 아래 쑤셔 넣었다. 로그아웃하지 않은 사이트 화면에는 여전히 붉은 글자가 떠 있었다. You are lose. 사하라는 앉은 그대로 뒤로 넘어지듯 드러누웠다. 몇 개월 지내지 않았지만, 천장의 무늬가 낯설지는 않다. 어릴 적 이곳저곳 옮겨 다녔던 단칸방도, 이전에 지냈던 공장 기숙사의 천장도 저렇게 빗줄기처럼 쏟아져 내릴 듯한 사선 무늬였다. 쓸데없는 짓을 했어. 사하라는 눈을 감았다. 최에게 했던 말은 반은 진실, 반은 거짓이었다. 이대로 이겨 버릴까. 마지막 수를 놓기 전 잠깐 그런 충동을 느꼈다.

불안이 심해지면 충동적인 행동을 할 확률이 높아집니다.

이전에 상담센터의 의사가 그렇게 말했다. 배달하던 사하라가 오토바이를 몰고 트럭 앞을 가로지른 직후의 상담이었다. 왜 그랬냐는 의사의 질문에 사하라는 찐따스러운 죽음이 뭔지 고민하다가 신호를 살피지 못했다고 답했다. 그리곤 "선생님 생각엔 뭐가 좋을 것 같아요?"라고 되물었다. 의사는 약 종류를 늘리자고만 했고, 사하라는 그날을 마지막으로 상담센터에 가는 걸 그만뒀다. 딱 찐따처럼 생겼으면서 고민에 어울려 주지 않은 의사에게 서운함을 느낀 게 아니라 돈이 없었다. 오토바이 핸들을 꺾어 충돌은 피했지만 가드레일을 박고 나뒹구는 바람에 허리를 다쳤다. 도저히 배달 일을 계속할 수가 없었다.

불안의 이유라면 얼마든지 있다. 공장을 다닐 때 동료에게 사기를 당해 빌린 사채가 통 줄어들지를 않아서, 교통사고로 다친 허리가 아직도 욱신거려서, 마음먹고 바둑을 두어볼까 할 때마다 손등이 아파서. 사하라는 몇 번 눈을 깜빡여 눈꺼풀 안쪽에 맺힌

빗줄기의 잔상과 어지러움을 몰아냈다. 그리곤 깨진 달걀처럼 느리고도 끈적끈적하게 침대 아래로 흘러내렸다. 떨어지고 싶은 건 아니었기에 최대한 신중하게 흘러내려 착지에 성공한 뒤, 몸을 두 번 굴러 냉장고 앞에 도착했다. 고시텔의 장점은 너무 좁아서 걷지 않고 굴러서 끝에서 끝까지 갈 수 있단 것뿐이다. 사하라는 침대 옆에 놓인 미니 냉장고를 열었다. 냉장고 안에는 가루가 바닥에 깔린 투명한 병 하나가 들어 있었다. 아코니틴, 투구꽃 가루다. '최'에게 부탁해서 간신히 구했다. 최는 인심 쓰듯이 수고비는 받지 않겠다며 "뒤지려면 니코틴으로 해. 바꽃 이건 네다섯 시간 죽도록 아프기만 하고 실패할 확률도 높아"라고 충고했다. 사하라는 잠깐 고민했지만 주문을 변경하진 않았다.

사하라는 냉장고 안을 가만히 들여다보다가 손을 뻗어 병을 냉장고 서랍 바깥쪽 가변에 놓았다. 병은 금방이라도 아래로 떨어질 듯이 기우뚱 흔들렸으나 결국 떨어지진 않았다.

"변*의 빗꼴**은 삶."

사하라는 병을 집어 다시 중앙에 두었다. 배가 꾸르륵 울렸다. 냉장고에 음식이 없다는 걸 알아도 위는 그딴 건 네 사정이니 냉장고를 열었으면 무엇이든 내놓으라고 아우성을 친다.

죽고 싶은 건 아니다. 매일 밤 눈뜨지 않기를 바라며 잠들었다가 눈을 뜨긴 해도 죽고 싶은 것과는 다르다. 배가 고프면 밥을 먹고 졸리면 잔다. 육체의 요구에 충실히 따르는 것은 살겠단 본능이 깊은 무료함을 이기고 있단 증거다. 그렇기에 언제든 죽을 수 있다는

---

*   바둑판에서의 네 모서리에서 가까운 지역 중 귀를 제외한 부분.
**   돌을 놓는 모양 중 하나로, 주로 두 개의 돌이 대각선 방향으로 연결된 형태.

봄버

것이, 오히려 현재를 버티게 해주었다.
사하라는 냉장고 문을 닫았다.

*

4500원짜리 편의점 도시락 위에 샐러드와 주스 한 팩이 얹혔다.
"도시락만 샀는데요."
사하라는 샐러드와 주스를 계산대에 내려놓았다.
"내가 주는 거예요."
내려놓은 그대로 다시 도시락 위에 탑이 쌓였다. 사하라는 푹 눌러쓴 모자의 캡을 약간 들어 올려, 계산대 너머에 선 편의점 직원의 이름표를 확인했다. 최고비. 사하라는 쯧, 작게 혀를 찼다. 어쩐지 매캐한 단내가 난다 싶었다.
"샐러드는 폐기 빼놓은 거니깐 부담 가지지 마세요. 가끔은 야채도 먹어야 몸에 좋아요."
"근무. 오후 아니었어요?"
"나 알바 하는 시간 알고 있었구나. 기뻐요."
사하라는 급히 편의점을 나왔다. 고시텔 바로 아래 있어서 단골로 드나들던 편의점이 불편해진 건 한 달 전부터다. 라면을 사러 갔는데 편의점 직원이 갑자기 사하라의 어깨를 붙잡았다. "사하라 맞죠?" 고개를 돌렸지만 상대의 가슴께밖에 보이지 않았다. 자신보다 신장이 높은 상대의 얼굴을 굳이 확인하기도 귀찮아서 모른 척했다. "십대 천재 바둑기사…. 맞죠? 나… 팬이에요." 하지만 느릿하고도 상기된 목소리가 사하라를 계속 흔들었다. 그날부터 최고비는 사하라를 마주치면 아는 척하며 무언가를 건넸다. 폐기로 빼둔 삼각김밥이나 증정용 음료수 혹은 사탕이나 초콜릿 같은 간식거리들. 호의를 담은 물건도, 느릿하게 끝을 길게 빼는 말투로 전하는 팬심도, 최고비에게서 나는 달달한 냄새도 모두 싫었다. 최고비와 마주치지 않으려고 오후 시간을 피해 이른 아침이나 저녁에만 편의점에 가게 되었다. 골목 끝에 편의점 하나가 더 있었지만 거기까지 가기는 아무래도 번거로웠다. 저 새끼는 이젠 풀타임으로 일하는 걸까. 그렇다면 컵라면을 온라인에서 박스째 주문하는 게 나을지도 모른다. 고민하며 고시텔 현관에 들어선 사하라는 우편함 앞에 멈췄다.

"오늘도…."

사하라는 우편함에 손을 넣었다. 편지 한 통이 손끝에 잡혔다.

"오늘도."

이사를 온 후부터 매주 금요일마다 편지가 왔다. 봉투에 발신인도 수신인도, 무엇도 쓰여 있지 않은 편지다. 사하라는 집으로 향하며 봉투를 뜯었다. 공책을 찢어 만든 편지지에, 신문에서 글자를 오려내어 붙인 편지의 내용은 언제나 같다. '죗값을 치를 것이다.' 행운의 편지처럼 단순한 장난일 수도 있지만 무시하지 못한 이유는 편지지 아래 그려진 그림 때문이다. 귀가 기다란 강아지 그림. 사하라는 이 그림을 그린 사람을 알고 있었다.

하지만 그가 편지를 보냈을 가능성이 얼마나 될까.

사하라는 집에 들어서자마자 유튜브 재생 버튼을 눌렀다. 최고비와 마주친 데다 편지까지 받은 탓에 과거로 끌려 들어가지 않기 위한 소란스러움이 필요했다. 침대 아래 쪼그려 앉아 화려한 색감을 뽐내는 뮤직비디오를 보며 도시락을 열었다. 과장된 감탄사를 연발하는 먹방으로 영상이 넘어갔다가, 루머와 이슈를 다루는 영상이 이어졌다. 사하라는 연관성 없는 화면을 무심히 밥과 함께 씹어 넘겼다.

[지금까지 미해결! 한국의 유나바머*로 불리는 봄버 사건, 알아? 2년 전. 한 건물에서 폭탄이 터졌어. 사망한 사람은 없었지만 부상자는 상당했지. 누군가 사제 폭탄을 설치했던 거야. 그 뒤 세 번의 폭파가 더 발생했어. 첫 폭파는 건물 앞에 놓인 화분. 두 번째 폭파는 근처의 쓰레기통. 세 번째는 지하철역 입구의 페트병. 네 번째는 대학교 강의실에 놓인 책. 아무도 화분이나 책이 폭탄이라고는 생각하지 못했어. 첫 폭파 사건 후 범인 검거에 촉각을 곤두세우고 있던 경찰조차도 말이야. 봄버라고 불린 폭파범은 범행 장소에 'A genius loser'라는 메시지를 남겼어. 봄버가 누구인지는 아직도 밝혀지지 않았지.]

사하라의 젓가락질이 잠시 멈췄다.

"천재적인 루저. 웃긴 놈이네."

이상하게 그 문장이 씹다 만 밥알처럼 까슬까슬하게 목에 걸렸다. 사하라는 휴대폰을 들고 포털 사이트에 '봄버'를 검색했다.

"사건 이후 일부 인터넷 커뮤니티에서 루저들의 왕, 찐따들의 대표라는 찬사를 들었다. 네 번째 사건 이후 잠적. 그 후 여러 건의 모방 범죄가 발생했다. 모방 범죄의 범인은 모두 체포됨. 봄버가 만든 수제 폭탄은 정교함은 물론, 마지막 사건에서 강의가 연장된 후에도 바로 터지지 않고 수업 종료 후 작동한 것을 보면 원격 조종도 가능했다고 추측된다. 사건 당시 경찰의 강압 수사가 문제가 되기도 했다…. 에이, 뭐야. 이런 건 찐따가 아니지."

---

* 미국의 악명 높은 폭탄 테러범.

처음 취직했던 공장의 팀장은 사하라를 툭 하면 '찐따'라고
불렀다. 만 18세. 고등학교를 졸업하고 바로 기숙사형 공장에
취직했다. 아빠와 연을 끊기 위해서는 그 수밖에 없었다. 아빠가
연락해서 월급을 내놓으라고 성화를 부리기에 휴대폰 번호도
바꾸었다. 공장 기숙사에서는 자주 도박판이 벌어졌는데, 팀장이
아무리 꾀어도 사하라는 그 무리에 끼지 않았다. 팀장은 그때마다
사하라에게 "찐따같기는. 그리 돈 모아서 어따 쓰려고. 스무 살도
안 되어서 여기에 온 거 보면 네 인생도 뻔한데. 뭐, 돈 모아서
대학이라도 가게?"라며 비웃었다. 한번은 도박판 정예 멤버인
황 씨가 사하라의 편을 들었다. "뭐 어때. 저 봐. 저렇게 좋은 학교
다니면서 친구 괴롭히는 애들보다야 성실히 돈 버는 찐따가
낫지." 텔레비전에서는 대학교 신입생이 오리엔테이션에서
신고식을 치르다가 사망했다는 뉴스가 나오고 있었다. 인터뷰하던
학생은 선배가 친구를 강당 밖으로 데리고 나가는 게 이상하다고
생각했지만 무서워서 말리지 못했다며 울었다. 사하라는 텔레비전
화면을 우두커니 보다가 "찐따도 상대를 해칠 수 있죠"라고 말했다.
그러자 황 씨는 "찐따는 소심해서 못 그러지. 저 봐라. 저 학생 우는
거. 쟤도 찐따지. 찐따 아닌 것들은 저래 안 울지." 사하라는 기숙사
침대에 드러누워 휴대폰으로 '찐따'를 검색했다. 찐따와 너드와
루저가 마구 뒤섞여 사용되고 있었다. 뿌리내리지 못하고 둥둥
떠다니는 단어란 점이 마음에 들었다.

"드래곤을 퇴치할 능력이 있어도 사람들 앞에 나서지 못해서
세계가 멸망하도록 내버려두는 게 찐따 아니냐고. 봄버, 이건 너무
눈에 띄잖아."

사하라가 젓가락을 휘두르며 찐따론을 펼치는데 휴대폰이

봄버

울렸다. 발신인 선생님. 발신인을 확인한 사하라는 휴대폰을 바닥에
내려놓고 벨소리가 들리지 않는 척 다시 도시락을 먹었다. 도시락을
다 먹을 때까지 휴대폰은 쉴 새 없이 울렸고, 결국 사하라는 다시
휴대폰을 집어 들었다.

"아, 왜요."

[이놈이. 재깍 받아야지 뭐 이리 느려?]

선생님, 고희동의 느릿한 음성이 흘러나왔다.

"만날 똑같은 잔소리하려고 전화 거는 거, 지겹지 않으세요?"

[지겹지. 아주 지겨워 죽겠다. 그러니 이젠 철 좀 들어. 언제까지
그러고 살 거냐? 여기 와서 선생 노릇 하란 말이다. 꼬맹이들 가르치는
기원이어도 썩 안정적이야.]

지난달 월세 밀린 거 아는데요. 사하라는 그렇게 대꾸하려다
입을 다물었다. 환갑이 된 고희동의 자존심을 건드려 봤자 잔소리만
더 늘어날 뿐이다. 통화를 스피커로 바꾸어 바닥에 두었다.

[이놈아, 듣고 있냐?]

"예. 그럼요."

사하라는 성의 없이 맞장구를 치며 몸을 숙여, 침대 아래에서
상자를 꺼냈다. 상자 안에는 지금까지 모아둔 편지가 차곡히 들어차
있었다.

[집을 만들어라. 이놈아. 자기 안의 집을 단단히 만드는 놈이 살아남는
거야. 바둑을 모르는 사람들이야 상대방 돌 많이 따면 이기는 게임이라
여기지. 하지만 아니지. 아니고말고. 얼마나 자기 집을 단단히 짓고
지키느냐. 그게 핵심이다.]

상자에 든 편지봉투를 열어 안에 든 종이를 꺼냈다. 주머니에
넣고 온 것까지 차곡히 포개어서 빠르게 넘기자, 종이 아래 그려진

강아지가 뛰었다. 앉아 있다가 뛰었다가 손을 들고 만세를 부르는 이족 보행 강아지. 그린 사람을 꼭 닮은 강아지였다.

[얼굴 한 번 본 적 없는 사람들이 천재니 뭐니 지껄이던 게 얼마나 무의미하더냐. 다 남이 지어준 집이라 그런 거다.]

편지를 보낸 게 정말로 너라면.

[다리는 괜찮냐? 배달 일은 다시 할 거야?]

"왜요. 또 저 배달 올 때까지 온갖 것들 다 시키시려고요?"

라이더 일을 시작했을 때도, 배달 주소로 기원이 찍혔을 때도 고희동과 재회할 줄은 몰랐다. 고희동의 기원이 송도로 옮겨 왔을 줄 어떻게 알았겠는가. 알았다면 아무리 더워도 헬멧을 벗지 않았을 거다. 고희동은 사하라를 보자마자 헤드록을 걸었다. "이, 이 집 나간 탕자 같은 놈." 헤드록을 거는 고희동의 힘이 예전 같지 않아서, 사하라는 가만히 붙잡혀 있었다. "선생님. 늙었네요." 고희동은 팔을 풀고는 사하라의 휴대폰을 빼앗다시피 해 번호를 교환했다. 짜장면을 먹고 가라는 고희동에게 일하는 중이라서 안 된다는 핑계를 대고 기원을 나온 사하라는, 나오자마자 고희동이 찍어준 전화번호를 지웠다. 고희동에게 전화와 메시지가 와도 답하지 않았다. 다음 날부터 하루에 한 번씩 고희동의 기원에서 배달 콜이 들어왔다. 짜장면, 햄버거, 아이스크림에 커피. 콜이 근처 기사들에게 무작위로 배포되는 걸 염두에 두면, 고희동은 하루에도 몇 번씩 배달을 시키는 게 분명했다. "고 기사. 요즘 돈 많아? 뭔 계속 배달이야. 먹지도 않는걸." 일주일쯤 배달을 갔을 때 기원에 앉아 있던 사람들이 고희동을 타박하는 걸 봤다. 결국 사하라가 백기를 들었다. 고희동이 연락하면 반드시 받을 테니 배달 주문을 멈추라고 했다. 고희동은 한두 주 더 배달시켰다가는 파산할 뻔 했다며 너스레를 떨었다.

[하여간 말이나 못 하면. 끊는다.]

사하라는 편지를 도로 상자에 넣었다. 불을 끄고 침대에 누워 애벌레처럼 몸을 웅크렸다. 편지를 보낸 게 정말 너라면 죗값 정도는 백 번이라도 받을 텐데. 전하지 못할 진심을 몸 안으로 삼켰다.

얇은 잠이 몸을 덮었다.

2장

[게임에 참여하시겠습니까.]

사하라는 가느다랗게 뜬 눈으로 휴대폰 액정을 들여다봤다. 아침 8시. 일어나기엔 너무 이르다. 손가락 끝까지 뻗친 잠기운은 얼른 이 귀찮은 알람을 해결하고 도로 눈을 감으라고 재촉했다. 보나 마나 최일 것이다. 최는 이전에도 느닷없이 새로 개발한 도박 게임을 테스트해 달라고 불쑥 링크를 보낸 적이 있었다. 참가 버튼을 누르자 무언가 글씨가 잔뜩 쓰인 팝업창이 떴다. 스킵. 바둑판이 뜨고 흑돌과 백돌이 번갈아 가며 바둑판에 놓였다. 자동 플레이 모드였다.

"뭐야…. 뭘 확인해 달라고 보낸 건지 모르겠네. 아침부터 힘내십쇼. AI 양반."

사하라는 휴대폰을 움켜쥔 채 다시 잠들었다. 낮은 숨소리에 딱, 딱 종료되지 않은 게임 속 바둑돌 놓는 소리가 섞였다.

얼마나 지났을까. 바둑돌 놓는 소리가 멈췄다. 그러나 적막도 잠시, 초인종이 울렸다. 사하라는 몸을 뒤척거렸으나 일어나진 않았다. 찾아올 사람이라고는 신을 믿으십니까, 아니면 시비를 걸러 올 집주인뿐이다. 어느 쪽이든 잠든 척하는 게 현명했다. 그러나 초인종이 거칠게 문 두드리는 소리로 바뀌자 무시할 수만은 없었다. 결국 몸을 일으켜 현관으로 나갔다.

"아침부터 문 부서지겠네. 누구세요?"

걸쇠를 건 상태에서 현관문을 열자, 거친 반동과 함께 쇠줄이 팽팽해졌다. 빠끔히 열린 문틈으로 경찰 신분증을 든 손이 불쑥 들어왔다.

"경찰입니다. 문 여십시오."

이대로 확 닫아버릴까. 사하라는 머리를 벅벅 긁었다.

*

평생 한 번도 환기한 적 없는 듯 답답한 공기와 어수선한 발소리. 맞은편에는 고릴라를 닮은 경찰. 그리고 옆에는 새파랗게 질린 얼굴의 최고비. 정오도 넘기지 않은 때에 경찰서에 앉아 있는 건 유쾌한 일은 아니다. 적어도 사하라의 기준으론 그랬다.

"진짜 말이 돼요? 내가 폭탄 테러범이라니! 나 진짜 억울해요…."

게다가 삼십여 분째, 제대로 된 설명조차 듣지 못했다면 더욱 그렇다.

"그러니깐 최고비, 이 사람이 일하는 편의점에서 폭탄이 터졌단 거잖아요? 이 사람이 용의자가 된 거랑 제가 무슨 상관…."

"나 아니라고…요! 나, 나는 그냥 물건이 들어와서 정리한 것뿐이에요. 박스가 몇 개나 들어오는데 그 안에 뭐가 들어 있는지 어떻게 알아요? 오히려 난 피해자예요. 창고에서 나오는 게 조금만 늦었어도 크게 다쳤을 거라고요."

고릴라는 또다시 끼어든 최고비를 성난 눈빛으로 노려보았다.

"아직 용의자 아니라고! 계속 시끄럽게 굴면 확 용의자로 신분 전환하는 수가 있어. 그쪽은 이거 좀 보시고."

고릴라가 뻣뻣한 비닐에 밀봉되어 있는 종이를 책상에 놓았다. 종이의 한가운데에 폭탄이 그려져 있었다. 폭탄 아래 적힌 문구가 낯익었다.

"게임에 참여하시겠습니까."

사하라는 휴대폰을 꺼내 확인했다. 액정에 아침에 전송되어 온 게임 페이지가 여전히 떠 있었다. 폭탄 그림도, 문구도 고릴라가 내민 종이 속 것과 똑같았다. 새로 고침을 누르자 링크가 끊기고 폭탄은 모습을 감췄다.

"뭐 합니까. 읽어보십시오."

고릴라의 재촉에, 사하라는 다시 책상 위로 시선을 옮겼다.

"아침 8시부터 일정한 간격으로 총 네 번의 게임이 진행된다. 뭐야, 이거, 게임 설명서?"

[게임에 참여하시겠습니까.]

1. 아침 8시부터 일정한 간격으로 총 네 번의 게임이 진행된다.
    ✓ 수 맞히기 게임 2시간
    ✓ 탐색 30분
    ✓ 휴식 1시간 30분
2. 플레이어는 사하라와 최고비. 사하라가 수 맞히기 게임, 최고비가 폭탄 탐색을 담당한다. 플레이어 대체는 룰 위반으로 간주, 폭탄이 터진다.
3. 플레이어가 수를 맞히지 못하면 송도 안에서 무작위로 폭탄이

터진다. 수를 맞히면 폭탄 설치 장소의 힌트가 찍힌 사진이 플레이어의 휴대폰으로 전송된다. 탐색 시간 30분 이내에 폭탄을 회수하지 못하면 폭탄은 터진다. 회수의 기준은 플레이어가 폭탄의 초록 버튼을 누르는 것으로 판단한다.

4. 게임의 진행 방식은 다음과 같다.
    - ✓ 시간이 되면 사하라의 휴대폰으로 링크가 전송. 게임은 AI에 의해 자동 재생된다.
    - ✓ 각 게임의 승패는 정해져 있으며 승패의 조건에 따라 플레이어는 상대가 마지막 수를 둘 곳을 맞혀야 한다.
    - ✓ 플레이어가 수를 맞히기 위해 직접 수를 놓을 수 있는 건 한 번뿐이며 화면 상단 붉은색 버튼을 누른 후 놓는다.
    - ✓ 게임의 마지막까지 가지 않고 중간에 수를 맞히면 조기 종료된다. 이 경우 단축된 시간은 탐색에 포함된다.

5. 직접 AI와 대국해 승패를 뒤집으면 폭탄 회수를 하지 않아도 완전한 승리로 간주. 폭탄은 터지지 않는다.

6. 폭탄을 정해진 시간 안에 회수하는 것까지가 게임이다. 탐색은 타인의 도움을 받아도 되지만 회수는 반드시 플레이어가 해야 한다. 회수 버튼을 타인이 누르면 룰 위반으로 판단, 폭탄은 터진다.

7. 링크로 전송된 게임을 강제 종료하면 패로 간주, 폭탄은 터진다. 이 경우 다음 게임은 텀에 맞추어 진행된다.

8. 게임을 한 판이라도 완벽하게 이길 경우 이 편지를 보낸 쪽, 즉 범인의 위치를 공개한다.

수 맞히기를 모두 성공하면 선택하지 않아도 된다.

"뭡니까, 이건. 마지막 문항은 특히나 이상한데요. 뭘 선택하지 않아도 된다는 거지?"

"2년 전 봄버 사건, 알고 있습니까?"

고릴라는 사하라의 질문을 무시하고 일방적으로 이야기를 시작했다. 말인즉, 편지는 아침에 경찰서 앞에 놓여 있었다. 봉투에 아무것도 쓰여 있지 않았고 공책을 찢어 만든 편지지에 황당한 내용. 야간 근무로 피곤함에 찌들어 있던 경찰은 편지를 질 나쁜 장난이라 여겨 쓰레기통에 던져 넣었다. 오전 10시 30분경 근처 편의점에서 폭파 사건이 발생할 것도, 쓰레기통을 미친 듯이 뒤지게 될 것도 그때는 알지 못한 탓이었다.

"여기, 이 폭탄 그림이 2년 전에 봄버가 남긴 메시지에도 그려져 있었다고 합니다. 게다가 진짜 사건이 터졌으니 그냥 장난이구나 하고 넘길 수는 없죠. 그렇다고 이 편지 내용을 바로 믿고 특별반 요청할 수도 없고."

"그래서요?"

"그래서 일단 12시에 링크 날아오는지 보자는 거죠. 뭐, 제일 좋은 건 너희 둘이 짜고 장난 좀 쳤는데 의외로 일이 커졌단 거지만. 자, 그럼 우리 12시까지 잡담이나 좀 나눌까요?"

고릴라가 히죽 웃으며 키보드를 끌어당겼다. 존대와 반말이 섞인 고릴라의 말투는 노골적인 빈정거림을 담고 있었다. 잡담은 무슨. 자칫하면 없는 죄도 뒤집어쓰게 생겼군. 어릴 적부터 아빠 탓에 경찰서를 들락거렸던 사하라는 위험 신호를 감지했다.

"보자. 혹시 두 분. 봄버의 정체에 대해 뭐 아는 거 있습니까?"

사하라와 최고비는 거의 동시에 고개를 가로저었다.

"있을 리가요."

봄버

"유튜브에서 본 정도밖에 모르는데요."

탁. 고릴라가 신경질적으로 키보드를 내리쳤다.

"아니면 뭐, 주변에 의심 가는 사람은? 잘 생각하고 말하쇼. 지금 상황이 진짜 봄버의 행동으로 판별나면 두 사람이 제일 의심받는 거, 알죠?"

"나, 내가요? 말도 안 돼…."

최고비의 음성 끝이 떨림으로 갈라졌다.

"두 사람이 관련 없으면, 왜 굳이 둘을 지정해서 범행 예고를 했겠어? 편지 쓴 당사자거나, 주변 사람이거나 한 거지. 둘 중 한 명이 봄버일 수도 있고, 혹은 봄버의 동료일 수도 있고. 안 그렇습니까?"

"안 그런데요."

사하라는 심드렁하게 대답하며 엉덩이를 들어 최고비와의 앉은 거리를 벌렸다. 최고비가 다리를 떠는 진동이 맞닿은 허벅지에 전해지는 탓에 멀미가 날 지경이었다.

"봄버나 봄버의 동료면 미쳤다고 대놓고 지정하겠어요? 그건 뭐, 거의 경찰서에 자수하겠다고 뛰어드는 거 아닌가."

"그러면 뭐 원한 사거나 한 건? 혹시 상대가 봄버인 척, 두 사람을 곤경에 빠뜨리려 하는 걸 수도 있으니깐."

순간 사하라는 편지를 떠올렸다. 두 발로 선 강아지가 그려진 편지. 정체를 감추려는 듯 신문을 오려 붙인 글자. 그리고 그 문구. 죗값. 죗값이 이런 것일까. 사하라는 밀봉된 종이의 끝부분을 만지작거렸다. 비닐로 싸인 모서리에 무언가 그려져 있는 것이 보였다.

"없습니다. 사채업자에게 돈을 좀 빌리긴 했는데 이자 착실하게 갚고 있고요. 애인이고 친구고 없는 인생이라 원한을 쌓으려야 쌓을 수가 없어요."

"그쪽은?"

고릴라가 턱 끝으로 최고비를 가리켰다. 최고비의 다리 떨림이 한층 격해졌다. 최고비는 두 손을 맞잡고 주물럭거리다가 다시 사하라에게 바짝 붙어 앉았다. 사하라는 밀봉된 편지에 그려진 그림이 무엇일까에 신경이 쏠려 최고비가 몸을 들썩인 것조차 알지 못했다.

"나, 나는…. 학교에 다닐 때 괴롭히던 무리가 있긴 해요. 걔네 때문에 학교 그만두긴 했는데. 그래도 이런 일까지 벌일 것 같진 않아요. 자퇴한 후론 만난 적도 없고요."

"괴롭힘? 성인이잖아. 아까 보니깐 스물세 살이더니만. 다 큰 성인이 괴롭힘 때문에 대학을 그만뒀다 이겁니까?"

질문을 가장한 빈정거림에 최고비가 고개를 숙였고, 사하라는 웃었다.

"와. 경찰관님. 앞으로 무슨 일이 있어도 절대 뉴스 인터뷰 그런 거 하시면 안 되겠다."

"뭐?"

고릴라가 사하라를 노려봤다.

"뭔가, 연쇄 펀치기범 잡아서 우리 근처의 영웅! 그런 걸로 인터뷰했다가 펀치기당할 수도 있는데 저녁에 골목 나다녔던 피해자도 문제가 있다는 발언으로 인터넷에서 두들겨 맞고 승진 취소될 것 같아요."

"뭐? 이 자식이. 그거 증거물이니깐 자꾸 만지지 마!"

고릴라는 책상에 놓인 비닐을 낚아채 서랍에 넣고는 자리를 떴다.

"치사하긴."

사하라는 고릴라의 등을 향해 가운뎃손가락을 들어 보였다. 뺨에 따끔한 시선이 와 닿았다. 모른 척 의자에 등을 기대고 앉았지만, 계속해서 느껴지는 노골적인 시선을 계속 무시할 순 없었다. 결국 사하라는 고개를 돌려 옆을 봤다. 사하라와 눈이 마주친 최고비가 입을 헤 벌리며 웃었다.

"왜요?"

"옛날이랑 벼, 변하지 않았구나 싶어서요."

사하라는 입안 볼살을 살짝 깨물었다. 뭘 안다고, 라는 말이 목구멍에 치솟아 올랐다. 그깟 대국 몇 판 본 주제에. 알량한 기사와 환하게 웃는 인터뷰 속 사진은 사하라의 파편조차 될 수 없었다. 그건 그저 두껍게 칠해졌다가 벗겨져 나간 도색일 뿐이었다.

"꼭 저랑 아는 사이인 것처럼 구네요."

이왕 이렇게 된 거, 친한 척 하지 말라고 단단히 못 박자 싶었다. 어차피 12시가 되기 전까진 경찰서를 나가지 못하니, 자유로운 편의점 이용권이라도 쟁취할 작정이었다.

"그게…. 나, 은평구에서 중학교 나왔어요."

"어? 설마 신사중?"

하지만 최고비의 대답에, 사하라의 입가가 느슨하게 풀렸다. 중학교 시절은 사하라의 파편 중 가장 반짝거리는 부분이었다. 원하는 삶을 살 수 있을 거라고 믿었던 유일한 시절. 최고비에게 느꼈던 불쾌함이 슬며시 반가움으로 변했다.

"선배랑 대화한 적도 있는데…."

사하라는 급하게 과거의 기억을 더듬었다. 하지만 도저히, 눈앞의 최고비와 일치하는 얼굴이 떠오르지 않았다. 평범한 이름이 아니니 기억날 만한데. 눈동자를 좌우로 몇 번이고 굴려도 마찬가지였다.

"미안합니다. 기억이 통."

"말 편하게 하세요."

최고비가 주머니에서 초콜릿을 꺼내 사하라에게 내밀었다. 사하라는 초콜릿을 받고 멋쩍게 웃었다.

"미안. 십 년쯤 지나서 그런가 기억이 안 나."

"괜찮아요. 앞으로 기억하면 되죠."

최고비가 초콜릿을 또 하나 꺼내 입에 넣었다.

"초콜릿 좋아하나 보네. 그래서 단내가 났던 건가. 향수인 줄 알았어."

"향수요? 왜 그렇게 생각하셨어요?"

"이전에…. 아니다. 그냥, 이전에 맡았던 냄새랑 비슷해서."

"금연 중이라 단 게 당겨요."

고릴라가 다시 자리로 돌아왔다. 사하라는 벽에 걸린 시계를 봤다. 12시가 되기까지 앞으로 2분. 자리로 온 고릴라는 링크가 도착하면 확인할 수 있게 휴대폰을 책상 위에 놓아두라고 지시했다.

"금연하면 보통 사탕 많이 먹던데."

사하라는 휴대폰을 든 손을 책상에 올렸다. 경찰 서넛이 다가와 사하라와 최고비를 둘러싸고 섰다. 사람들의 시선이 일제히 사하라의 손에 날아와 꽂혔다. 액정 상단에 뜬 시계의 숫자가 변했다. 앞으로 1분이다.

"초콜릿이 담배랑 비슷해서요."

"초콜릿이 어떻게 담배랑 비슷해?"

12시. 휴대폰 액정에 메시지가 도착했다는 알람이 떴다.

봄버

사하라는 메시지를 열었다.
[게임에 참여하시겠습니까.]
링크가 전송되었다.

3장

그날, 나는 옥상에서 신을 만났습니다.

*

아버지는 신을 믿지 않았지만, 누구보다 열심히 교회에 다녔습니다. 매주 일요일 아침마다 온 가족이 옷을 차려입고 일렬로 서서 찬송가를 불렀죠. 어떠한 이웃이든 네 몸처럼 사랑하라. 아버지는 자애한의원의 대표답게, 인사를 건네는 교회 사람들 누구에게든 사람 좋은 미소로 화답했습니다. 그동안 나는 입을 꼭 다물고 앉아 누가 아버지에게 말을 거는지 곁눈질로 살폈습니다. 마음의 준비를 해야 했거든요.

교회에서 돌아오면 아버지의 품평회가 시작되었습니다. 점심을 먹으면서 교회에서 인사를 나눈 사람들의 등급을 매겼죠. '대단하신 분.' '괜찮은 사람.' '크게 될 놈.' '형편없는 새끼.' 등급을 나누는 기준은 사회적 명성과 내세울 만한 학력, 거미줄 같은 인맥을 얼마나 조화롭게 갖추었는지 하는 것들이었습니다. '대단하신 분'이 말을 건 날이면 아버지는 기분이 매우 좋았습니다. 그 사람에 대한 찬사를 늘어놓기에 바빠서 나나 형에게는 신경 쓰지 않았죠. 그런 날은 화목한 가족 식사를 연출할 수 있었습니다. 그러나 '형편없는 새끼'가 인사라도 건넨 날이면 점심 식사 자리는 가시방석이 되었죠. 아버지는 "감히 제 주제에 나한테 말을 걸어? 하여간 버러지 같은 새끼일수록 주제를 몰라"라고 언성을 높였습니다. 침과 음식물 파편이 맞은편에 앉은 나와 형에게로 포물선을 그리며 날아오곤 했죠. 그래도 괜찮았습니다. 그 파편이 총알이 되어, 나를 과녁으로 삼기 전까지는요. 나는 과녁이 되지 않으려고 젓가락 부딪치는 소리도 내지 않으려 조심했습니다. 하지만 아무리 노력해도 소용없었죠. 조용히 있으면 왜 그렇게 우울하게 앉아 있냐고 호통이 날아들었고, 서둘러 자리를 뜨려 빨리 먹으면 왜 그리 부산스럽냐고 숟가락을 던졌습니다. 그에 반해 형은 밥을 먹다가 휴대폰 게임을 해도 과녁이 되지 않았죠. 나는 '형편없는 새끼'였지만 형은 '크게 될 놈'이었거든요. 아버지는 '형편없는 새끼'를 경멸하는 만큼 '크게 될 놈'을 좋아했습니다.

 크게 될 놈. 그건 아버지의 등급표 중 가장 특별한 계층이었습니다. 사회적 명성도, 학력도, 인맥도 없다는 점에서는 형편없는 새끼와 같으나, 그 둘 사이엔 결정적인 차이가 있었죠.

 바로 재능이었습니다.

 재능. 아버지는 그 단어를 사랑했습니다. 영재나 천재 타이틀이 붙은 아이들이 나오는 텔레비전 프로그램을 꼭 챙겨봤죠. "저런 건 노력으로 안 돼. 타고나는 거야." 삼수를 하고도 의대 진학에 실패한 아버지는 그 원인을 타고난 재능의 차이라 믿었습니다. 재능 있는 자. 천재라 불리는 자. 그들이 결국 모든 것을 가지게 된다고 푸념하기도 했죠. 유치원 때부터 각종 경시대회 상을 휩쓴 형은 아버지가 보기에 분명 재능을 가진 자였습니다. 자랑스러운 아들이었죠.

반면 나는 모든 것이 느렸습니다. 또래보다 말문이 늦게 트였고 글을 읽는 것도 느렸습니다. 초등학교 5학년이 될 때까지 시계 보는 법을 이해하지 못해 "짧은 바늘이 숫자 1에, 긴 바늘이 숫자 4에 있어요."라고 설명하곤 했죠. 둘째 아들의 느린 학습 속도에 절망한 아버지는, 다른 곳에서 희망을 찾으려 했습니다. 어머니는 나를 데리고 피아노, 그림, 태권도, 스케이트 등등 온갖 예체능 학원을 전전했죠. 나는 그림 그리는 게 좋았습니다. 크레파스가 종이에 눌려 뭉개지는 감촉에 집중해서, 한 통을 하루 만에 다 쓴 적도 있었죠. 하지만 미술 학원 선생님은 나를 '부산스럽고 집중을 못 해서 가르칠 수 없습니다'라고 평가했습니다. 희망을 거둔 아버지는 내게 최하위 등급 도장을 쾅 찍었습니다.

나도 잘하고 싶었습니다.

부모의 기대에 부응하고 싶지 않은 어린아이가 있을까요. 부모에 대한 애정과 별도로, 그것은 어린아이가 살아남기 위한 필요 요소입니다. 혼자 힘으로 먹고살 수 없는 어린아이는 부모가 원하는 행동을 함으로써 삶을 보장받기 위한 대가를 치릅니다.

가끔 궁금해집니다. "설령 너에게 실망해도 나는 너를 사랑한단다"라는 말을 하는 부모가 정말로 있을까요? 그런 말을 듣고 자란 아이는 기대에 응하지 못해도 부채 의식을 느끼지 않을까요? 아니면 부모를 실망시켰다는 메시지에 반응해서 한층 노력하는 아이가 될까요? 이런 고민을 계속 이어갔다면, 어쩌면 나는 심리학 박사가 됐을지도 모릅니다. 아니면 유아교육학과에 가서 선생님이 되었을 수도 있겠네요.

그러나 그건 불가능한 일이었습니다. 잘하는 것. 그러니깐 선생님이 시키는 대로 한자리에 앉아 집중하는 것. 배우기 위해 가만히 무언가를 들여다보는 것. 정해진 규칙에 맞추어 몸을 움직이는 그 모든 행위가 불가능했습니다.

그러니깐 그건…. 아주 깊은 우물 안에 웅크려 앉아 있는 감각입니다. 우물 밖에서 무언가 벌어지고 있는 건 알겠는데, 우물이 너무 깊어서 무엇도 안까지 떨어지질 않는 거죠. 진짜 우물에 빠졌다는 게 아닙니다. 그런 기분이었다는 거죠. 하지만 그렇게 말해봤자, 주변 어른들이 이해해 줄 리가 없잖습니까. 나조차도 내가 왜 그런지 알지를 못하니 설명할 수도 없었습니다. 설명할 언어, 내가 왜 그런지 알게 된 건 아주 나중의 일이었습니다.

내가 우물에 갇혔던 이유.

나의 세계가 투명도 높은 차음벽에 뒤덮여 있기 때문이었습니다.

*

투명도가 높다.

그 표현을 가르쳐 준 건 나의 조부입니다. 할아버지는 신소재 개발을 연구하다 은퇴한 공학자였습니다. 아버지의 말을 빌자면 공학자로서의 재능은 그저 그러했으나 인복만은 넘쳐흘러 개발 예정지 정보를 주워들은, 그것으로 돈을 번 사람이었지요. "평균만 하면 잘 사는 거다"가 할아버지의 말버릇이었습니다. 특별함을 추구하는 아버지와는 물과 기름 같은 인생관이었지요.

당연히 두 사람은 그다지 사이가 좋지 않았습니다. 그래도 아버지는 한 달에 한 번은 반드시 할아버지 집에 찾아갔습니다. 한의원 건물이 할아버지 소유였거든요. 그뿐만이 아니라 생활비 일부도 지원받고 있었죠. 아버지의 한의원은 썩 장사가 잘되는 편은 아니었습니다. 그런 속사정을 알 리 없는 주변 사람들은 아버지를 효자라고 치켜세우곤 했습니다. 아버지는 "자식이라면 당연히 해야 할 일이죠"라고 답하곤 운전석에 올라타자마자 "빈정거리는 거야, 뭐야. 돈 아니면 누가 그딴 데를 간다고. 망할 늙은이. 자식 주기 아까워서 그 좋은 아파트 팔아치우고"라고 구시렁거렸습니다. 아버지가 '그딴 데'라고 부르던 할아버지의 집은 차로 한 시간 반쯤 떨어진 한적한 곳에 있었습니다. 낮은 단독주택이 수풀처럼 듬성듬성 모여 있는 마을을 지나 이런 데에 집이 있을까 싶은 곳이었죠. 나는 그 집이 좋았습니다. 집도 크고 정원도 넓어서 뛰거나 숨을 곳이 무척 많았거든요. 특히 좋았던 건 할아버지의 작업장이었습니다. 살림채가 있는 본체 2층에서 고개를 길게 빼고 살피면 빠끔히 보이던 붉은 창고 지붕.

그 안에 처음 들어갔을 때의 기쁨을 기억합니다. 정화 장치의 팬이 돌아가는 소리, 원심 분리기가 덜덜거리는 소리, 창고 한가운데를 가로지르는 폴딩 커튼의 반짝거림, 전기톱 돌아가는 소리까지. 한 번도 채워진 적 없던 메마른 감각의 우물에 물방울이 툭툭 떨어져 내렸습니다.

"이놈아. 여기까지 왜 왔냐."

정신없이 창고 안을 돌아보는데, 할아버지가 내 정수리를 붙잡았습니다. 고개를 들어 본 할아버지는 얼굴의 반을 뒤덮은 커다란 플라스틱 마스크를 쓰고 있었죠. 사실 할아버지는 정체를 숨긴 정의의 용사가 아닐까. 이 창고는 사실 비밀 기지인 걸까. 한순간 그런 상상을 했습니다. 거실에선 본 적 없던 할아버지의 모습은 그 정도로 멋있었습니다.

"여긴 내 놀이터야."

"놀이터?"

"그래. 없는 게 없지. 화학실험도 할 수 있고 목공부터 용접까지. 해보고 싶던 건 다 해보려고 하나둘씩 장만하다 보니 이렇게 됐어. 뭐든 할 수 있는 만능 실험실은 손 달린 사람이면 한 번쯤 꿔 보는 꿈 아니겠냐."

그런 꿈을 가진 적은 한 번도 없었습니다만, 열정적으로 고개를 끄덕거렸습니다. 꿈이란 건 원래 갑작스럽게 생기는 법입니다. 그때 나의 꿈은 오직 하나, 창고에서 나가고 싶지 않다는 것뿐이었습니다.

"오, 이해하냐? 네 아버지는 기계엔 통 관심이 없어서 말이 안 통해. 머리 좋게 낳아 놨더니 손으로 하는 일은 다 무시하고 말이지. 그래도 내 피가 손주 놈에게는 갔나 보다."

할아버지는 웃으면서 내 손을 잡고는 창고 문으로 잡아끌었습니다. 발에 힘을 주고 버텼죠.

"이놈아, 나가야지. 여기 너무 시끄러워서 어린애한테 안 좋아."

"안 시끄러워요."

"여기가 안 시끄럽다고? 거짓말 마라."

"진짜예요. 엄청 재밌어요. 막… 막 번쩍번쩍해요. 학교나 학원은 너무 조용하고…. 나는 좀 더 많이 듣고 느끼고 싶은데, 그게 다 나한테 닿기 전에 사라져 버려요."

필사적으로 설명했습니다. 할아버지라면 들어줄 것 같았거든요. 내게 닿기 전에 사라지는 소리와 촉감, 메마른 우물 안에 갇혀 있는 듯한 느낌. 우물 안으로 떨어지지 않는 수많은 감각. 여덟 살이 떠올릴 수 있는 어휘를 몽땅 끄집어내서 횡설수설 떠들었죠. 할아버지는 한참 동안 내 말을 듣다가, 플라스틱 마스크와 고글을 가져왔습니다.

"써라. 이거 두 개는 여기 들어오면 꼭 쓰기로 약속하는 거다. 지킬 수 있지?"

"꼭 쓸게요."

"그래. 네 엄마가 너 말 잘 못한다고 한탄하더니, 대답만 잘하네. 봐라. 이렇게 쓰면 돼."

마스크 끈을 조여 주는 할아버지의 손등이 목덜미를 스쳤습니다. 까끌까끌한 촉감에 이상하게도 눈물이 났습니다. 그때부터 매일, 할아버지의 집에 가는 날만 기다렸습니다. 너무 가고 싶어서 견딜 수 없을 땐 혼자 버스를 타고 찾아갔습니다. 처음 혼자 찾아갔을 땐 놀랐던 할머니도, 곧 주말이면 내게 전화를 걸어 오늘은 안 오냐고 묻게 되었습니다.

매미가 울기 시작한 초여름의 어느 날이었습니다.

"오늘은 할머니하고 어디 좀 가자."

창고에서 할아버지가 준 전화기를 해체하고 있는데, 할머니가 불쑥 들어와 내 손을 잡았습니다. 창고를 나가고 싶지 않아 할아버지를 빤히 바라봤죠.

"갔다 와라. 네 할머니 잔소리에서 나 좀 살려다오."

결국 할머니와 함께 택시에 올라탔습니다. 택시 안에서 할머니는 내게 이것저것 물었습니다. 어머니랑 어디 놀러 다녔는지, 다녔던 학원 중엔 뭐가 제일 재미있었는지, 집에서는 형이 잘 놀아 주는지, 아버지는 나를 어떻게 대하는지 등등. 형은 학원 다니기에 바쁘고 어머니는 형을 따라다니기에 바쁘고 아버지는 나를 본 척도 하지 않는다고 답했습니다.

병원에 도착해서 여러 가지 검사를 받았습니다. 질문지를 작성하고, 의사가 묻는 말에 대답하고, 제자리에서 폴짝폴짝 뛰었다가 도형을 가위로 오리기도 했죠. 뭘 검사하는지도 몰랐지만, 주사를 맞지 않아도 된다는 것에 마냥 신났습니다.

설마 그 검사가 내 운명을 바꿀 줄은 몰랐습니다.

한 달 뒤, 아버지가 평소보다 더 굳은 표정으로 운전대를 잡았습니다. 어머니가 차 안에서 내 손등을 꼬집었죠. "너 할아버지 집에 가서 무슨 쓸데없는 짓을 한 거야?" 전화기를 해체하고 풍선에 수소를 넣었다고 했다가 더 세게 꼬집혔습니다. 할아버지 집에 도착하자마자 할머니가 성난 얼굴로 아버지와 어머니에게 호통을 쳤습니다. 형은 서재로 도망쳤죠. 할머니가 그렇게 언성을 높이는 걸 본 건, 그때가 처음이자 마지막이었습니다.

"그 뭐냐. 네가 감각변조장애란다."

창고에 가자, 할아버지가 소동의 원인을 알려주었습니다. 병원에서 내게 그런 진단을 내렸고, 그 때문에 할머니가 화가 났단 거였습니다.

"그게 뭔데요?"

할아버지는 마스크를 벗고 턱을 긁적거리다가, 폴딩 커튼을 가리켰습니다.

"차음벽이라는 게 있어. 저거, 저 커튼은 실험실 안쪽으로 불빛이 덜 들어오게 해줘서 눈을 덜 피곤하게 해주지. 차음벽은 빛이 아니라 소음을 줄여주는 벽이야. 그 차음벽 만들 때 문제가 무엇이냐. 바로 투명도다. 저 커튼 봐라. 불투명해서 안이 아예 안 보이면 빛을 차단하는 효과도 더 크겠지? 불투명할수록 빛을 더 잘 받아들이니깐. 차음벽도 그래. 불투명한 소재가 더 소리를 잘 빨아들이지. 그렇지만 투명도가 너무 낮으면 보기에 영 좋지 않아. 적당히 투명하고 소리도 잘 빨아들이는 소재를 개발하는 게 참 힘든 일이지."

아마 그때 나는 외계인을 만난 듯한 표정을 짓지 않았을까요. 할아버지는 다시 턱을 벅벅 긁었습니다.

"그 뭐야. 그러니깐…. 넌 투명도가 너무 높다는 거지."

"투명도가 높다."

"그래. 그래서 외부의 소리 같은 자극을 잘 흡수하지 못하는 거야. 이전에 네가 그랬지? 우물 안에 갇혀 있어서 외부의 감각이 잘 닿지 않는 것 같다고."

"투명도가 높아서 그렇다…."

"그런 거야. 그게 뭐, 병이라 할 것까지 있나. 난 그게 뭐 그리 심각한 일인가 싶은데, 너희 할머니는 너무 잔걱정이 많아."

투명도가 높다.

내가 부모의 기대에 응하지 못하는 건, 학교에서 바보라고 불리는 건, 등록한 학원에서 전부 쫓겨난 건 내 탓이 아니다. 단지 바깥의 자극을 잘 흡수하지 못할 뿐이다.

이상하지요. 변한 건 아무것도 없는데, 이유를 안 것만으로 우물의 깊이가 얕아진 것만 같았습니다. 금방이라도 밖으로 기어 나갈 수 있을 것 같았죠.

"그래서 말인데. 너 우리 집에서 지내는 게 어떠냐?"

"할아버지 집에서?"

"어. 네 아비 집은 너무 조용하잖아."

봄버

아버지는 교회에 다녀온 날이면 늘 빈정거렸습니다. 이 세상에 신 같은 건 없다고. 저 중에 신이 있다 믿는 사람도 얼마 없을 거라고. 다 인맥 만들려고 쇼하는 거라고. 하지만 그 순간, 내겐 할아버지가 신처럼 보였습니다. 그렇게 말하자 할아버지는 껄껄 웃었죠.

"나 같은 늙은이가 신이면 안 되지."

"왜요?"

"신이 너보다 빨리 이 세상에서 사라지게 되잖아. 그럼 쓸쓸한 것 아니냐. 할아버지 할머니처럼 오래 같이 있어야 행복하지."

"계속, 같이."

그해 여름부터 할아버지 집에서 지내게 되었습니다. 할머니는 나를 이곳저곳에 데려가 주었습니다. 공룡 박물관, 과학 체험관, 각종 지방 축제와 음악 페스티벌. 그때까지 접한 적 없는 방대한 감각의 파도가 몰려왔습니다. 철썩이는 파도가 나를 우물 밖으로 밀어 올렸죠.

하지만 어떤 박물관이나 축제보다도 할아버지, 할머니와 집에서 보내는 시간이 좋았습니다. 할머니는 저녁을 먹고 나면 혼자 바둑을 뒀습니다. 책을 옆에 두고 기보를 하나씩 두어 보곤 했죠. 나는 할머니 옆에 드러누워 바둑판에 돌이 부딪히는 소리를 들었습니다. 할머니는 무척 조심스럽고도 섬세하게 돌을 놨습니다. 딱. 따악. 딱. 불규칙하게 울리는 소리가 내 안에 한 방울씩 떨어져 파동을 만들며 퍼져 나갔습니다. 그 소리는 매우 작았지만 이상하게도 내 안의 바닥까지 와닿았죠. 할아버지는 또 어떻고요. 할아버지는 내가 무엇을 물어도 척척 대답해 주었습니다. 가끔은 썰렁한 농담을 하기도 했죠. 벌새는 벌을 먹고 살아서 벌새라거나. 그러나 어떠한 때라도 내 말을 무시하지 않았습니다.

무시하기는커녕 "내 보기엔 넌 천재다. 천재가 분명해. 이렇게 기계를 잘 다루고, 약품에 대한 이해도도 높아. 아비는 통 사람 보는 눈이 없어. 기준이 아주 낡았어"라며 머리를 쓰다듬어 주었습니다. 집에서는 상상도 할 수 없던 일이었죠. 그렇기에 나는 할아버지를 믿었습니다. 할아버지가 콩으로 팥죽을 쑨다고 해도 믿었을 겁니다.

　진실 따윈 중요하지 않습니다. 중요한 건 믿는 쪽입니다.

　할아버지 집에서의 생활은 열세 살 때 끝났습니다. 교통사고가 났습니다. 지방의 불꽃놀이 축제를 다녀오는 길에 트럭이 차를 덮쳤죠. 할머니는 현장에서 즉사, 나와 할아버지는 병원으로 옮겨졌습니다. 나는 곧 정신을 차렸지만, 할아버지는 집중치료실에 입원한 채 깨어나지 못했습니다.

　그날 밤을 기억합니다.

　간호사가 나를 다급히 깨웠습니다. 할아버지가 위독해. 본래는 정해진 시간에만 출입할 수 있는 집중치료실에 들어간 순간 알았습니다. 이별이 다가왔다는 것을. 그 사실을 인정하는 게 무서워서 할아버지가 누운 침대 옆에 가지 않겠다고 버텼죠. 그러나 까딱 움직인 할아버지의 손가락에 무서움이 날아갔습니다. 허둥지둥 할아버지에게로 달려가 손을 붙잡았죠. 까끌까끌한 할아버지 손바닥의 감촉은 평소와 같았습니다. 나는 그 손을 붙잡고 빌었습니다. 제발 사라지지 말라고. 할아버지가 무어라 웅얼거렸습니다.

　신을 만날 수 있을 거다. 너만의 신.

　그게 할아버지의 마지막 대답이었습니다.

　할아버지의 장례식 날, 교회에서 조문객이 많이 왔습니다. 둥글게 모여 앉아 기도하고 갔죠. 아버지는 그들 사이에 끼어 앉아 함께 기도하며 눈물을 흘렸습니다. 그리곤 그들이 돌아가자마자 "신이니 천국이니 헛소리하려고 여기까지 오냐. 참 정성이다. 정성. 신이 어디 있다고. 저것들은 니체도 모르나"라며 혀를 찼습니다. 나는 빈소 구석에 우두커니 앉아 입 밖으로 내뱉지 못한 말을 곱씹었습니다. 아니라고. 신은 있을 거라고. 나는 나의 신을 찾아내고야 말 거라고.

할아버지의 유언은 내 몸 안에 불씨로 남았습니다.

*

옥상에서 신을 만난 그날.

잠들어 있던 불씨가 발화하는 소리를 들었습니다. 화려하게 하늘을 수놓던 폭죽 터지는 소리. 할아버지, 할머니와 마지막으로 갔던 지역 축제에서 봤던 화려한 불꽃들.

그 만남부터 예견되어 있던 것은 아닐까요.

모든 것을 영점으로 되돌릴 폭탄 말입니다.

4장

 예스 혹은 노. 두 개인 듯하나 선택지는 어차피 하나다. 예정된 시간에 날아온 링크를 앞에 두고, 사하라는 최에게 도박 플레이어로 합류하라고 들었던 날을 떠올렸다. 게임에 참여하지그래. 권유하던 문구조차 닮았다. 영문도 모른 채 휩쓸린 것까지도.
 돈을 빌린 적도 없는 사채업자에게서 연락이 온 건, 공장 일이 얼추 몸에 익어가던 때였다. 기숙사 룸메이트였던 박이 사하라의 신상정보를 담보로 넘겼다는 거였다. 딱 3개월 같은 방을 썼을 뿐인데 보증을 섰을 리가 있냐고 항변해도 소용없었다. 사채업자는 박이 도망갔으니 사하라가 대신 돈을 갚아야 한다고, 그렇지 않으면 더치트에 사기꾼으로 올리겠다고 했다. 더치트가 뭔지도 몰랐던지라 그러던가 하고 전화를 끊었다. 설마 그것 때문에 공장을 그만두게 될 줄이야. 월급날, 공장 회계과에서 해당 계좌가 사기에 이용된 것으로 조회되어 입금해 줄 수 없다는 연락을 받았다. 그리고 다음 날, 팀장이 기숙사에서 나가라고 통보했다. 약간이라도 범죄 의심이 가는 사람을 기숙사에 둘 수 없다는 게 이유였다. 범죄를 저지르지 않았다고, 나도 피해자라고 아무리 말해도

봄버

들어주는 사람이 없었다. 도움을 청할 사람도 없었고 어디에 도움을 청해야 하는지도 알지 못했다. 우왕좌왕 헤매는 사이 기숙사에서 쫓겨났고, 고시원으로 사채업자들이 찾아왔으며, 그들을 피해 공장을 그만두고 이사를 갔다.

그때부터 4여 년간 술래잡기가 이어졌다. 최는 끈질겼고 사하라는 지쳤다. 중요한 건 잘못한 게 누구인가, 그딴 게 아니라 누가 더 끈질긴가 하는 것이고, 그 끈질김은 당장 먹고 잘 것을 걱정하지 않아도 되는 주머니 사정에서 나온다. 다리에 깁스하고 최에게 붙들렸을 때, 사하라가 깨달은 진실이었다. 최는 사하라를 아래위로 훑어보고는 "딱 봐도 돈 없어 보이네"라며 킬킬 웃었다. 그러곤 플레이어가 되라고 했다. "내가 하려는 사업에 딱 너 같은 인재가 필요해. 그거 아니었으면 박한테 돈 빌려주지도 않았지." 노리고 친 덫에 걸린 사하라가 할 수 있는 대답은 하나뿐이었다.

상대에게 원하는 대답을 강요할 수 있는 것. 그것이 권력이다.

"뭐 합니까. 빨리 예스 안 누르고!"

고릴라가 외쳤다. 봐. 이렇다니깐. 사하라는 입술을 삐죽거리며 휴대폰 액정을 터치했다. 액정에 바둑판이 떴다. 잠결에 마구 눌러 닫았던 팝업창이다. 사하라는 휴대폰을 들어 얼굴 가까이 가져왔다. 플레이어 백. 245수. 백 6.5점 승. 이번 판의 예상 시나리오다.

"내려놔! 다 볼 수 있게!"

고릴라가 사하라의 손에서 거칠게 휴대폰을 빼앗았다.

"그러면 모니터라도 준비해 주던가요. 화면 작아서 이렇게 안 보면 집중 안 된다고요."

"그래도 안 돼. 무슨 수작을 부릴 줄 알고."

"져도 책임 안 집니다."

"그건 더 안 되지! 이번 판을 이겨야 힌트인지 뭔지가 전송되어 오는지, 진짜 폭탄 테러 협박인지 아닌지 알 거 아냐."

"저도 그렇게 생각하는데, 안 보이면 뭐 별 수 있나요."

고릴라는 휴대폰을 움켜쥐고 사하라를 노려보았다. 위잉. 휴대폰이 작게 진동을 울렸다. 휴대폰을 들여다본 고릴라의 눈썹이 위로 크게 움직였다.

"이거, 팝업창이 사라졌는데."

딱. 첫 수를 놓는 소리가 선명하게 울렸다.

"게임 시작됐네요. 수 못 봐서 져도 제 탓은 아닙니다."

"아오, 진짜…. 물에 빠지면 입만 뜰 놈이네, 이거. 자. 여기!"

휴대폰이 사하라의 손에 돌아왔다. 사하라는 액정 속, 작은 바둑판을 유심히 바라봤다. 흑의 첫 수는 우상귀*. 백이 고목** 으로 달라붙고 흑이 늘어져 피했다.

"어때. 맞힐 수 있겠어?"

조건이 주어지고 과정도 전부 볼 수 있는 상태에서의 마지막 수 맞히기는 어렵지 않다. 기보를 복기해 본 사람이라면 누구나 할 수 있을 것이다.

"글쎄요. 일단 좀 보죠."

그럼에도 승리를 호언장담하지 않은 건 기대받는 게 싫어서였다. 기대받는 것, 책임지는 것. 타인의 삶에 발을 들이미는 것. 사하라가 가장 피하고 싶은 것들이다. 딱. 딱. 돌 놓는 소리가

---

*   바둑판 오른쪽 위에 있는 점.
** 네 귀의 넷째 가로줄과 다섯째 세로줄 또는 다섯째 가로줄과 넷째 세로줄에서 서로 만나는 눈.

봄버

무료하게 이어졌다. 사하라를 힐끔거리던 경찰 한 명이 고릴라에게 다가왔다.

"주임님. 지금이라도 서장님께 보고하고 인력 보충 받아서 편지 놓고 간 놈 찾는 게 좋지 않을까요. 아니면 편의점 물류 차 추적하던가."

"그랬다가 장난질이면 쓸데없이 소란 떤다고 문책이나 받지. 폭탄 찾아내서 제거한 다음에 보고서 올리면서 협조 요청하면 돼. 위치까지 다 알려준다는데 해체 못 할 일이야 없고."

사하라가 귀 막는 시늉을 해도, 등 뒤에 선 두 사람은 목소리를 낮추지 않았다.

"폭탄 제거 실패할 경우도 생각해야 하지 않을까요?"

"그런 일 없을 거야. 나 문책받는 거야 그렇다고 쳐도, 편지 쓰레기통에 버린 놈은 시말서야. 그거 커버하려면 일단 한 건 해결해야 한데도. 그래야 책잡아도 우리가 알아서 잘했습니다, 이러지."

"하지만…."

"왜 그러는데, 대체?"

"저 사람, 이길 수 있겠습니까? 손을 저렇게 떠는데?"

사하라는 휴대폰을 든 손의 손등을, 다른 손으로 꽉 붙잡았다. 그래도 손등의 떨림은 멈추지 않았다. 사하라는 바둑에 집중하는 척하며 손등을 더욱 세게 붙잡았다.

언제까지 이럴 거냐. 대체.

이미 답을 알고 있는 자문이었다. 손등을 꾹꾹 누르던 촉감. 그 촉감이 완전히 잊혀야만 떨림이 멈출 것이다.

*

"강아지가 이갈이 하는 것도 아니고, 사람 손등을 왜 이렇게 눌러?"

4층 건물의 옥상은 하늘보다는 땅에 가까웠다. 기원의 수업이 끝나면 고희동은 사하라에게 아이스크림이나 빵을 줬다. 사하라는 그걸 받아 옥상에 올라가서 난간에 걸터앉아 먹었다.

"천재의 기운을 받아 가려고."

"천재 좋아하네. 난 그딴 거 아냐."

"아니긴. 다들 너한테 슈퍼 루키라고 하잖아."

퉤. 사하라는 옥상 아래로 침 뱉는 시늉을 했다.

"그거 빈정거리는 거야. 그 사람들, 꼭 한마디 덧붙이잖아."

혜성처럼 나타나 1년여 만에 프로 입성을 이루어낸 뒤, 5개월 만에 2단으로 고속 승단한 사하라(16세)는 바둑계를 이끌어 갈 루키 중 한 명이 분명하다. 그러나 그의 바둑은 가볍다. 탄탄한 기초를 바탕으로 한 변수보다는 꼼수에 가까운 것이 유감이다. 판 위에서 승부를 보기보다는 상대의 실수를 기다리는 태도 역시 그러하다.

사하라는 바둑 신문에 실렸던 기사 일부분을 아이스크림과 함께 와작와작 씹어 삼켰다. 꼼수 플레이어. 그 호칭이 유독 쓰게 넘어갔다.

"신경 쓰여?"

"그냥, 다음 대국으로 승급이 결정되잖아. 상대가 나랑 완전히 상반된 플레이를 하는 기사거든. 자꾸 그 아저씨와 나를 비교하는 게 짜증 나."

"아, 그 아저씨. 나도 들었어. 정석 바둑의 천재라고 불리던데.

7단이었나? 서른 살 넘어서 7단이면 보통 아닌가."

"정석만 고집하고 꼼수 플레이어 격파한다는 의미에서 천재래. 꼼수 부수기라나. 별명 진짜 유치하지 않냐. 하여간 그놈의 천재. 뭐만 하면 툭하면 천재래. 천재에 미친 사람들 같아."

다 먹은 아이스크림 막대가 손가락 사이에서 뚝 부러졌다.

"싫다고 하면서 인터뷰도 했잖아. 영재 소개하는 프로그램. 아버지가 너 알더라."

"인터뷰하면 돈 준다고 했거든. 그딴 거 진짜 보는 사람이 있구나."

"아버지는 그런 거 좋아하거든."

"아, 그만 좀 누르래도."

사하라는 인상을 쓰며 이재윤에게 잡힌 손을 빼냈다.

"넌 빼빼 말랐는데 손등은 되게 폭신해."

이재윤은 피식 웃으며 옆에 둔 공책을 집어 들었다. 이상한 녀석. 사하라는 공책에 낙서하는 이재윤의 옆얼굴을 힐끔거렸다. 석 달 전에 기원에 등록한 이재윤은, 사하라가 보기엔 이상한 점투성이였다. 기원에 와서는 바둑을 두지 않고 사하라가 바둑 두는 걸 가만히 지켜보더니 옥상까지 쫓아 올라왔다. 사하라가 무시해도 매일 인사를 건넸고 아이스크림을 먹는 내내 옆에 앉아 그림을 그렸다. 어느 순간부터 함께 아이스크림을 먹고 시답지 않은 대화를 나누게 되었다. 꼭 친구처럼. 끈적거리는 손이 뭐가 좋다고 자꾸 만지는 걸까. 사하라는 이재윤이 잡았던 자신의 손등을 슬쩍 눌렀다. 16살이 되기까지, 누군가와 그렇게 손을 많이 잡아본 적이 없었다. 처음 이재윤이 손을 잡았을 땐 미친 건가 싶었지만 이제는 그 체온이 익숙했다.

"뭐 그려? 또 강아지?"
"응. 볼래?"
이재윤이 손에 든 공책을 첫 장부터 마지막 장까지 빠르게 넘겼다. 공책 아래에서 두 발로 선 강아지가 팔을 위아래로 흔들면서 춤을 추다가 폴짝폴짝 뛰었다.
"잘 그린다. 그림 배웠어?"
사하라가 이재윤에 대해 아는 건 단편적인 것들뿐이다. 지역 명문으로 알려진 공업 고등학교에 다닌다는 것. 아버지가 의사라는 것. 어머니가 교회 권사님이고 기부를 많이 한다는 것. 대부분 도박판에서 아빠가 다른 사람들과 나눈 수다에서 주워들은 것이었다. 그 의사 양반을 한 번쯤 벗겨 먹을 수 없을까. 입맛을 다시는 아빠의 얼굴은 그저 혐오스러웠다.
"어릴 적에 잠깐. 재능은 없어도 재미있었어."
"잘 못하는데 재미있을 수 있어? 말 나온 김에 묻자. 너 기원은 왜 오는 거야? 선생님도 궁금해하더라. 바둑 두지도 않으면서 너처럼 열심히 오는 놈 처음 본다고."
"나 어릴 적에 할아버지 집에서 살았거든. 할머니가 바둑을 엄청 잘 뒀어. 비 오는 날 할머니가 바둑 두는 옆에 누워서, 바둑돌 놓는 소리 듣는 걸 좋아했어. 그 생각나서 기원 오는 거야. 바둑은 뭐…. 보는 건 재미있는데 직접 두는 건 별로."
"할아버지 집에 가면 되잖아."
"돌아가셨어."
공책 속 강아지가 뜀박질을 멈췄다.
"모두가 특별할 순 없기 때문이 아닐까."
이재윤이 평소 말투만큼이나 느릿하게 공책을 덮었다.

봄버

"사람들이 천재를 좋아하는 이유 말이야. 자신의 세상이 너무 평범한 것 같으니까, 모두가 그렇다고 생각하면 너무 따분한 거지. 특별해지고 싶지만 특별해질 순 없고. 하지만 분명 특별한 사람은 있고. 나와 저 사람의 차이가 뭔지 알 수가 없으니 천재라고 부르는 거지."

"특별한 게 뭔데?"

"남들과 다른 것? 혹은 자기 힘으로 도달할 수 없는 것."

그렇다면 내겐 네가 특별해. 단지 구경을 하려고 돈을 내고 기원에 온다는 행위를, 나는 결코 할 수 없겠지. 사하라는 그렇게 말하는 대신에 킁킁 냄새 맡는 시늉을 했다.

"이재윤. 너한테서 또 이상한 초콜릿 냄새 나."

이재윤에게선 종종 달콤하면서도 매캐한 냄새가 났다. 묘하게 중독적인 향이었다.

"너 이 냄새 좋아하지?"

"어. 단 냄새 별로 안 좋아하는데 이건 좋아. 이거 향수야? 어디서 사?"

"글쎄. 향수일 수도 있고, 아닐 수도 있고."

"치사하게 굴지 말고 가르쳐 줘."

이재윤은 사하라의 손등을 다시 한번 꾹 눌렀다.

"너 다음 시합, 꼼수 부수기인 그 아저씨 이기면 알려줄게."

사하라는 그게 뭐냐고 입을 삐죽거리다 벌떡 일어났다.

"야. 저거 봐."

사하라는 옥상 아래, 골목 한 곳을 가리켰다. 건물 뒤쪽으로 꺾이는 으슥한 코너에 양복 차림의 남자가 조리복을 입은 남자에게 삿대질하고 있었다. 조리복을 입은 남자는 사하라도 잘 알고 있는 사람이었다. 기원과 같은 건물 1층에 있는 중화반점의 주방장 한 씨였다. 사하라가 아는 한, 이 세상에서 제일 맛있는 짜장면을 만드는 사람이다. 한 씨가 만든 짜장면이 그토록 기막힌 냄새를 풍기지 않았다면 열네 살이던 사하라가 기원 앞에 놓인 짜장면을 훔쳐 먹지 않았을 거고, 그러면 고희동에게 목덜미가 잡혀 기원에 끌려 들어가지도 않았을 거다. 짜장면 값 대신 기원 청소를 돕지도, 대국 상대가 없어 심심해하던 단골손님과 바둑을 두게 되는 일도 일어나지 않았을 거다. 꼬마야. 너 바둑 배운 적 있냐. 대국을 지켜보던 고희동의 그 한마디가 시작이었다. 없는데요, 라는 사하라의 대답에 고희동은 영문 모를 감탄사를 내뱉었다. 그리곤 사하라에게 내일부터 기원에 나와서 바둑을 배우라고 했다. 싫다고, 당장 집에 돈이 없어서 폐지라도 주워야 할 판에 무슨 바둑이냐고 했더니 그럼 아르바이트 하는 셈 오라고 했다. 하루에 오천 원을 준다는데 마다할 이유가 없었다.

짜장면이 아니었다면.

사하라가 경기에서 이기면, 고희동은 한턱 쏠 테니 먹고 싶은 걸 말하라고 했다. 사하라의 선택은 언제나 짜장면이었다. 꼭 한 씨네 가게여야 했다. 질리지도 않냐. 고희동의 말에 사하라는 보란 듯이 짜장면을 바닥까지 싹싹 긁어 먹었다. 집에선 이런 거 못 먹는다고요. 집에서 좀처럼 맛볼 수 없는 건 짜장면만이 아니었다. 마주 앉아 두런두런 대화를 주고받는 즐거움과 짜장면 위에 단무지를 얹어주는 투박한 마음 씀씀이를, 사하라는 한 씨의 짜장면을 통해 처음 알았다. 그래서 사하라는 언제나, 아주 작은 건더기 하나까지도 게걸스럽게 밀어 넣었다.

그 짜장면을 만드는 한 씨가 삿대질 당하는 모습이 영

유쾌하지가 않았다.

"저 아저씨가 중화반점 주인일걸. 아마."

사하라를 따라 골목을 내려다본 이재윤이 말했다.

"어떻게 알아?"

"교회에서 아버지랑 대화하는 거 들었어. 한 씨 아저씨가 월급 주방장인데 꼭 주인인 척 군다고 불평하더라. 사람들이 음식이 싸고 맛있다고 한 씨 아저씨만 칭찬하는 게 불쾌한데. 그게 다 자기 건물에, 자기가 월급 주는 건데 왜 자기한테 감사 인사를 하지 않냐고."

"그게 무슨 기적의 논리래. 와, 잠깐. 저거 안 되겠는데."

삿대질하던 남자가 한 씨의 배를 걷어찼다. 사하라가 다급히 난간에서 뛰어내려 옥상을 나가려는데, 이재윤이 사하라의 팔을 붙잡았다.

"어쩌려고?"

"말려야지! 계속 때릴 것 같은데. 경찰이라도 부르든가."

"그만두는 게 좋아. 기원도 저 사람 건물이야. 인맥도 엄청 넓어. 네가 말리거나 신고한 거 알고 앙심 품으면 기원에 해코지할 수도 있어."

"못 본 척 하라고?"

굽실대며 허리를 굽히는 아빠의 모습이 떠올랐다. 평소 형님, 아우하며 사이좋게 지내던 김 씨가 도박판의 승부 조작을 고발했을 때였다. 판주는 불량배를 고용해 김 씨를 쫓았고, 김 씨를 잡지 못하면 아빠에게도 책임을 묻겠다고 엄포를 놨다. 그날 저녁, 김 씨가 하루만 숨겨 달라고 찾아왔다. 아빠는 그러라고 한 뒤 판주에게 몰래 전화를 걸었다. 수화기 너머 판주에게 연신 허리를 숙이며 김 씨를 잡았다고 말하는 아빠를 보며, 사하라는 다짐했다. 절대 아빠처럼 살지 않겠다고.

"알아. 사하라 너, 저런 거 그냥 못 지나치는 거. 그래도…."

"안다고? 뭘 안다는 거야?"

사하라가 손을 뿌리치려 했지만, 이재윤은 좀처럼 팔을 놓지 않았다.

"너 은근히 오지랖 넓잖아. 친구 없고 사람 싫다고 투덜거리면서도 곤란한 사람 못 지나치잖아. 웬 찐따 새끼가 동급생들한테 지갑 취급당하고 있는 것도 그냥 못 지나쳐서 동생인 척 끼어들어서 끄집어냈잖아."

사하라는 어리둥절했다. 몇 달 전, 분명 그런 일이 있었다. 하지만 특별한 일은 아니었다. 돈을 뺏기거나 괴롭힘을 당하는 누군가가 있으면 사하라는 온갖 꾀를 써서 그 상황을 깨부수곤 했다. 그걸 어떻게 이재윤이 아나 싶었다.

"그게 나였어. 그 찐따."

이재윤의 목소리가 한 톤 낮아졌다.

"그게? 이재윤 너라고?"

"어. 난 너 한눈에 알아봤어. 네가 도와줬을 때 진짜 기뻤거든."

"근데 왜 말려!"

사하라는 고함을 지르며 팔을 휘둘러 이재윤의 손을 뿌리쳤다.

"너도 그때 기뻤다며!"

"여긴 이젠 나에게도 아주 소중한 장소가 되어 버렸어. 그러니깐."

이재윤이 말끝을 흐렸다.

"너, 비겁해."

사하라는 이재윤을 뒤로 하고 옥상을 내려왔다. 비겁함을
권한 이재윤에게 화가 났지만, 그 감정은 일단 한쪽에 제쳐 두었다.
작전을 짜야 했다. 가게 주인을 자극해서 고희동에게 피해 끼치고
싶지는 않으니 직접 말리거나 경찰을 부르는 건 NG다. 그렇다면….
갑자기 손찌검할 정도로 충동적이지만 와중에도 사람의 눈을
의식해 코너를 찾아든 남자. 교회에서 남자가 불평했던 내용,
사람들의 칭찬. 그렇다면. 사하라는 머리카락을 마구 헝클며 자기
뺨을 새빨개지도록 몇 번이고 내리쳤다. 그리곤 남자와 한 씨가 있는
코너를 향해 뛰었다.

"도와주세요!"

사하라가 코너를 돌며 외치자, 남자가 흠칫 놀란 듯 뒤돌아봤다.
사하라는 숨을 몰아쉬는 척 어깨를 들썩거리며 남자의 팔에
매달렸다.

"무서운 사람들이 저 돈 빼앗으려고 쫓아와요."

"학생. 나 지금 바쁘거든? 이거 놓고 딴 데 가서…. 가만. 너 걔
아니냐? 천재 십대 바둑기사 어쩌고. 지역 신문에서 사진 봤어."

잔뜩 찌푸린 남자의 미간이 슬그머니 풀렸다. 사하라의
예상대로였다. 인정욕구가 넘쳐흐르는 자기 과시형 인간. 남자는
언제 귀찮아했냐는 듯이 사하라를 향해 완전히 몸을 돌려 섰다.
남자의 등 뒤, 한 씨가 바닥에 납작 엎드려 있었다. 사하라는 한 씨를
보지 못한 척했다. 한 씨도 고개를 들지 않았다.

"이런 인재를 괴롭히다니. 어떤 못된 놈들이야? 학생. 걱정하지
마. 내가 어떻게 도와줄까? 경찰? 아니면 당장 쫓아가서 혼내줄까?"

"아뇨. 저, 얼마 뒤에 중요한 대국이라 말썽에 휘말리면
안 되거든요. 그냥 버스 정류장까지만 같이 가주시면 안 돼요?"

사하라는 남자를 코너 바깥으로 잡아끌었다.

"당연히 해줄 수 있지. 중요한 경기라고? 그 경기에서 이기면 내 덕이 되는 거네. 농담이야. 그래도 조금은. 어? 안 그래?"

남자는 앞장서서 코너 밖으로 나갔다. 아마도 남자는 지역 신문을 더욱 꼼꼼히 읽게 될 것이다. 사하라의 경기에 관한 기사를 찾을 때까지 읽을 거다. 그리곤 경기 결과가 어떻든 떠들어댈 것이다. "이전에 내가 이 사하라라는 애를 불량배한테서 구해줬는데 말이야"라고 잠깐의 만남을 열 배쯤 부풀린 무용담을 늘어놓을 것이다.

멋있게 사람을 돕는 방법 따위는 모른다. 애초에 정의의 사도가 되고 싶은 것도 아니다.

'너는 모르겠지. 이게 내 발버둥인걸.'

사하라는 고개를 들어 옥상을 올려다봤다. 이재윤이 난간에 서서 아래를 내려다보고 있었다. 닿을 리 없는 시선의 끝이 마주친 것만 같았다.

*

딱. 마지막 돌이 놓이자마자 사하라는 붉은색 버튼을 눌렀다. 여전히 떨리는 손등을 움켜쥐고 액정을 터치했다. Your Win. 액정에 문구가 뜨고 한 장의 사진이 전송됐다. 서는 또다시 소란스러워졌다.

"사진 장소 확인했지?"

"지식산업센터입니다. 여기서 10분쯤 걸립니다."

"젠장. 시간이 없잖아! 서둘러. 예고가 진짜라면 시간 안에 폭탄을 회수해야만 해!"

봄버

고릴라가 연행이라도 하듯이 최고비의 어깨를 끌어안고 서 밖으로 나갔다. 사하라는 휴대폰을 움켜쥔 채 책상 위에 녹아내리듯이 엎드렸다. 손등의 떨림은 멈췄다. 엎드린 채 고개를 돌린 사하라의 눈에, 고릴라의 책상이 보였다. 밀봉된 편지가 저 서랍 안에 있다. 사하라는 마른 입술을 핥았다.
 종이 아래 그림을 확인해야만 했다.

5장

　남은 시간은 10분뿐이다.
　"주임님! 1동 입구가 전송되어 온 사진과 똑같습니다!"
　전보를 받은 고릴라의 뜀박질이 다급했다. 이한진. 부서에서 고릴라 주임으로 불린다. 순경으로 시작해서 십여 년 만에 경사로 진급했다. 통상적으로 빠르지도 느리지도 않은 승진이었다. 특별 승진이나 시험 승진으로 일찌감치 경위를 단 동기들 때문에 술자리가 썩 유쾌하지는 않았으나, 그때마다 진정한 경찰의 의리를 지키는 게 승진보다 값지다고 자위했다. 9년 차에서 10년 차로 진급이 밀렸던 사유는 후배가 짝퉁 가방 브로커에게 뇌물을 받은 사실을 덮어준 것이 적발되어 징계를 받은 탓이었다. 경찰이라면 모름지기 자기 식구를 챙겨야 하는 한다는 게, 평소 고릴라의 주장이었다.
　"주임님. 이러다가 진짜 터지면…."
　"닥쳐! 폭탄 테러가 그렇게 쉽게 일어날 리가 있어?"
　고릴라는 뛰었다. 뛰면서 앞서 뛰는 최고비의 뒤통수를 노려보았다.

봄버

"저 자식들이 장난치는 거야. 분명히. 저렇게 어리바리한 사회 부적응자 새끼들은 꼭 사고를 치게 되어 있다고!"

고릴라의 외침은 절규에 가까웠다. 그래야만 한다는 절규. 그렇지 않으면 협박 편지를 잘 살펴보지 않고 쓰레기통에 처박은 것도, 그걸 후배가 한 듯이 뒤집어씌운 행위도 모두 들통이 날 것이다. 그랬다간 징계는 물론, 그동안 자존심을 지탱해 주던 '의리 있는 이한진'이란 명성까지 사라진다.

하지만 만약, 이게 진짜 폭탄 테러라면….

"저기! 경찰관님. 저 쓰레기통 사진에서 본 거랑 똑같아요!"

최고비가 맞은편 건물 입구를 가리켰다. 한 남자가 쓰레기통 옆에 서서 전화를 받고 있었다. 고릴라의 눈에 쓰레기통이 몇 배로 확대되어 보였다.

"쓰레기통, 저거 뒤져! 빨리!"

"저거예요? 저거? 아저씨! 비켜요. 거기서 비켜!"

최고비가 소리를 지르자, 쓰레기통 옆에 선 남자가 놀란 듯이 고개를 돌렸다. 동시에 굉음이 쓰나미처럼 주변을 뒤덮었다. 고릴라는 양손으로 귀를 틀어막았다.

*

주변이 소란스러워졌다. 책상에 엎드려 있던 사하라가 몸을 일으켰을 때 최고비가 하얗게 질린 얼굴로 걸어 들어왔다.

"야, 너 괜찮아?"

사하라는 최고비를 부축해 서 한쪽에 놓인 소파에 앉혔다. 가까이서 보니 최고비의 얼굴이 흙먼지로 엉망이었다. 사하라는 소파 구석에 놓인 두루마기 휴지를 뜯어 최고비에게 내밀었다. 최고비는 휴지를 받지 않고 그대로 소파에 드러누웠다. 손으로 얼굴을 가리고 한참을 누워 있던 최고비가 킁, 코를 들이마셨다. 사하라는 채 가려지지 않은 최고비의 뺨을 휴지로 닦았다.

"…죽을 것 같아요."

손가락 사이로 최고비의 신음 섞인 목소리가 새어 나왔다.

"어떻게 된 거야?"

"진짜였어요."

손을 내리고 사하라는 바라보는 최고비의 눈가가 붉었다.

"사진이랑 똑같은 장소를 찾았어요. 쓰레기통 안에 폭탄이 있었던 것 같아요. 어, 남자가. 어떤 남자가 쓰레기통 옆에 서 있었거든요. 그 남자한테 비키라고 소리를 질렀는데 엄청 큰 소리가 났고…. 머리가 핑핑 돌아서 아무 생각을 못 하겠더라고요. 막 구급차가 왔고…. 경찰 아저씨가 소리 지르고…. 선배. 그 남자 죽었을까요? 내가 거기를 늦게 찾아내서 주, 죽었으면 어쩌죠?"

"됐어. 그만 말해."

사하라는 최고비의 손안에 휴지를 밀어넣었다. 최고비는 휴지로 얼굴을 벅벅 문지르며 계속 코를 들이마셨다. 사하라는 머뭇거리다가 최고비의 등을 천천히 토닥거렸다. 손바닥 아래 최고비의 떨림이 느껴졌다. 그 떨림은 가능성이 뒤섞인 죄책감이었다. 밀봉된 편지의 그림을 확인하지 않았다면 그 죄책감에 책임감을 느끼진 않았을 거다. 기다란 귀를 늘어뜨린 강아지 그림은, 사하라에겐 희망이자 절망이었다.

"미안해요. 선배."

최고비가 휴지로 눈을 가린 채 중얼거렸다.

봄버

"뭐가?"

"나 때문에 선배가 휘말린 거잖아요. 이런 무서운 일에."

아니야. 나는 휘말리지 않았어. 휘말린 건…. 휘말린 걸까? 최고비의 등을 두드리던 사하라의 손이 느려졌다.

"젠장. 의식불명이란다."

전화기를 붙들고 있던 고릴라가 탄식하듯이 외쳤다. 누워 있던 최고비가 벌떡 몸을 일으켜 앉았다.

"선배. 들었어요? 그 남자, 안 죽었나 봐요."

"다행이네."

고릴라는 다행인 것 같지 않았다. 사하라는 고개를 푹 숙인 고릴라 쪽을 힐끔 봤다. 고릴라 앞에 선 남자의 얼굴이 붉게 달아올라 곧 터질 듯했다. "그게 아니고, 서장님." 고릴라가 쩔쩔맸고, 서장은 손에 든 파일로 책상을 마구 내리쳤다.

"다들 정신 똑바로 차려! 봄버 특별수사팀 꾸려졌어. 이제 곧 여기로 올 거다. 우리 서에서는 이한진 경사가 합류한다."

서장의 말이 채 끝나기도 전에 서 안으로 누군가 들어왔다. 커다란 무궁화 한 송이가 수놓아진 제복을 입은 남자의 등장에 모두의 등이 꼿꼿해졌다.

"어서 오십시오. 안경태 경무관님!"

서장이 허둥지둥 남자, 안경태에게 달려가 경례했다.

"수사부장."

"아. 그렇죠! 특별수사팀의 수사부장님으로 오신 거니깐요. 말씀 주신대로 저쪽에 세팅도 다 해놨습니다."

안경태는 굽실거리는 서장에게 눈길도 주지 않고 서 안을 둘러보다, 사하라 쪽에 시선을 고정했다. 개코원숭이 닮았네.

안경태와 시선이 마주친 사하라가 무심코 그렇게 생각했을 때였다.

"선배. 저 사람."

최고비가 사하라의 손을 꽉 움켜쥐었다. 손바닥이 땀으로 축축했다. 사하라는 그제야 최고비가 몸을 덜덜 떨고 있음을 알았다. 너 왜 그래. 사하라가 그렇게 물어본 것보다 안경태가 그들 앞에 와 선 것이 빨랐다.

"또 네 놈이냐? 최고비?"

안경태가 인상을 쓰며 최고비를 내려다봤다.

"아는 사이야?"

"그놈. 이전 봄버 사건 때 용의자였다."

사하라의 질문에 답한 건 안경태였다.

"아, 아저씨가 몰아세운 거잖아요."

최고비가 고개를 숙인 채, 염소 울음소리 같은 목소리로 항변했다.

"폭파 현장에 간 것만으로 요, 용의자라고…. 막 증거도 없는데 윽박지르고 그랬잖아요."

사하라는 이전에 봄버 사건을 검색했을 때 봤던 영상 중 하나를 떠올렸다. 사건마다 다음날 현장을 찾은 사람들 몇몇이 용의자로 지목되었다. 메시지를 남긴 봄버의 행동으로 보아 방화범처럼 자기과시형 범죄자이며 이 경우 자신의 범죄를 반추하기 위해 현장을 다시 찾을 확률이 높다는 프로파일링이 근거였다. 문제는 봄버가 루저들의 영웅이라 불린 만큼, 현장을 찾은 사람이 꽤 많았단 거였다. 그들 중 대체 무엇을 기준으로 용의자를 선별했냐고, 뒷배 없는 사람들 몇몇 잡아놓고 보여주기식 수사를 하는 게 아니냐는 비판이 들끓었다. 사하라가 본 영상 속 출연자는 자신도 그 피해자라며, 경찰의 태도가 내내 강압적이었다고 성토했다.

"찐따 새끼들은 꼭 사고를 치게 되어 있어. 그때 확실한 증거를 찾아서 처넣었어야…."

"경찰 강압 수사가 그렇게 문제라던데."

사하라의 중얼거림에 안경태는 하던 말을 멈추고 사하라를 노려봤다. 사하라는 슬그머니 그 시선을 피했다. 굳이 눈싸움을 벌이고 싶은 마음은 없었다. 피할 수 있는 건 피하고 사는 게 편한 법이다.

"가만, 너 사하라 아냐?"

안경태는 허리를 숙여 사하라에게 바짝 얼굴을 들이밀었다. 뺨에 와 닿은 콧김에 사하라는 슬그머니 몸을 뒤로 뺐다.

"맞네. 얼굴이 그대로네. 경기 포기하고 사라졌던 중학생 천재 기사. 왜 갑자기 은퇴했다 했더니 저딴 놈하고 어울리는 거 보니 뻔하군. 양아치랑 어울리면서 봄버 따까리나 하다니. 과거의 명성이 아깝다, 아까워."

안경태가 허리를 펴며 끌끌 혀를 찼다.

"봄버 따까리라뇨. 누군지도 모르는데."

범에게 대가리를 내어줄 필요는 없지. 사하라의 대꾸는 재빨랐다.

"지금 너희 둘, 가장 강력한 용의자 후보야. 제대로 협조하지 않으면 당장 참고인에서 피의자로 신분 전환할 거니 까불지 마라."

"무서워라. 경찰이 참고인 협박해도 돼요?"

"깐죽거리는 건 여전하군. 이전에 네놈 대국 몇 번 본 적 있지. 상대방 집중력 흔들어서 이기는 게 주요 전략이었지? 초반에 하품하고 기지개 켜고 온갖 비매너 짓을 하질 않나. 좀 두게 되었나 싶더니 그때부터 무슨 수를 쓴 건지 얄팍한 꼼수로 판을 흔들기나 하고."

"와. 혹시 그때 제 기사에 악플 다셨어요? 참 이상하죠. 보기 싫으면 안 보면 될 텐데 굳이 대국 찾아보고 악플 다는 사람들이 있었단 말이죠. 기원 입구에 욕 쓰고 튄 새끼도 있었어요. 어린애일 줄 알았는데 잡고 보니깐 50대 아저씨였어요. 프로기사 되려고 기를 썼는데 안 됐다나. 그 찌질이 아저씨가 한 말이 딱 지금 경찰 아저씨가 한 말이랑 똑같았는데."

사하라는 과장되게 눈을 둥그렇게 뜨고 안경태를 응시했다.

"혹시…? 아저씨도 바둑 좋아하시는 것 같은데."

"수사부장. 아저씨가 아니라."

"예. 예. 수사부장님. 급수 몇이세요?"

"천박하긴. 바둑은 고상한 스포츠야. 그따위 플레이로 더럽히는 네 놈에겐 급수가 아깝지."

사하라는 피식 웃었다. 그놈의 고상함. 마지막 대국을 함께 했던 기사도 안경태와 비슷한 눈빛으로 사하라를 봤었다. 그 아저씨 이름이 뭐였더라. 꼼수 부수기란 별명이 너무 강렬해서 정작 이름은 기억나지 않았다.

"고상한 수사반장님은 기사님 누구 좋아하세요?"

"좋아하는 기사?"

치켜 올라간 안경태의 눈썹 끝이 슬쩍 내려왔다.

"그야 뭐. 기본은 이세돌이지. 아리마 요시요라는 기사는 아냐? 내가 그 기사 은퇴 대국을 보려고 일본까지 갔다는 거 아냐."

"알죠. 중앙을 포착하는 전법."

"허이구. 그래도 얻어들은 건 있나 보네."

봄버

사하라는 공장에서 일했을 때의 팀장을 떠올렸다.
사무직이었던 그는 작업 체크를 한답시고 공장 안을 어슬렁거리며
작업반장에게 "스태커 충전 안 되는 게 배터리 출력 부족 문제인 거
알아? 여자가 지게차에 대해 뭘 알겠어? 모르면 바로 물어봐"라고
훈수를 두곤 했다. 작업반장은 배터리 셀을 직접 교체할 수 있는
기술자였다. 팀장은 그 사실을 몰랐던 걸까 아니면 모른 척했던
걸까. 분명 상대가 더 전문가임이 명백한데도 자신의 지식이
우월하다고 믿는 사람들. 그러면서도 멋대로 우상을 만들어
동경하는 사람들. 그런 이들은 사하라의 인생에 차고 넘쳤기에
오히려 상대하기 편했다.

"아리마 요시요의 전법도 초반에는 꼼수 취급당했다는 거,
아세요?"

안경태의 눈가가 급격하게 굳었다.

"꼼수 중에는 판이 거듭되면 정수가 되는 것들이 있죠. 결국
중요한 건 승부. 지금 정석 기보라 불리는 것들도 처음엔 어땠을지
모르는 거죠."

"건방진 놈."

안경태는 침을 뱉듯이 말하곤 몸을 돌렸다. 서 밖이
소란스러웠다. "수사부장님. 피해자의 애인이란 분이 찾아왔습니다.
책임자를 만나게 해달라고 난리입니다." 안경태가 멀어지자,
최고비가 다시 사하라의 손을 꽉 움켜쥐었다.

"선배. 저 사람 심기 건드리면 안 돼요. 진짜 미친개예요. 그때
나도 얼마나 고생했다고요."

"야. 땀 찬다. 좀 놔라."

사하라는 농담조로 말하며 최고비에게 잡힌 손을 빼냈다.

"저런 타입은 초반에 너무 숙이고 들어가면 안 돼. 그러면 완전히 잡아먹혀."

"그, 그래도."

"이렇게 겁이 많으면서 봄버 사건 때 현장은 왜 갔냐?"

"그건…."

최고비는 한참이나 손에 쥔 휴지를 움켜쥐고 꾸물거렸다. 휴지가 너덜너덜해지는 동안, 사하라는 서의 유리벽 너머로 한 여자가 몸부림치는 것을 봤다. "어떻게 책임질 거야. 성빈이 잘못되면 누가 책임질 거냐고! 내 뱃속의 애는 어떻게 하고!" 여자의 절규가 벽을 뚫고 쨍쨍 울렸다.

"봄버가…. 사건 예고를 인터넷에 올렸잖아요. 그래서 사건 전에 찾아간 사람도 많고요. 그런 사람 중엔 자기가 봄버라고 우기는 사람들도 있었고. 근데 나는 진짜 그런 건 아니었어요. 봄버인 척할 이유가 뭐가 있겠어요."

최고비의 목소리가 여자의 절규에 겹쳤다.

"그냥 나는…. 궁금했어요. 누구는 봄버를 천재라고 했고, 누구는 찐따라고 했잖아요. 어떻게 천재와 찐따가 공존할 수 있지? 그걸 가르는 기준은 뭐지? 그런 게 이해가 안 됐어요. 천재는…. 모두의 추앙을 받는 존재잖아요. 그 사건 현장에 모인 사람들. 그들은 어땠을까요? 그들은 봄버를 천재라 여겼을까요, 찐따로 여겼을까요?"

서의 문이 열리고 여자가 뛰어 들어왔다. 더듬더듬 이어지던 최고비의 이야기가 끊겼다. 서 바닥에 드러누운 여자는 보상금을 내놓으라고 발버둥을 쳤다.

"별게 다 궁금했네."

"그런 말 자주 들어요. 쓸데없는 짓 하지 말라고."

쓸데없는 짓 하지 마. 그 말이 사하라의 기억 한구석을 건드렸다. 낡은 육교와 발아래 닿을 듯이 길게 늘어졌던 그림자. 그 그림자를 애써 외면하고 돌아서면서 입안으로 되뇌었었다.

"안경태인가. 저 아저씨한테 들들 볶였으면 협력하기 싫겠는데."

"봄버를 잡아야 누명을 벗잖아요. 게다가…."

최고비는 드러누운 여자를 가리켰다. 여자가 경찰의 부축을 받아 몸을 일으키고 있었다. 부른 배 때문에 움직임이 힘겨워 보였다.

"…저런 사람이 또 생기는 걸 원하지 않아요."

이 녀석은 왜인지 어릴 적의 나를 닮았다. 사하라는 퍼뜩 스치는 생각을 떨쳐내려고 가볍게 고개를 가로저었다. 반짝거렸던, 그러나 퇴색된 파편을 들여다보지 않으려고 애쓰며 지내온 날들이었다.

그러나 이젠 그 파편을 삼켜야 할지도 모른다.

"오케이. 그럼 우리 일단, 봄버를 막는 데 집중하자."

사하라는 최고비가 움켜쥔 휴지 조각을 빼앗았다.

"저기, 선배는 천재라고 불렸잖아요. 선배가 보기엔 어때요? 봄버는 천재예요, 찐따예요?"

"어느 쪽이든 마찬가지야."

사하라는 휴지를 소파 옆 쓰레기통에 던졌다.

"골라 씹는 오징어 땅콩일 뿐이지."

휴지는 쓰레기통 가장자리를 맞고 튕겨 나갔다.

6장

오후 4시, 게임이 시작될 시간이다.

휴대폰과 연결된 컴퓨터 화면에 바둑판이 떴다. 강력팀의 일반조사실이 특별수사팀 본부로 꾸려진 덕분에 작은 휴대폰 액정을 노려봐야 하는 수고를 덜었다. 하지만 전면이 유리라 밖에서 안이 훤히 들여다보이는 건 부담스러웠다. 물론 가장 부담스러운 건, 등 뒤에 서 있는 안경태의 따가운 시선이었다. 사하라는 애써 안경태의 존재를 무시했다.

"손을 왜 그리 떨어? 그래서 이기겠어?"

하지만 노골적인 빈정거림까지 못 들은 척할 순 없었다. 그랬다간 안경태에게 주도권을 빼앗긴다. 진실 아닌 것을 진실로 만들 수 있는 권력을 가진 자와의 줄다리기에선 자기 끈을 단단히 쥐고 있어야 하는 법이다. 그래야 공기를 제대로 읽을 수 있다. 그것은 사하라가 일찍부터 살아남기 위해 익힌 처세술이었다.

"수사반장님. 저 지금 집중해야 하니깐 조용히 좀 해주실래요?"

"마지막 수 맞히기는 간단한 게임이야. 수풀이라고. 이걸 집중씩이나 해야 한다니. 천재는 썩어도 준치란 것도 옛말인가 보군."

　아리마 요시요를 들먹이며 거들먹거릴 때보다 말이 조금 빠르다. 손가락 관절도 세 번 꺾었다. 저것도 최고비에게 우쭐거릴 땐 하지 않았다가 수세에 몰리니 했던 습관이다. 이미 네 변에 돌을 깔아 유리한 위치를 차지하고도 자기가 쥔 것이 백돌인 걸 인정하라고 외치는 저 태도. 슬슬 비위를 맞추어 주는 쪽과 한 번 더 두드리기. 어느 쪽이 좋을까. 사하라의 고민은 길지 않았다. 서장은 안경태를 경무관님이라 불렀었다. 마흔 언저리로 보이니 경무관이면 순경부터 시작한 건 아닐 것이다. 엘리트다. 거기에 유사 사건이 터지자마자 특별수사팀을 꾸려온 걸 보면, 봄버 사건 때 자존심에 꽤 상처를 입은 게 분명했다. 사하라는 입꼬리를 약간 끌어올렸다. 서글서글하게 생겼단 평을 듣는 얼굴은 상대의 경계를 풀기에 좋은 무기라는 걸 사하라는 알고 있었다.

　"이번엔 폭탄 회수해야죠."

　상대는 사람이 아니다. 개코원숭이다. 이렇게 자기 최면을 걸면 목소리에 애교를 섞는 것도 썩 어렵진 않다.

　"뭐 당연한 소리를 해?"

　안경태 같은 인간은 상대가 자신에게 한 수 접고 들어오는 신호를 귀신같이 알아차린다. 타박하듯 응답한 안경태의 말끝이 확연히 누그러졌다.

　"이전 게임 말이죠. 피해자가…."

　"김성빈. 인적 사항은 지금 파악 중."

　"김성빈 씨의 경우, 폭탄 회수를 하지 못한 건 결국 시간 부족이 이유죠. 송도 어디에서 폭탄이 터질지 모르니깐, 이동 시간을 염두에 두면 탐색 시간이 턱없이 부족해요. 그러니깐 되도록 게임 끝까지

가지 않고 중간에 맞춰 보려고요."

"가능한가?"

"결과가 주어져 있으니 중반을 넘어가면…. 십여 분이라도 단축해 봐야죠."

안경태가 고개를 끄덕거렸다. 본부의 문이 열리고 고릴라가 들어왔다.

"수사반장님. 김성빈 인적 확인됐습니다. 협조 요청도 끝났고요. 그리고 전송되어 온 메시지 위치 추적 시작했고요."

"지금 가지. 여기 화면 모니터링은?"

"바깥 모니터와 연결해 놨습니다. 녹화도 되고 있고요."

"그럼 이한진 경사가 여기 남아서…."

안경태는 잠시 말을 멈추고 사하라와 고릴라를 번갈아 바라보았다.

"아무래도 혼자 있는 편이 집중하기 좀 더 좋겠지. 경사도 나와. 감시는 밖에서 하고."

범의 아가리를 다물게 하는 건 일단 성공한 모양이다. 안경태가 본부 밖으로 나가고, 사하라는 모니터에 신경을 집중했다.

"어라. 잠깐만. 흑이 모양을 강화하고 백이 좌변에서 하변을…."

바둑판에 놓인 집의 형태와 돌의 흐름이 낯익었다. 사하라의 눈이 바쁘게 돌을 쫓았다.

"다음 수로 백이 우하 측 전멸. 그 수를 내주는 척 하면서 흑이 하변 한 수를 파고들겠지. 그래! 저기!"

사하라가 바둑판 한 곳을 가리킨 것과 돌이 놓인 것은 거의 동시였다.

"맞네. 이 대국을 어떻게 잊겠어."

봄버

규칙적으로 돌 놓는 소리가 사하라의 기억 속에서 밀려 나왔다. 경쾌한 소리는 아니었다. 모니터를 응시하는 사하라의 눈동자 속에, 그날의 대국이 되살아났다.

꼼수 부수기와의 대국이 있던 날의 기억.

그날이 마지막이 될 것을 열다섯 살의 사하라는 알지 못했다.

*

초반에 흉내바둑을 두는 척하면 어떨까. 꼼수 부수기라면 분명 저지하려 하겠지. 지금까지의 스타일로 볼 때 밖으로 붙이는 정석을 선택할 확률이 높다. 그리곤 젖혀 올려서 축*으로 유도하겠지. 저곳에 돌을 놓는다고 생각할 테니깐 그때 상변** 백, 저곳에 돌을 놓으면.

방바닥에 드러누워 천장의 격자무늬를 바둑판 삼아 돌을 놨다. 꼼수 부수기의 기보를 몇 번이고 살폈고, 가능한 많은 경우의 수를 시뮬레이션했다. 집에 바둑판이 있으면 좋을 텐데. 사하라는 입맛을 다셨다. 사려고 하면 휴대용 바둑판쯤 얼마든지 살 수 있지만, 이 집을 나가기 전까지는 천장을 바둑판 삼기로 했다.

"이 몸 오셨다!"

그렇게 결심한 원인, 아빠가 거칠게 현관문을 열었다. 알코올 냄새가 훅 밀려 들어왔다.

"아빠가 왔는데 드러누워서 뭘 하는 거야. 이 밥버러지야!"

---

*   상대의 돌을 계단 모양으로 계속 단수쳐서 1선까지 몰아서 잡는 것.
** 바둑판의 4개의 변(모서리인 귀 사이에 있는 네 곳. 상변, 하변, 좌변, 우변으로 나뉨).

사하라는 아빠의 발길질을 능숙하게 피하며 몸을 일으켰다. 허공에 헛발질한 아빠가 넘어지면서 바닥에 큰대자로 드러누웠다.
"또 술 마셨어? 무슨 돈으로?"
"돈? 돈이 왜 없어? 술 먹을 돈쯤 언제나 있지!"
"집에 쌀 없어. 라면도."
"그깟 건 네가 알아서 해! 젠장. 요즘 장 씨 하는 일이 영 탐탁지 않아. 은근히 판에서 발을 빼려 든단 말이지. 오늘만 해도 그 초짜 새끼, 빤쓰까지 벗겨 먹을 수 있었는데. 분명 내가 봤어. 장 씨 그 새끼가 일부러 신호 틀렸다니깐?"
사하라는 슬그머니 뒷걸음질을 쳤다. 앞으로 일어날 일은 뻔하다. 도박장에서의 일이 잘 풀리지 않았다는 푸념이 끝나면 주먹을 휘두를 것이다. 고희동이 생일선물로 사주었던 바둑판을 벽에 던져 부수었듯이 무엇이든 손에 잡히는 대로 던질 터였다.
"어딜 가! 망할 자식. 바둑이네 뭐니 쓸데없는 짓 한다고 콧대만 높아져서!"
사하라가 현관문을 열고 밖으로 나가려는 순간, 컵이 날아왔다. 재빨리 문을 닫았다. 컵 깨지는 소리가 사하라를 떠밀었다. 사하라는 반지하 계단을 한걸음에 뛰어올라 골목을 걸어 내려왔다. 이곳에서 산 지 2년째다. 그 전 집에서는 1년, 그 전 집에서는 5개월. 어릴 때부터 지겹다고 느낄 틈이 없을 정도로 이사는 일상이었다. 그러나 옮겨간 집들이 모두 비슷했기에 사하라에겐 그 모든 장소가 한 곳이나 진배없었다.
오직, 이곳만이 특별했다.
'이번 대회에선 꼭 이겨야 해.'
승급도 승급이지만 무엇보다 '꼼수 부수기'라 불리는 정석

봄버

플레이어와의 대국이란 게 중요했다. 그런 사람에게 이기면 사하라가 실력 없이 꼼수만으로 승부한다고 말하는 사람들에게 한 방 먹일 수 있다. 적어도 고희동이 실력이 없어서 제자를 기본기도 없이 길렀다고, 그런 기원에 가선 안 된다는 중상모략은 할 수 없게 될 거다. 기본기가 탄탄한 정석 바둑을 둬도 그런 엉터리 기원 출신을 못 이긴다고 자백하는 꼴이 될 테니깐. 가짜 천재로 장사하지 마. 기원 건물 벽에 쓰인 낙서를 떠올린 사하라의 걸음이 빨라졌다.

천재. 그놈의 천재 타령.

사하라는 주변에서 자신을 천재 운운하는 게 지긋지긋했다. 남들보다 조금 더 단기간에 승급했을 뿐이다. 그래봤자 2단이다. 또래 중 2단이 없는 것도 아니다. 이른바 루키로 지칭되던 십대 바둑기사 중 사하라가 '바둑 천재'로 방송에 소개된 이유는 단순했다. 방송용으로 좋은 스토리였으니깐. 방송 작가는 사하라가 편부 가정에서 자랐다는 사실과 형편없는 반지하 집을 강조하고 싶어 했다. 사하라는 출연을 거절했지만, 아빠가 덥석 제안을 받아들였다. 몇 푼 안 되는 출연료가 목적이었다. 사하라는 아빠에게 두들겨 맞고 억지 미소를 지으며 카메라 앞에 섰다. 어차피 그렇게 시청률이 높은 방송도 아니니 주변 사람 몇 명에게 비웃음 좀 사고 끝나겠거니 했다.

맞아 죽더라도 카메라 앞에 앉는 게 아니었는데.

천재라는 단어는 급격하게 사하라를 집어삼켰다. 방송이 나간 후, 고희동의 기원에 사람들이 몰려왔다. 그들은 고희동에게 참된 스승이라는 칭찬을 일방적으로 퍼붓고, 천재를 배출한 기원에서 바둑을 배우고 싶다고 눈을 빛냈다. 협회는 침체한 바둑계가 부흥할 기회라며 사하라를 더욱더 천재로 포장해 미디어에 드러냈다. 기사들 몇몇이 사하라의 실력에 의문을 제기했고 인터넷에는 악플이 달렸다. 고희동의 기원에 수강생을 빼앗겼다고 여긴 원장 중에는 대국장에서 마주치면 노골적으로 빈정거리거나 화를 내는 사람도 있었다. 고희동이 방송국에 돈을 주고 사하라를 천재로 꾸몄다는 루머가 돌았고, 몰려왔던 수강생들은 왔던 때처럼 일방적인 비난을 퍼부으며 떠났다. 기존 수강생들도 그들에 섞여 그만두었다. 수강생이 방송 전에 비해 절반으로 줄었다. 가겟세도 못 내는 거 아니냐는 주변의 걱정에도 고희동은 시간이 흐르면 소동은 잦아들게 되어 있다며 태평하게 굴었다.

　사하라는 태평할 수 없었다.

　이대로 점점 수강생이 줄어서 고희동이 기원을 그만두면, 혹은 다른 곳으로 떠나게 되면 어쩌나 하는 불안에 밤잠을 설쳤다. 다른 사람들이 욕하는 건 아무렇지 않았다. 오직 그 상상만이 사하라를 두렵게 했다. 사부가 사라지면 누구에게서 바둑을 배울까. 시합이 끝나면 누가 마주 앉아 짜장면을 먹어줄까. 위험한 짓 하지 말라고 호통을 쳐줄까. 가져본 적 없어 탐낸 적조차 없었으나 이제는 평범해진 날들을 포기하고 싶지 않았다. 그래서 이기고 싶었다. 이겨야만 했다. 천재라 불리는 것이 지긋지긋했으나 천재로 있어야만 했다. 천재의 탈을 벗지 않는 것. 그것이 지금의 생활을 지킬 수 있는 유일한 방법이었다.

　사하라는 머릿속으로 꼼수 부수기의 기보를 더듬으며 걸음을 옮겼다. 하지만 좀처럼 집중은 되지 않고 걸음만 점점 빨라졌다. 쫓기는 듯한 잰걸음이 멈춘 건 골목을 나와 대로변에 섰을 때였다.

　"이재윤?"

봄버

길 건너편, 육교 기둥 아래에 이재윤이 있었다. 같은 교복을 입은 서너 명과 함께 선 모습이, 멀리서 보기에도 심상치 않은 분위기였다. 그들은 이재윤의 어깨를 밀치고 손바닥으로 머리를 때렸다. 이재윤이 무어라 말하자 복부를 걷어차는 시늉을 하기도 했다. 익숙한 폭력의 냄새가 길 건너까지 풀풀 풍겼다. 사하라는 재빨리 육교를 건너 이재윤을 도우려고 했다.

하지만 이틀만 지나면 대국인데.

대국 직전에 경찰서라도 가게 되면 경기에 나가지 못할 수도 있다. 기보를 한 번 더 복기하지 못해서 질 수도 있다. 게다가 한 씨 사건 이후 한 번도 마주한 적이 없어 어떤 태도로 이재윤을 대해야 할지도 난감했다. 비겁한 자식이란 말까진 하지 말 걸 후회했다. 사과하고 싶었지만 쑥스러워서 말을 걸 타이밍을 자꾸만 놓쳤다. 이재윤 이전에는 싸울 만큼 친한 상대가 없던 사하라에겐 그 타이밍을 잡는 것이 승부수를 잡는 것만큼이나 어려웠다.

쓸데없는 짓 하지 마. 대국에서 이기고 나서 말을 걸면 돼.

누군가가 그렇게 속삭이는 것만 같았다. 사하라는 머뭇거리다 뒤돌아섰다. 이재윤도 이런 상황에서 마주치고 싶지 않을 거라고 애써 자위했다. 꼼수 부수기를 이기면 이재윤이 독특한 초콜릿 냄새의 정체를 알려준다고 했었다. 그걸 핑계로 말을 걸면 된다. 이재윤은 착하니깐, 대국에서 이겼다고 하면 화가 덜 풀렸어도 축하해 줄 거다. 그러니깐…. 골목을 걸어 올라가는 사하라의 걸음이 점점 느려졌다.

"에이, 씨."

골목 중간에서 사하라는 멈춰 섰다. 그리곤 뒤돌아서 대로를 향해 달렸다. 대로변에 도착해 길 건너편을 바라보았지만, 그곳엔 아무도 없었다. 사하라는 자신의 손등을 꾹 눌렀다. 어쩐지 손등이 저렸다.

그 저릿함은 대국 날까지 이어졌다.

시합은 막상막하였다. 한 수 한 수, 서로에 대한 탐색과 공격이 이어지는 접전에 대국실의 공기는 긴장으로 팽팽했다. 경기가 후반으로 접어들면서 균등하게 당겨졌던 승부의 끈은 사하라 쪽으로 기울었다. 더 당겨올 수 있을 것인가. 도로 당겨질 것인가. 사하라는 그 긴장감이, 누군가 자신을 진지하게 상대해 주는 것이 좋았다. 사하라가 집중하는 것은 바둑판 위만이 아닌 상대를 포함한 대국실의 공기 그 자체였다.

"너 때문이야. 어디 갔어. 나와!"

그 긴장을, 팽팽한 공기를 울음 섞인 절규가 잘라냈다. 대국실 밖이 소란스럽다 싶더니, 한 여자가 뛰어 들어왔다. 여자가 던진 것이 사하라의 얼굴로 날아왔다. 꾸깃꾸깃한 신발 한 쪽이었다. 눈에 익은 신발. 이재윤이 늘 신던 운동화였다.

"진정하시고 나가세요! 지금 대국 중입니다!"

"대국? 그딴 게 뭐가 중요해! 내 자식이 죽게 생겼는데! 분명해. 저 자식이 꾀어내서 그런 질 나쁜 애들하고 엮인 거야! 안 그러면 얌전하던 애가 왜 갑자기 패싸움을 해? 너 같은 놈하고 친하게 지낸다 싶었을 때 그러지 말라고 말렸어야 해!"

여자는 진행 요원에게 팔을 잡혀 몸부림치다가 끌려 나갔다. 대국은 중단되고 사람들은 수군수군, 재빠르게 호기심을 공유했다.

"무슨 일이래?"

"저 집 애가 차에 치였나 봐. 뭐 패싸움 중에 도망가다가 그랬다는데. 의식이 돌아오지 않나 봐. 걔가 사하라와 친했다고 저 난리야."

"저 여자, 교회 권사 아닌가? 일요일에 본 적 있는데."

"제 자식이 패싸움 한 걸 왜 남을 탓해? 사고는 안됐지만 극성이네."

"몰라. 뭐…. 비겁한 자식? 애가 아침에 집 나서면서 그런 사람은 되기 싫다, 그런 말을 했다는데. 십대 애들이 다 그렇지."

사람들이 수군거릴 동안, 사하라는 운동화 한 짝을 움켜쥐고 있었다. 곧게 편 등이 자꾸만 무너지려 했다. 손등이 아팠다. 점점 더 견디기 힘들 정도로 욱신거렸다. 이재윤이 누르던 곳을 중심으로 퍼져나간 아픔이 손 전체를 떨리게 했다.

경기가 재개되었다. 상대가 돌을 놓았다. 저거다. 사하라가 기다려온 순간이었다. 돌을 놓아야 할 곳이 환하게 빛나는 듯했다. 하지만 둘 수가 없었다. 손이 너무 떨려서 도저히 돌을 집을 수가 없었다. 사하라는 욱신거리는 손등을 꽉 움켜쥐었다.

"…기권하겠습니다."

이 통증이 벌이라면 무엇에 대한 벌인가.

구겨진 신발은 바둑판 옆에 누군가 벗어놓은 듯 얌전히 놓여 있었다.

*

그때 꼼수 부수기. 그 아저씨 표정이 어땠더라. 기권 선언 후에 누군가의 한숨 소리를 들었던 것도 같다. 그러나 그뿐이다. 상대가 어떤 표정을 지었는지, 대국실의 분위기가 어땠는지는 떠오르지 않는다. 대국실을 나와 이재윤이 실려 간 병원을 찾아갔다. 이재윤을 만날 순 없었다. 수술 중이며, 뇌출혈 상태로 실려 왔기에 회복 가능성이 적다는 게 사하라가 알아낼 수 있던 전부였다.

하루라도 더 그곳에 있었다면, 이재윤의 수술이 어떻게 되었는지 알 수 있었다면 손등의 떨림이 조금은 잦아들었을까.

그날, 집에 돌아오자마자 아빠가 사하라를 붙잡아 트럭에 태웠다. 불법 도박장이 적발되어서 당장 도망가야 한댔다. 사하라가 아무리 반항해도 소용없었다. 트럭은 순식간에 그토록 지키고 싶던 일상에서 사하라를 떼어냈다. 트럭 안에서 사하라는 이재윤의 신발을 끌어안고 울었다.

그날 이후 사하라는 더 이상 바둑을 두지 않았다. 진지하게 누군가를 마주하지도 않았고 어떠한 결심도 하지 않았다. 아무리 노력해도 지킬 수 없다면 차라리 처음부터 원하지 않는 게 나았다. 그러나 이재윤의 신발은 버리지 못했다. 가끔은 마지막 대국을 되짚어 보기도 했다. 그때마다 상대의 표정이 기억조차 나지 않는 게 어쩐지 미안했다.

"이거라면 확실히 기억하지. 흑이 둔 마지막 수. 여기지."

사하라는 빨간색 버튼을 눌렀다. 바둑판에 돌이 놓이는 속도가 고속 재생되었다. Win. 휴대폰으로 힌트 사진이 전송되어 오자, 밖에서 모니터링을 하던 경찰들이 부산해졌다. 예정 시간보다 30분 빠른 종료였다. 안경태가 최고비와 함께 서를 나서는 것을 본 사하라는 본부를 나가려 했다. 폭탄 탐색에 따라가 보자 싶었다. 현장을 보면 무언가 더 알 수 있지 않을까. 의심이 확신이 되거나 혹은 안도가 되거나.

딱. 문손잡이를 당기던 사하라는 컴퓨터에서 나는 소리에 뒤돌아봤다.

봄버

"게임이 끝나지 않았잖아?"

모니터 속, 대국이 수동 모드로 전환되어 있었다. 사하라는 홀린 듯 컴퓨터 앞에 가 앉았다. 마무리 짓지 못했던 마지막 대국을 이어나갈 수 있는 기회였다. 사하라는 마우스를 움켜쥐었다. 손등에 또다시 통증이 밀려왔다. 그러나 덜덜 떨리는 손으로라도 부여잡고 싶었다.

"이거 경기 끝난 거 아닙니까? 녹화 계속해야 합니까?"

경찰이 본부 안으로 들어와 의아한 듯이 물었다. 사하라는 뚫어져라 모니터를 볼 뿐 한마디도 하지 않았다. 한 수, 또 한 수. 경기를 이어나가는 사하라의 모습에, 경찰은 어깨를 으쓱하곤 본부를 나갔다. 한참 후, 사하라의 손 떨림이 멈췄다. 경기 종료다.

"좋은 한 판이었다."

사하라는 크게 기지개를 켰다. 그 순간 기억났다. 박봉곤. 꼼수 부수기의 이름이었다.

7장

　폭발물처리대 요원들이 뛰어 들어오자, 지하철역 대합실에 있던 사람들의 시선이 일제히 쏠렸다. 검은 보호복에 헬멧을 쓴 폭발물 처리반의 등장은 그 자체로 위험 신호였다. 몇몇은 휴대폰을 꺼내 영상을 찍었고 몇몇은 선로 쪽에 바짝 붙어 섰다. 몇몇은 주춤거리다 역 밖으로 나가려 했다. 그러나 역의 출입문은 이미 경찰 통제선으로 막혀 있었다.
　"아니, 내가 여기 있기 싫어서 나간다는데 왜 막아! 당신들이 무슨 권리로!"
　역 밖으로 나가는 것을 저지당한 남자가 소리를 질렀다.
　"대테러 예방 훈련에 협조 부탁합니다."
　"민주주의 국가에서 시민한테 이래도 되냐고!"
　테러팀의 막내, 김순경은 마스크를 쓰고 있어 다행이라 생각했다. 봄버가 선생님 다리를 날려 버릴지도 모르는데 당연히 되지 않을까요. 마스크가 그 말이 입 밖으로 튀어 나가는 걸 막아주었다. 오늘의 작전은 일반에 노출되어서는 안 된다고 단단히 주의를 받은 터였다. 그러나 김순경도, 그 누구도 완전한 비밀 유지가 될 거라 믿지 않았다. 이미 이 현장이 전부 다 SNS에 퍼졌을 거다. 대합실을 막고 사람들을 나가지 못하게 할 순 있어도 온라인으로 퍼져 나가는 소문까지 막을 순 없다. 하물며 봄버다. 2년 전에 전국을 들썩이게 했던 미해결 사건의 재림. 봄버가 만든 사제 폭탄 형태를 유추해 모방 범죄를 일으킨 사례도 한두 건이 아니었다. 커뮤니티 게시판에 상주하던 광신도들은 분명, 아주 작은 실마리에도 봄버가 돌아왔다고 수선을 떨 것이다. 열중과 집착은 한 끗 차이다.

"안경태 경무관님이 특별팀 반장이라니, 이 사건은 이미 끝난 거나 마찬가지야."

옆에 서 있던 동료가 낮게 속삭였다. 김순경은 플랫폼에서 대합실로 올라오는 안경태를 힐끔거렸다. 김순경은 안경태에 대해 잘 알지 못했다.

"왜요?"

"봄버에 대한 집착이 장난 아니거든. 광인이야, 광인. 이번 테러범이 진짜 봄버든 아니든, 그 사람은 봄버가 될 거야. 저 사람 곧 정년이니깐."

김순경은 그게 무슨 소리냐고 물으려다 입을 다물었다. 안경태가 김순경의 앞을 지났다. 근무 중에 잡담은 금지다. 괜히 책을 잡히고 싶진 않았다.

"대상은 이미 대합실을 빠져나간 걸로 확인됐습니다. CCTV 추적 결과 M 오피스텔 쪽으로 향한 걸로 보입니다."

"그 사진만으론 타깃이 송도역인지, 사람인지 확신할 수 없어. 요원 중 절반은 나와 함께 대상을 쫓고, 절반은 이곳에 남아 계속 경계하도록. 서둘러! 앞으로 30분이다. 최고비. 꾸물거리지 마!"

안경태는 큰 보폭으로 대합실을 나가, 주차된 차에 올라탔다. 시동을 거는 손길이 거칠었다. 경찰에 몸담은 지 근 20여 년간 해결하지 못한 사건은 수없이 많았다. 그러나 봄버 사건만큼 굴욕적으로 마무리된 사건은 없었다. 국회의원 선거 기간이었고, 그중 한 후보가 폭발에 휘말렸다. 그때부터 봄버 사건은 정치적 싸움의 장이 되었다. 경찰이 봄버 사건을 빨리 해결하지 않는 것이 특정 정당을 은연중에 지지하기 때문 아니냐며 지지자들이 번갈아가며 시위를 벌였고 위에서는 빠른 사건 종료를 종용했다. 봄버 체포에 실패한 후 쏟아진 질타와 팀의 해체까지 안경태에게 봄버는 일방적인 패배의 흔적이었다. 미디어에서 '천재적인 범죄자, 봄버'라는 타이틀의 특집 방송을 하는 걸 볼 때는 속이 뒤집힐 것 같았다. 범죄자에게 천재라니. 그 역겨운 타이틀을 보면 그때의 굴욕이 되살아났다.

"저기. 사하라 선배가 받은 사진이요. 힌트."

사진에는 지하철역과 '대상자'로 칭해진 한 남자가 찍혀 있었다.

"사람이 힌트인 거면…. 그 사람이 폭탄을 가지고 있는 걸까요?"

안경태는 옆자리에 앉은 최고비에게 눈길을 주지 않고 고개를 끄덕거렸다. 무전이 대상자의 위치를 알렸다. 급하게 차선을 바꾸자 뒤에서 신경질적인 클랙슨이 울렸다.

"그, 그러면 그 사람이 봄버인 거 아니에요? 폭탄 가지고 있는 거면 빼박이잖아요."

"협박당했을 가능성도 배제할 순 없어."

22번지에 있는 M오피스텔 8층 S학원 사무실. 학원 강연하러 간다고 집을 나섰다고 합니다. 안경태는 재빨리 내비게이션을 살펴 샛길을 파악한 뒤 다시 운전대를 돌렸다. 최고비가 짧게 신음하며 운전 벨트를 꽉 움켜쥐었다.

"혹은 봄버의 공범자거나."

"봄버는 단독으로 움직였을 확률이 높다고…. 프로파일러가 그러던데요."

"봄버에게 관심 많나 보군."

"그야…. 범인으로 몰렸었으니깐요."

"난 네 녀석이 어떤 짓을 했는지 이미 다 알아. 내 앞에서까지 내숭 떨 필요 없다."

"이전에 사고 친 건 잘못이지만, 그거 한 번으로 나를…. 어, 저기! 저 사람!"

최고비가 자동차 창문을 열고 외쳤다. 도로 옆, 사진 속 대상자가 건물 안으로 들어가고 있었다. 안경태는 다급히 도로 한쪽에 차를 세웠다.

"내려! 당장 쫓아가!"

안경태와 최고비는 거의 동시에 차에서 뛰어내렸다. 안경태가 무전기를 들고 지원을 요청하는 동안, 최고비가 단숨에 안경태를 앞질러 건물 안으로 뛰어들었다. 안경태도 최고비의 뒤를 따라 건물로 들어갔다. 건물 홀에는 아무도 없었고 8층에 멈춘 엘리베이터는 아무리 버튼을 눌러도 내려오지 않았다.

"야, 너 어디야!"

안경태가 무전기에 대고 외쳤다.

"6층, 계, 계단이요!"

"왜 계단이야?"

"엘리베이터 고장인가 봐요. 안 내려와서…. 시간 얼마나, 헉, 남았어요?"

거친 숨소리와 무전기의 기계음이 뒤섞이다 끊겼다. 남은 시간 5분여. 지원이 오기까지 기다릴 여유는 없었다. 지금으로썬 봄버가 자신이 정한 룰을 충실히 지킬 거라 믿을 수밖에 없다. 최고비가 폭탄을 회수하면 승리하는 룰. 그 규칙대로라면 최고비가 폭탄을 찾아내면 폭탄은 터지지 않는다. 안경태는 비상구 문을 열고 계단을 뛰어 올라갔다. 안경태가 헐떡거리며 8층 비상구의 문을 열자, 최고비가 미친 듯이 한 사무실의 문을 두드리고 있었다. 사무실 문이 열리고 남자가 나왔다. 대상자였다.

"박봉곤!"

최고비가 대상자의 어깨를 붙잡은 것과, 안경태가 대상자의 이름을 외친 것은 거의 동시였다. 다음 순간, 폭발음이 복도를 뒤흔들었다. 안경태는 반사적으로 바닥에 엎드려 귀를 막았다. 매캐한 냄새가 코를 찔렀다.

폭탄이 터졌다.

*

[긴급 속보입니다. 금일 오후, 송도 지식센터에서 폭파 사고로 한 명의 부상자가 발생한 사건을 전해 드렸었는데요. 오후 6시 30분경 송도의 한 건물에서 또다시 폭발이 일어났습니다. 네티즌을 중심으로 이 두 건의 사건이 봄버가 일으킨 연속 폭탄 테러라는 주장이 퍼져 나가고 있습니다. 금일 오전 10시 30분경 이미 한 건의 폭발이 있었다는 증언 때문인데요. 뉴스 폭로의 취재 결과 편의점에서 실제 사건이 있었다고 합니다. 일정한 텀을 두고 폭파를 일으키는 방식은 봄버가 이전 사건에서도 보였던 패턴입니다.]

봄버

[그럼 정말 봄버가 다시 나타난 걸까요? 경찰은 아무런 발표도 하지 않고 있는데요. 무책임하다는 생각을 지울 수 없습니다. 국민의 안전과 관련된 사항이잖아요? 당연히 공개수사로 진행하고 미디어에 충분한 정보를 제공해야 한다고 봅니다.]

[이번에도 경찰이 엉뚱한 사람을 범인으로 몰아 강압 수사를 할지도 모르고 말이죠.]

[그 부분에 대해 증언해 주실 분이 계십니다. 사건 피해자의 여자친구 K씨인데요. K씨의 말로는 경찰이 피해자가 어떤 상황인지 제대로 알려주지 않았다고 합니다. 저희가 독점으로 K씨와의 인터뷰를 준비했습니다.]

부른 배를 손으로 감싼 여자가 화면에 비추어졌다. 안경태는 거칠게 화면 정지 버튼을 눌렀다. 맞은편에 앉아 있던 사하라는 노트북을 끌어와 속보를 전하는 채널을 살폈다. '뉴스 폭로'라는 유사 미디어 채널이었다. 실시간 댓글 창에 '이미 만두 채널에서 다룬 내용 아님? 베끼기 오짐'이란 댓글이 보였다. 만두 채널이 뭔지 몰라도 이런 댓글이 달린 걸 보면, 이미 폭탄 테러에 대한 소문이 퍼질 대로 퍼진 게 분명했다.

"새어나갔네. 이래서 서 앞에 기자들이 몰려와 있었군요."

"미디어가 끼어들면 제대로 굴러갈 일도 어그러져."

"뭐 그렇게까지. SNS로 수배지가 퍼져서 제보 엄청나게 온 경우도 있잖아요. 범인 체포에 네티즌들의 집단지성 발휘, 이런 뉴스 본 적 있어요."

"그런 건 극히 일부야. 게다가 그렇게 묵묵히 제보하는 네티즌과, 말을 얹을 사건을 찾아 헤매며 같잖은 자기 지식을 내보이지 못해 안달 난 네티즌은, 네티즌이란 단어 하나로 묶기

미안할 정도로 다르지."

"그다지 다르지 않을 수도 있는데."

"헛소리 말고 이거나 설명해."

안경태는 탁자에 편지 뭉텅이를 던졌다.

"원한 산 사람 없다며? 이건 뭐야?"

"집 뒤진 거예요? 용의자도 아닌 참고인 방을? 와, 강압 수사."

"닥쳐. 당장 용의자 되고 싶지 않으면."

사하라는 편지 뭉텅이를 한 손에 쥐고 종이 아래쪽을 파르륵 넘겼다. 두 발로 선 개가 느릿하게 걸었다.

"용의자는 아무래도 억지죠. 제가 그런 일을 일으킬 이유가 없잖아요. 게다가 내내 서에 있었는데 폭탄을 어떻게 터뜨려요?"

"억지라고? 과연 그럴까?"

안경태가 탁자에 놓인 파일에서 사진을 꺼내 사하라에게 내보였다.

"김성빈. 첫 번째 피해자. 본 적 있지?"

"아뇨. 모르는 사람인데."

"김성빈 애인의 증언은 다르던데. 그 여자는 사하라 네 이름을 듣자마자 아는 척을 했어. 김성빈이 가끔 네 이야기를 했다던데. 이전에 자기 동네에 유명인 있었다고."

"제 이야기를요? 진짜 모르는 사람인데."

"김성빈이 고등학교 때 동네 중고등학생들 돈을 빼앗는 일진 짓을 했다더군. 그때 김성빈에게 은행 취급당했던 상대가 있는데, 사하라와 친해진 이후 기고만장해졌다. 그래서 혼을 좀 내주려다가 사고가 나서 골치가 아팠다. 이런 이야기였어."

"사고요?"

편지를 넘기던 손이 멈췄다.

"상대가 도망치다가 차에 치였다더군."

개도 걷기를 멈췄다. 사하라는 손을 번쩍 든 개 그림을 지긋이 노려보았다. 편지에 발신 주소가 쓰여 있지 않아도 역추적하면 보낸 곳을 특정할 수 있어. 링크가 전송되어 온 것도 역추적 중이니, 봄버가 잡히는 건 시간문제야. 이런 편지를 받았는데도 말하지 않은 건, 너도 이게 뭔가 이번 사건과 연관이 있다고 생각해서일 거 아냐. 털어놓으면…. 안경태의 말이 귓바퀴를 타고 흘러내렸다.

"반장님. 사람 한 명 찾아주실래요?"

"사람? 이 편지를 보낸 사람인가?"

"글쎄요. 그게 가능한지는 반장님이 직접 확인하세요."

사하라는 쪽지에 한 글자씩 이름 석 자를 꾹꾹 눌러 적었다.

"김성빈. 그 사람은 괜찮아요?"

"의식 돌아왔고 생명엔 지장 없다더군."

"두 번째 피해자는요?"

"첫 번째보다 폭발이 작아서 어깨부터 목까지 이어지는 화상으로 끝날 것 같아. 그렇지만 파편이 목 안에 박혔을 위험이 있어서 정밀검사를 받아야 한다더군. 여기, 이 부분을 베였더라고."

안경태가 자기 목 안쪽을 꾹 눌렀다.

"여기에 외경동맥이 있지. 여길 다치면 머리랑 혈관에 혈액 공급이 제대로 안 돼."

죽은 사람은 없다. 사하라는 손에 쥔 볼펜의 밀대를 연속으로 눌렀다. 탁. 탁. 스프링 튕기는 소리가 이어졌다.

"게임, 한 판이라도 이기면 범인이 자기가 있는 곳을 알려 준다고 했잖아요. 그 경우엔 자수한 게 되나요?"

"뭐…? 음. 수사 과정에서 자수한 건 맞지만 게임의 조건으로 걸었단 점에서 뉘우침의 정상참작은 없다고 봐야겠지. 변호사가 어떻게 나오느냐에 따라 결과가 좀 달라질 수도 있겠지만."

앞으로 남은 게임은 한 판. 게임에서 이겨도 시간 내에 폭탄을 회수하지 못하면 진 것이 된다. 그렇다면…. 볼펜 소리가 멈췄다. 사하라는 쪽지를 반으로 접어 안경태에게 건네며 자리에서 일어났다.

"두 번째 피해자 인적 사항은 파악됐어요?"

확인하는 것이 두렵지만, 확인해야만 했다.

"박봉곤."

왜 그 이름이 여기서 나오는 건데. 사하라는 아랫입술을 잘근잘근 깨물며 본부 옆 휴게실로 향했다. 다음 게임이 시작되기 전에 조금이라도 쉬어야 했다. 담배 냄새 찌든 소파에 드러누워 눈을 감았다.

'김성빈. 아마 이재윤을 둘러싸고 있던 패거리 중 한 명일 거야. 하지만 박봉곤은 왜?'

설마. 이재윤이 그날 길 너머에 서 있던 자신을 본 걸까. 대국 때문에 모른 척 뒤돌아섰던 것을 알았던 건 아닐까. 그날 이후 몇 번이고 떠올렸던 가능성이 가슴을 옥죄어 왔다.

'박봉곤이 역에 있는 모습을 실시간으로 찍어서 전송했다는 건, 박봉곤 근처에 있었다는 거겠지. 그러니까 걸을 수도 있고, 제대로 활동할 수도 있다는…. 그런 상태란 거잖아.'

물론 아닐 수도 있다. 드론을 조작해서 찍었을 수도 있고 지하철역의 CCTV를 해킹했을 수도 있다. 그럼에도 옛날 형사 드라마처럼 속 주인공처럼 박봉곤을 미행하는 모습을 상상한 건 그렇기를 바라기 때문이었다. 사하라는 옆으로 돌아누워 새우처럼 몸을 웅크렸다. 얼마간 눈을 감고 있었을까. 휴게실 문 열리는 소리에 눈을 떴다.

"선배. 어디 아파요?"

소파 끝에 걸터앉은 최고비의 오른쪽 손에 붕대가 감겨 있었다.

"아픈 건 너 같은데. 들었어. 바로 앞에서 터졌다며."

"조금만 더 빨랐으면 회수할 수 있었을 텐데, 아까웠어요."

"많이 다쳤냐?"

사하라는 일어나 앉아 최고비의 손을 살폈다. 손바닥 안쪽을 중점으로 드레싱이 되어 있었다. 최고비는 붕대를 감은 손을 이리저리 움직여 보였다.

"보기에만 요란하지 멀쩡해요. 휴대폰 액정 터치를 왼손으로 해야 하는 게 불편하지만요. 봤어요? SNS에 선배 이야기 엄청 올라왔어요."

"나? 내가 왜?"

"이 채널이요. 어떻게 알았는지 지금 우리 상황을 거의 다 때려 맞추고 있어요. 봄버가 팀을 둬서 폭파 예고를 했고, 누군가 봄버가 내건 게임을 플레이하고 있다고. 자세한 내용까지 다 맞진 않는데."

최고비의 휴대폰 액정에는 커다란 만두를 얼굴 대신 달고, 버스 안내 방송처럼 일정한 톤으로 말하는 버추얼 캐릭터가 떠 있었다. 뉴스 폭로 채널의 댓글에서 언급되었던 '만두 채널'이라는 걸 쉽게 짐작할 수 있었다.

[편의점 폭발이 일어난 후에 경찰서로 들어간 사람 중 추측하자면 플레이어는 사하라, 이 사람이 유력합니다.]

영상 아래에 수백 개의 댓글이 달려 있었다. 나 얘 알아. 예전에 바둑 천재라고 불렸던 애 아냐? 초딩 때 방송 봤음. 승급 경기에서 다 이겼는데 갑자기 기권하고 사라졌다더라. 영상은 SNS를 통해 빠르게 퍼지고 있었다.

"이 유튜버가 봄버와 관련이 있는 것 같다고, 경찰에서 추적한대요."

"이래서 기자들이 더 혈안이 된 거군. 특종을 저 유튜버에게 빼앗겼다고 여길 만해. 차라리 경찰이 정보 공개하면 나눠 먹기라도 할 테니깐."

[사하라는 바둑계를 떠났다고 해요. 불합리한 승급 제도에 저항하기 위해 그런 게 아니냐는 추측이 있어요. 기존 시스템에 반기를 들었던 천재! 경찰도 잡지 못한 천재 범죄자 봄버! 이 두 사람의 대결이 어떻게 마무리될지 정말 기대됩니다.]

네트워크 속에서 사하라는 재조립되고 있었다. 확인되지 않은 수많은 억측과 소문들로 조립된 사하라는, 진짜 사하라와는 별개의 존재였다.

"제멋대로 서사 만들기 끝내주네."

사하라는 쓴웃음을 짓자, 최고비가 눈을 둥그렇게 떴다.

"왜요. 선배가 대단한 건 맞잖아요."

"내가? 난 저 만두가 말한 것 같은 천재도 아니고, 시스템에 반기를 들 만큼 용기가 있지도 않아. 되는 대로 굴러가게 놔둔 것뿐이야."

"하지만 선배. 나는 선배한테 구원받았는걸요."

갑작스러운 최고비의 말에, 사하라는 눈을 껌뻑거렸다. 농담으로 듣기엔 최고비의 표정이 너무 진지했다.

"내가 오지랖을 부리고 다닐 땐가? 기억 못 해서 미안하다."

"괜찮아요. 중요한 건 지금부터니깐."
최고비가 수줍게 웃으며 사하라를 응시했다.

*

"탐색을 나간 후에도 게임을 계속했다고?"
안경태는 녹화된 모니터링 화면을 재생했다.
"보시게요? 지금 당장 청장님 하고 통화 연결하셔야 합니다."
"잠깐 확인만 하게."
말과는 다르게, 안경태는 한참이나 화면에서 눈을 떼지 못했다.
"미친. 이런 경기를."
홀린 듯이 대국을 보던 안경태의 감탄에, 옆에 서 있던 경찰이 고개를 갸웃거렸다.
"이게 뭐 대단한 건가요?"
"대단하지. 꼼수로 상대를 집중하게 하고, 여기. 이쪽 중앙에 놓은 돌 이게 무대포 같잖아. 이 무대포가 사실은 노림수였던 거지."
"무슨 말인지 통. 바둑은 잘 모릅니다."
"그러니깐, 함정수사 같은 거야. 끈끈이 식물을 함정으로 두고 거기에 몰려들었을 때 뒤통수쳐서 일망타진! 이런 거."
경찰은 그제야 고개를 끄덕거렸다.
"뒤통수치는 거 힘들죠."
"힘들지. 자칫하면 다 잡히는 수야. 저건."
"AI가 저런 수를 잘 못 읽는 걸까요?"
"그렇다기보다는…."
안경태는 바둑판에 놓인 돌을 눈으로 더듬었다.

"상대가 상당히 정수만 두는군. 정수 위주로 데이터가 입력된 거겠지. 왜인지 몰라도 이런 수 위주로만 학습하도록 설정했을 확률이 높아."

경찰은 심드렁하니 "그렇군요"라고 맞장구를 쳤다. 그는 바둑도 AI도 전혀 몰랐다. 대한민국에서 바둑을 두는 사람은 전체 인구의 15퍼센트뿐이다. 85퍼센트의 다수에 속하는 그는 안경태의 열기를 이해할 수 없었다.

"인정하긴 싫지만."

안경태는 모니터에서 시선을 떼며 중얼거렸다.

"이놈은 천재긴 천재야."

- 만두 채널 봤음? 봄버가 곧 무작위 폭탄 테러를 예고할 가능성이 있다는데? 그 전에 경찰이 기자 회견할 거라는 예상도 했음.

만두 채널을 믿냐? 갑자기 나타난 듣보잡 버튜버를?
  └ 만두 채널이 편의점 CCTV 영상 최초 입수자임. 만두 아니었으면 경찰이 구라 깐 거 다 묻혔음.
  └ 그 뒤에 폭파 예정 시간도 다 맞춤. 경찰 관계자일 가능성이 높지.
  └ 걍 찍은 거 아님? 구독자 수 늘리려고. 하루 만에 구독자 4만이 말이 됨?
- 커뮤니티에 올라온 사진. 손에 붕대 감고 경찰로 들어가는 거 최고비 아님? 2년 전에 강압 수사 받은 사람.
  └ 최고비 맞음. 그때 신상 다 털렸잖아. 만두 예측으론 최고비가 사하라와 한 팀으로 경찰에 협력하고 있다던데. 진짜면 엄청 착하네.
  └ 나 같으면 죽어도 협력 안 할 듯.

봄버

- ㄴ 최고비 쟤 나랑 같은 로봇 고등학교 다녔음. 머리 엄청 좋았어. 전국 기능 경기 메커트로닉스 분야 금메달 땄음.
- ㄴ 존멋. 천재네. 폭탄 해체 협조하는 건가?
- ㄴ 그럴지도. 하드웨어 관련 조언이라던가.
- 커뮤니티에 사하라 관련 새로운 소식 떴는데?
- ㄴ 봤음. 소름. 진짜일까?
- ㄴ 말이 안 되지 않아? 사하라가 봄버의 공범이면 굳이 경찰서에 협력할 이유가 있음?
- ㄴ 왜 말이 안 됨? 내가 봐도 사하라가 경찰에 협력하고 있는 게 더 이상해.
- ㄴ 맞는 말임. 커뮤니티 예측 글처럼 봄버가 사하라를 지정한 거면, 둘이 뭔가 관계가 있다고 봐야지.
- 사하라 믿어도 되는 거임?
- 내 말이. 사하라가 봄버랑 무슨 게임을 하는지 공개로 진행해야 한다고 봐.
- 맞아. 봄버 다음 타깃이 내가 될지 어떻게 알아? 게임 공개 공개 청원 가자!
- 청원보다 전화 테러가 직빵임. 담당 경찰서 번호 뿌린다.
- 직접 가는 게 최고야. 항의 시위 파티원 구함.

8장

　폭죽. 폭발하는 그 찬란한 색과 소리.
　조부모의 사망 이후 나는 폭탄에 열중하게 되었습니다. 부모님 집으로 돌아와 무감해진 일상을 채워준 건 조부모와 마지막으로 봤던 폭죽의 기억뿐이었죠. 하지만 실험할 곳이 없었습니다. 실험은커녕 시판 폭죽을 마음껏 터뜨릴 수도 없었죠. 아버지는 장례식이 끝나고 얼마 지나지 않아 조부모의 집을 팔았습니다. 할아버지가 집을 내게 물려주겠다고 유서에 적었다는 건, 나중에야 알았죠.
　그나마 다행인 건 부모가 이전처럼 나와 형을 비교하거나 덜 떨어진 아이 취급을 하지 않았단 겁니다. 떨어져 자란 자식이 애틋하다거나 그런 이유는 아니었습니다. 비교의 원인이 사라졌을 뿐입니다. 영재 소리를 듣던 형은 영재 고등학교 입학에 실패했습니다. 영재가 범인이 된 거죠. 반면 나는 각종 과학 대회에서 상을 받았습니다. 천재라 자랑하던 아들의 실패를 덮기엔 미약했으나 아예 없는 것보단 나은 둘째가 된 거죠. 게임으로 치면 메인 캐릭터 육성에 망했는데 내버려뒀던 서브 캐릭터가 의외로

봄버

쓸 만해졌다고나 할까요.

    어머니는 본캐에 대한 실망감이 아버지보다 컸던 듯, 은근슬쩍 본캐와 부캐를 바꿔치기하려고 들었습니다. 일요일에 함께 교회에 가자고 권하더니 나를 '우리 아들'이라고 부르기 시작했습니다. 그 호칭이 너무 싫었습니다. 그 말을 피해 근처 동네 이곳저곳을 돌아다니게 되었죠. 집에서 서너 정거장 떨어진 곳까지 갔습니다. 외벽 페인트칠이 벗겨진 고만고만한 높이의 건물들이 다닥다닥 붙어 있는 골목 사이를 헤집고 다니다가, 그 건물 중 옥상 문을 잠그지 않은 곳들이 꽤 있다는 걸 알게 되었습니다. 아파트나 학교 옥상은 늘 잠겨 있었거든요. 저런 곳이라면 몰래 실험할 수 있지 않을까 싶었습니다. 트럭에서 확성기를 외치는 소리나 오토바이 소리 등으로 골목은 언제나 시끄러우니, 실험할 때 나는 작은 폭발음 정도는 아무도 신경 쓰지 않을 것 같았습니다. 몇 상가 건물을 살펴 후보를 정했죠. 그중 기원이 있는 건물 옥상을 아지트로 정한 건 그 소리가 그리웠기 때문입니다. 할머니의 손끝에서 울리던 바둑돌 놓는 소리. 작은데도 마음에 와닿던 유일한 소리. 옥상에 올라가기 전, 기원 앞에 잠깐 멈춰 서서 들릴 리 없는 소리에 귀를 기울이곤 했습니다.

    옥상으로 조금씩 실험 도구를 옮겼습니다. 학교가 끝나고, 혹은 학교에 가지 않고 내내 옥상에 머물기도 했죠. 실험하다가 가끔 공책에 낙서하고, 편의점에서 사 온 삼각김밥을 먹었습니다. 캠핑용 자가 발전기 덕을 크게 봤죠. 처음엔 폭죽을 만들다가 곧 폭탄으로 넘어갔습니다. 걸을 수 있게 되면 뛰고 싶어지게 마련이잖아요.

    폭탄은 일단 그 구조가 아름답습니다. 뇌관을 중심으로 응축된 내부는 외관이 아무리 초라해도 그 자체로 완벽하지요. 폭탄을 만들면서 초라한 몸뚱이에 갇힌 나의 뇌관을 누군가 발견해 주지 않을까 상상했습니다. 나의 천재성을 알아봐 주고, 안에 틀어박힌 열정을 끌어내 줄 사람. 무감의 세계에서 구해줄 누군가. 그런 사람이 있다면, 그는 분명 나의 신일 거라고.

그날은 그런 날이었습니다. 그래요. 그런 날. 모든 게 엉망인 날. 학교를 자주 빠졌더니 집으로 연락이 갔습니다. 어머니가 학교에 왔고, 온 김에 상담한다며 담임에게 영재고에 보낼 거라고 했죠. 담임은 어이없다는 듯이 "영재고요?"라고 되물었습니다. "과학 잘하잖아요. 상장도 받았고." 어머니도 알았을 겁니다. 내 성적으로 영재고 진학은 턱없이 무리라는 걸. 어머니는 정말로 나를 게임 속 캐릭터로 여겼던 건지도 모릅니다. 원하기만 하면 본캐와 부캐의 경험치를 교환할 수 있다고 말입니다. 하지만 그런 일이 가능할 리가 없잖아요. 담임은 한숨을 쉬더니 "상 몇 개 받는다고 천재인 줄 알면 큰일납니다"라고 말했죠. 어머니는 상담을 마치고 나와서는 내 얼굴을 빤히 보다 한숨을 쉬었습니다. "가자. 우리 아들." 나는 소리를 지르고 싶었습니다. 나를 그렇게 부르지 말라고. 내게 감히 천재가 아니란 말을 하지 말라고. 그러나 묵묵히 어머니의 뒤를 따라 걷는 것 말곤 무엇도 하지 못했습니다.

나는 천재여야만 했습니다. 할아버지가 나를 천재라고 했으니까요. 할아버지가 가르쳐 준 것들은, 다른 누구에게서 배울 수 없던 특별한 것이었습니다. 내가 천재여야, 할아버지가 천재의 스승이 됩니다. 할아버지에겐 별 재주가 없다며 무시하던 아버지가 틀렸다는 걸 증명할 수 있습니다. 아버지는 그토록 좋아하는 '재능 있는 자'조차 알아보지 못하는 사람임을 알려주고 싶었습니다. 그것이, 할아버지의 집을 팔아버린 아버지에게 할 수 있는 유일한 복수라 생각했습니다. 그러나 누구도 나를 천재로 인정하지 않았죠.
 재능은 뭘까요. 천재는 뭘까요.
 재능(才能)의 한자를 풀면 '근본적으로 능하다'라는 뜻입니다. 영어로 재능을 뜻하는 Talent의 어원은 화폐 단위인 탈란톤(talanton)이었다고 하지요. 그게 재능을 의미하는 단어가 된 건 성경 마태복음에서 하인에게 돈을 맡긴 상인의 이야기에서 비롯되었습니다. 상인은 세 명의 하인에게 각각 5탈란톤, 2탈란톤, 1탈란톤을 맡겼죠. 그리곤 긴 여행을 떠납니다. 여행에서 돌아오니 두 명의 하인은 상인이 맡긴 돈으로 장사를 해서 돈을 두 배로 불려놓았습니다. 하지만 1탈란톤을 받은 하인은 혹시 손해를 보면 상인이 화를 낼까 봐, 돈을 그대로 땅에 묻어 두었습니다. 상인은 그 하인의 1탈란톤을 빼앗아 10탈란톤을 번 하인에게 주었습니다. 그때부터 탈란톤은 '각자에게 주어진 재능'을 뜻하게 된 거죠. 그러니깐 결국 재능은 돈과 연결됩니다.
 천재는 다릅니다. 한자로 풀면 하늘에서 내린 재능입니다. 인간의 영역이 아닌 거지요. 영어인 Genius도 사람을 지켜보는 수호신에서 유래했지요. 신이 준 능력. 따라서 천재의 능력은 반드시 돈이 연관되지 않습니다. 신에게 세속의 돈이란 별 쓸모없는 것이니까요.
 사전을 들여다보다 깨달았습니다. 아버지가 바라는 재능 있는 자와 천재는 다르다는걸. 아버지가 좋아하는 건 현실에서 인정받아 돈을 벌 수 있는 능력이 있는 사람이지만, 천재는 현실에서 인정받지 못할 수도 있단 겁니다. 천재는 신이 내린 존재니깐요. 인간 사회가 그 천재를 알아보지 못할 가능성은 아주 높죠. 더욱이 아버지처럼 신을 믿지 않는 사람은 아마 영원히 알아볼 수 없을 겁니다.

천재를 확실하게 알아보는 건 신뿐입니다.

그리고 그 옥상에서 나는 드디어 만났습니다. 나를 알아봐 주는 유일한 존재.

나의 신을.

*

신은 갑자기 나타났습니다.

그의 존재를 몰랐던 건 아닙니다. 가끔 그가 옥상 난간에 앉아 빵을 먹는 걸 봤습니다. 스케치북 크기의 휴대용 바둑판을 놓고 앉아, 혼자 바둑을 두는 것도 봤죠. 그는 옥상에 올라오면 늘 난간 쪽으로 직행했기에, 옥상 한가운데 설치된 물탱크 뒤에 앉은 나를 눈치채지 못하는 듯했습니다. 처음엔 나만의 아지트를 침범당한 듯해 짜증이 났지만, 바둑돌 놓는 소리가 마음에 들어 점차 그와 공간을 공유하는 것에 익숙해졌습니다.

"너 뭐 하냐?"

그가 내게 말을 건 건, 아세틸렌 양을 잘못 투입해 시커먼 연기가 피어오르던 때였습니다. 나는 연소에 실패한 호박 모양 플라스틱 통을 끌어안고 그를 봤습니다. 물탱크를 중점으로 나와 그의 영역이 보이지 않는 막으로 가로막혀 있다고 생각했기에, 그가 내게 말을 걸 거라 여긴 적이 없었습니다. 꼭 그가 시공간을 뛰어넘어 나타난 듯 느껴졌죠. 그래요. 그야말로 강림한 것처럼.

"어…. 실험."

"그건 알아. 매일 그렇게 요란한 소리가 나는데 모를 리가. 지금은 뭐 하는 건데?"

봄버

"아세틸렌을 이 플라스틱 통 안에 넣어서 폭파하는 실험."

"아세틸렌이 뭐야?"

그가 내 옆에 앉았습니다. 그에게 네가 천재라 불리는 걸 안다고, 아버지가 네가 나온 방송을 봤다고, 그 방송 속 네 얼굴은 옥상에서 본 것과 무척 달랐다고 말하려다가 그만뒀습니다.

"음, 그러니깐…. 탄화칼슘은 칼슘 이온하고 탄화물 이온으로 구성되거든. 탄화물 이온은 두 개의 탄소가 결합되어 있고. 이 탄소 원자가 물의 수소 원자와 결합되면 탄화수소가 나와. 아세틸렌은 그 탄화수소의 일종."

"좀 쉽게 설명해 줘."

"그러니깐, 아세틸렌이란 기체가 불이 엄청 잘 붙어. 그걸 이 통 안에 채우고 뇌관에 불을 붙이면 터져. 플라스틱 통 안에서. 기체량에 따라 폭파의 위력이 얼마나 달라지나 실험 중이었어."

"그러면 방금 게 터지지 않은 건 실패가 아니라 실험의 과정이구나. 검은 연기를 본 건 처음이라 혹시 뭐 문제 생겼나 신경 쓰였어."

"그…. 소리 많이 시끄러워?"

"안 시끄럽겠냐? 건물 아래까지 들려."

나는 삼각 플라스크와 연결된 호스를 만지작거렸습니다. 그때까지 또래와 길게 대화를 나눠 본 적이 별로 없었습니다. 그래서인지 자꾸만 손바닥에 땀이 배어 나왔습니다.

"예전에…. 90년대에는 광부들이 아세틸렌을 사용해서 램프에 불을 붙였어. 램프 안에 탄화칼슘 조각을 넣고, 밸브를 조절해서 물방울을 조금씩 떨어뜨리는 거야. 그럼 아세틸렌이 발생해서 불이 붙어."

"별걸 다 아네."

망했다. 그의 반응에 그 한마디가 머릿속을 가득 채웠죠. 반 애들도 툭하면 그랬거든요. 나와 두세 마디를 주고받다가 별걸 다 아네, 라고 중얼거리곤 두 번 다시 내게 말을 걸지 않았습니다.

"대단하네. 너 머리 좋구나."

그러나 그는 달랐습니다.

"반 애들은 다 찐따라고 하던데. 나한테."

"나도 그래. 나도 찐따란 말 들어."

그가 킬킬 웃었습니다.

"찐따랑 천재는 돌 하나 차이야. 어차피 찐따가 될 거면 천재적인 찐따가 되는 것도 나쁘지 않지."

"뭐야. 그게."

나도 웃었습니다. 장례식 이후 한 번도 웃은 적이 없었는데, 이상하게 웃음이 나왔습니다. 그가 나를 인정해 주었으니까요. 천재라고 불리는 그가. 당장이라도 할아버지에게 달려가 알리고 싶었습니다.

신이에요. 나의 신이 나타났어요. 할아버지.

그러나 불가능했죠. 나의 기쁨을 할아버지와 공유할 수 없단 것이 슬펐습니다. 그때만큼 할아버지의 죽음을 절감한 적이 없을 겁니다. 울컥 눈물이 솟아올라서 고개를 숙였죠.

"주변 사람들이 여기 옥상에서 자꾸 시끄러운 소리 난다고 경찰에 신고했데. 귀찮은 잔소리 듣기 싫으면 여기서 실험 그만하는 게 좋을 거야."

그와의 대화는 그게 마지막이었습니다. 다음 날 옥상에 경찰이 찾아와, 더 이상 그곳에 머물지 못하게 되었습니다. 그래도 나는 매일 건물에 가서, 그가 난간에 앉아 있는 것을 올려다봤습니다. 나의 신이 저기에 있다. 그것만으로 가슴이 뿌듯하게 차올랐습니다. 그런 만큼, 그가 때때로 누군가와 함께 앉아 있는 것이 싫었습니다. 그의 옆자리는 나의 것이어야 했습니다. 그의 옆자리를 차지한 사람에 대한 맹렬한 미움이 마음속에서 타올랐습니다. 그것은 처음 느껴보는 감정이었습니다. 아아. 역시 당신은 나의 신. 둔탁한 우물 아래 파묻혀 있던 감정이 끌어올려진 건 상대가 그였기 때문일 것입니다.

그때부터 나는 그를 조사했습니다. 기사를 스크랩하고 대국도 봤죠. 그가 명성을 얻는 만큼, 나도 무언가 대단한 것을 이루어내고 싶었습니다. 나를 알아봐 준 그에게 내가 이런 것도 해냈다고 자랑하고 싶었죠. 그의 옆자리를 차지한 사람에 대해서도 약간은 조사했습니다. 별거 없는 평범한 사람이었죠. 평범함에서 벗어나려 노력조차 하지 않는 안이함이 짜증나는 그런 사람이었습니다.

나는 노력했습니다. 그와 나란히 난간에 앉아 아래를 내려다 볼 자격을 얻고 싶었습니다. 화학 올림피아드에 나가려고 문제집을 샀고 학원도 등록했죠. 하지만 수업을 따라가지 못했습니다. 학원 선생님도, 학교 선생님과 똑같은 말을 하더군요. "넌 이해력 유무를 떠나서 남의 말을 듣지 않는 것 같구나." 반쯤은 맞습니다. 선생님의 목소리가 와닿지를 않았거든요. 나의 무감한 세계를 파고들 만큼 그들의 목소리엔 위력이 없었습니다. 그럴수록 나는 더욱 더 폭탄 연구에 힘을 쏟았습니다. 나의 신이 나를 인정해 준 분야에서 최고가 되고 싶었습니다. 그도 그것을 바랄 게 분명했죠.

어떻게 확신하냐고요? 그야 나와 그는 공명하니깐요.

그렇기에 나는 되돌려야 합니다.

나타났을 때처럼 갑자기 사라진 그를 다시 내게 오게 만들어야 합니다. 그의 명성을 되찾아야 합니다. 그는 나의 신이고, 신이 없는 인간은 죽은 것이나 마찬가지입니다.

봄버

9장

 봄버 사건이 공개수사로 전환되었다. 총장과의 전화 면담을 마치고, 그 사실을 공표하는 안경태는 내내 굳은 표정이었다. 표면적인 이유는 이 이상 잘못된 정보가 확산되는 걸 막아야 한다는 것이었으나, 그 이면에는 얼마 전 경찰 조사 중 일어난 성희롱 사건으로 인해 불거진 경찰 수사의 폐쇄성에 대한 비판을 희석하려는 의도가 숨어 있었다. 빠르게 기자회견 자리가 마련되었다. 서 앞에 진을 치고 있던 기자들이 회견실 안에 빽빽하게 들어앉았다. 그중에는 2년 전 봄버 사건을 취재했던 기자도 있었다. 당시 미디어에 비협조적이던 안경태와 몸싸움까지 벌였던 기자였다.
 브리핑은 기세다. 이 브리핑에서 제공하는 정보만이 진실이라 믿게 만들어야 한다. 안경태는 서에 편지가 도착했고 경찰은 즉각 대응에 나섰으며, 현재 테러 용의자를 추적 중에 있다는 내용의 글을 무미건조하게 읽었다.
 "피해자들은 모두 송도 이외 지역 거주자입니다. 첫 번째 피해자는 면접 연락을 받고 왔지만 해당 회사에서는 연락한 적 없다는 사실이 확인되었습니다. 두 번째 피해자도 강의 요청을 받고 해당 건물에 방문했지만, 그 역시 거짓으로 판명되었습니다. 테러 용의자가 두 사람을 송도에 불러내기 위해 꾸민 일로 보입니다. 즉 이번 사건은 무차별 테러가 아닌, 특정인을 대상으로 한 범죄입니다. 때문에 일반 시민분들에게 위해가 갈 가능성이 적습니다. 물론!"

안경태는 물론, 이란 구절에 이르러 억양에 힘을 줬다.

"물론 우리 경찰은 모든 가능성을 열어놓고 용의자 체포에 전력으로 임하고 있습니다."

브리핑이 끝나자마자 기자들 사이에서 질문이 터져 나왔다.

"그럼 첫 번째, 두 번째 피해자와 공통으로 관련된 사람을 용의자로 보십니까? 특정되었나요? 이전 봄버 사건과 동일범이라 보십니까?"

"시민에게 협력를 얻고 있다고 들었습니다. 구체적으로 어떤 형태입니까? SNS에서는 봄버가 게임을 제안했다고 하던데요. 협력자인 시민의 신분은 확실한 겁니까?"

"그 게임을 공개하지 않는 게 대중의 불안을 부추기고 있다고 보지 않습니까?"

답할 수 없습니다. 그 부분은 수사가 진전되면 말씀드리겠습니다. 공식 정보 이외의 루머가 확산되지 않도록 협조 부탁합니다. 앵무새처럼 정해진 멘트를 반복하는 안경태의 목소리에 다시 억양이 사라졌다.

"실제로 봄버가 폭탄 테러 대상을 무작위로 넓힐 경우 대비책은 있습니까?"

몸싸움을 벌였던 기자의 질문은, 경찰이 상황 대비를 못하는 건 아니냐는 빈정거림에 진배없었다. 안경태는 손마디를 두둑 꺾었다.

"현재까지는 모두 대상이 특정된 범죄 예고였습니다. 초반에 룰을 전달해 온 만큼 갑자기 변경할 가능성은 적다고 봅니다."

안경태의 말이 끝나기도 전에 기자들 사이에 웅성거림이 일었다.

"그럼 이만 브리핑 종료합니다."

순간 웅성거림이 더 커졌다. 기자들은 너나 할 것 없이 휴대폰을 꺼내 들었다. 부하 직원이 사색이 되어 단에 선 안경태에게 달려왔다.

"반장님. 이것 좀 보십시오."

휴대폰 액정 속, 붉은색으로 '봄버, 무차별 테러 예고?'라는 자막이 쓰여 있었다. 만두 버튜버가 자막 옆에 서서 입을 뻥긋거렸다.

[방금 입수한 소식! 이번 폭파는 세 군데 무작위 폭파를 예고했다고 합니다. 이제까지 한 건의 폭파도 막아내지 못한 경찰이, 이번엔 막아낼 수 있을까요? 무차별 테러의 희생양이 될 수도 있는 시민들의 불안은 점점 높아지겠네요. 경찰을 마음대로 갖고 노는 이 실력, 아무래도 이번 테러 역시 천재인 봄버의 소행 같네요.]

곳곳에서 재생한 버튜버의 목소리가 회견실에 몇 겹씩 겹쳐 메아리쳤다. 안경태는 인상을 쓰며 휴대폰을 밀어냈다.

"이런 찌라시가 어떻다는 거야?"

"그게, 찌라시가 아닙니다."

부하 직원이 목소리를 낮춰 답했다.

"정말로 사하라 씨의 휴대폰으로 봄버의 메시지가 왔습니다. 저 채널에서 말하는 것과 같은 내용입니다. 마지막 게임은 무작위 폭파로 하겠다고요."

안경태의 손마디가 금방이라도 끊어질 듯 난폭한 소리를 냈다.

*

이번 봄버 사건 사하라 쎄한 점 알려준다.
202*.**.** 조회274,656

    지금 봄버 사건에 협력하고 있는 걸로 예상되는 사하라 말이야. 너네가 보기에 진짜 좋은 사람 같냐? 내가 보기엔 이상한 점이 한두 군데가 아닌데 다들 칭찬만 하는 게 너무 이상해.
    최고비야 이전에 봄버 때문에 용의자로 몰린 적도 있고 경찰이 최고비 이력도 다 아니깐, 협력 요청했을 수도 있다고 보거든. 무슨 올림피아드에서 수상 경력도 있고 같은 학교 다녔다는 사람들 말 들어보면 애야말로 천재 같거든. 하지만 사하라는? 경찰이 굳이 사하라에게 협조 요청할 이유가 없잖아. 게임 때문에 바둑 기사가 필요했던 거면 현직 기사도 얼마든지 많잖아. 게다가 최고비야 이전에 한 번 탈탈 털렸으니깐 사진 한 장으로 누군지 알아보는 사람 많은 거 말이 되지만, 사하라는? 중학교 때 텔레비전 한 번 나온 거 치고 너무 빨리 신상 털리지 않았냐? 그것도 다 선플로만. 누가 댓글부대 풀었나 의심스러울 정도잖아.
    근데 내가 경찰에 아는 사람이 좀 있단 말이지. 그래서 알아냈는데 다들, 이제까지 첫 번째 두 번째 폭파 피해자랑 사하라랑 옛날에 알고 지내던 사이란 거 모르지? 첫 번째 피해자인 K는 사하라와 같은 동네 살았고 두 번째 피해자인 B는 사하라와 마지막 대국 함께 했던 상대임. K가 꽤 유명한 양아치였는데 사하라 친구도 꽤 괴롭혔다고 하더라. 이건 K가 예전에 인방에서 자기가 유명인 안다고 떠들었던 부분 보면 나와. 그러니깐 둘 다 사하라가 원한 가질 만하지 않아?

여기부턴 진짜 알짜배기 정보임. B가 괴롭혔던 사하라 친구가 L이라고, 걔가 지금도 꽤 알아주는 공업 고등학교 다녔다더라. 교통사고로 의식불명이었는데 몇 년 전에 병원 퇴원했데. 고로 지금은 제정신일 수 있다는 거지. 그림 딱 나오지 않냐?

내가 알아낸 건 여기까지. 마음 같아서는 L의 집에 찾아가서 진실을 캐보고 싶은데 지금 그럴 수 있는 상황이 안 된단 말이지. 그래서 큰마음 먹고 여기에 L 주거지 주소 푼다. 등본 기준이라 진짜로 L이 사는지는 잘 모르겠음. 만두가 다 먹어 치우기 전에 다른 채널 운영자들도 조회수 좀 달달하게 빨아 봐. 내가 관심만 끌려면 지금 제일 화제성 높은 만두 채널에 이거 썼을 텐데, 만두가 너무 설치는 거 마음에 안 들어서 여기에 소스 푸는 거다.

*

액정을 쓸어내리는 최고비의 손가락이 끊임없이 움직였다.

"선배. 이 커뮤니티에 나랑 선배 사진까지 올라왔어요. 내가 입은 옷 이거, 오늘 건데요. 아까 경찰서 안에 들어올 때 찍힌 건가 봐요. 밖에 있는 기자 중에 나 아는 사람 있었거든요."

사하라는 휴게실 바깥으로 나 있는 창으로 다가가 내려진 블라인드의 틈을 약간 벌려 밖을 보았다. 경찰서 정문은 그야말로 북새통이다. 사하라와 봄버의 게임을 공개하라며 몰려온 사람들은 피켓을 들고 목소리를 높이고 있었다.

"어떻게 선배에 대해 이딴 글을 쓰죠? 이렇게 고생하고 있는데."

사뭇 분한 듯 최고비의 목소리 끝이 떨렸다.

"그런 글, 볼 필요 없어."

피켓을 든 사람들은 얼굴에 마스크를 쓰고, 모자를 푹 눌러쓰고 있었다. 몇몇 기자들이 그들에게 마이크를 들이밀었다. 사하라는 블라인드에서 손을 뗐다. 휴게실 안이 다시 어둑해졌다. 또다시 게임이 시작되기 전까지는 초저녁의 어둠이 방패가 되어줄 것이다.

"왜요? 대중들 반응도 알아야죠."

"그들은 승부에 어떠한 영향도 끼치지 않아."

사하라의 말에, 최고비가 휴대폰 액정에서 눈을 떼고 고개를 들었다. 사하라를 빤히 바라보는 최고비의 동공이 어둠 속에서 빛나는 동물의 눈처럼 일순간 확장되었다.

"그거 꼭, 선배는 대중 따윈 어찌 되든 좋다는 걸로 들리네요."

"그 사람들한테 쓸려가서 좋을 거 없어."

사하라는 육교 아래 서 있던 이재윤을 떠올렸다. 고희동의 말대로, 기원에 대해 퍼진 소문이나 악플을 무시했어야 했다. 한두 해, 점점 어른이 되고 바둑에서 멀어져 바깥에서 바라본 후에야 알았다. 대중이란 단어로 묶이니 무척 많은 사람처럼 보이지만, 그들은 수많은 인구 중 일부분일 뿐이다. 누군가의 인생을 바꾸는 큰 사건조차 누군가에겐 들어본 적도 없는 소소한 뉴스가 된다.

무엇보다 대중은 책임지지 않는다.

"…하지만 진실이 어떻든 사실을 판단하는 건 대중이잖아요."

최고비가 사하라의 옆에 다가와 섰다. 블라인드의 틈을 벌려 밖을 내다보는 최고비의 한 손에는 붕대가 감겨 있다. 사하라의 시선이 붕대 감긴 최고비의 손으로 향했다. 손등이 아닌, 손바닥 안쪽에 집중적으로 드레싱이 되어 있었다.

봄버

'무언가 수가 맞지 않아.'

망점이다. 누군가 앞뒤가 맞지 않는 수를 두었다. 도대체 누가? 사하라의 머릿속에서 돌이 어지럽게 흩어졌다가 다시 놓였다. 몇 번이고 재조립한 판이다. 경우의 수는 수없이 많다. 그중 최악의 수는 게임이 끝나기 전에 이재윤이 경찰에 체포되는 것이다. 그 경우 자수로 취급될 수 있는 확률이 아예 사라진다. 사하라는 최고비의 손에서 시선을 뗐다. 최선이 없다면, 최악을 제거하기 위해 차라리 악수를 옆에 두는 게 좋을 때도 있다.

"예전에요. 나 봄버 아니냐고 의심받았던 거요. 한 사건 때문이었어요."

최고비가 여전히 블라인드 틈을 노려보며 입을 열었다.

"대학교 때 교수님을 다치게 했거든요. 사제 폭탄으로. 대학교 때 괴롭힘당했다고 했잖아요. 그 애들, 나랑 같은 프로젝트팀이었어요. 지도 교수님이 무척 엄했는데, 다른 팀원들이 프로젝트를 잘 못 따라왔어요. 일반 대학생들 수준에는 너무 어려웠던 거죠. 나야 식은 죽 먹기였지만. 그러다 보니 교수님이 다른 팀원들한테는 화를 내고, 나에게는 잘해주고 그랬어요. 그게 마음에 안 들었던 거겠죠."

최고비의 입가가 경련하듯 떨렸다.

"어느 날 걔들이 나한테 텀블러를 주더라고요. 몸에 좋은 차인데 교수님 드리라고요. 자기들이 전해 드리면 뇌물 같으니까, 나한테 부탁한다고요. 이제까지 못되게 군 거 미안하다고, 앞으로 잘 지내자고. 나는…. 그걸 믿었어요. 그때까지 당한 걸 잊어버리다니 참 바보 같았죠. 교수님이 안 계셔서 교수실 손잡이에 걸어놓고 왔거든요."

최고비의 말이 점점 빨라졌다.

"…그게 폭탄이었데요. 텀블러 뚜껑을 열면 폭파하면서 안에 든 못이 튀어나오는 구조. CCTV에는 내가 그걸 놓아두는 게 찍혔죠."

다행히 교수님의 부상은 심하진 않았어요. 가쁘게 빨라지던 최고비의 말이 제 속도로 돌아왔다.

"교수님이 처벌을 원하지 않았고 대학 쪽에서도 일이 커지는 걸 원하지 않아서 처벌은 가벼웠어요. 하지만 과에 소문이 쫙 퍼져서 버틸 수가 없었죠. 그래서 결국 자퇴했고요. 아마 학교 동기 중 한 명이었겠죠. 첫 번째 봄버 사건이 터지고 SNS에 그 일을 올린 건. 그게 사람들 사이에 퍼지면서 직접 폭탄 제조했던 사람은 다 조사해 봐야 하는 거 아니냐는 여론으로 퍼졌죠. 어느새 내가 범인인 것 같은 분위기가 만들어졌고, 경찰도 그 분위기에 편승했어요."

최고비가 고개를 돌려 사하라를 봤다.

"그래도 선배는 대중을 무시할 수 있어요?"

"진실이든 사실이든 내가 있는 현실이 바뀌진 않으니깐."

사하라는 무심히 답하며 창가를 벗어나려 몸을 돌렸다. 그때 창문 너머 요란하게 떠드는 소리가 좁은 블라인드 틈 사이를 비집고 들어왔다. 야, 떴다! 사하라의 친구라는 L, 이름이 이재윤이래. 지금 유튜버들 몰려가서 난리가 났어. 라이브 봐, 라이브. 다급하게 휴대폰을 꺼낸 사하라의 표정이 한순간에 굳었다.

"무슨 일이에요? 선배?"

최고비가 사하라의 뒤에 서서 어깨 너머로 휴대폰 액정을 넘겨 보았다. 액정 안에서 중년 여자 한 명이 사람들 사이에 파묻혀 있었다. 휴대폰과 카메라를 든 사람들이 앞다투어 퍼붓는 질문이 한 덩어리가 되어 여자를 짓눌렀다. "몰라요. 무슨 소리인지 모르겠다고요. 우리 애는, 재윤이는 집에 없어요. 인지 장애 때문에 이제 간신히 덧셈 뺄셈 할 수 있게 된 애가 뭘 했다는 거예요. 뭘 할 수 있다고 이렇게 몰려와서 난리인 거냐고요!" 여자는 피를 토하듯 비명을 질렀다. 사하라는 그렇게 소리치는 여자의 얼굴을 알았다. 박봉곤과 대전 때 난입해 너 때문이라고 몸부림치던 여자다. 이재윤의 엄마. 그때와 별반 다르지 않은 여자의 모습이 사하라를 과거로 끌고 내려갔다.

"안 돼."

사하라가 손바닥으로 입가를 감싸며 신음하는데, 휴게실 문이 열렸다. 안경태였다.

"다음 게임은 생중계하기로 했다."

안경태는 휴게실에 들어오자마자 명령하듯 내뱉었다.

"만두 얼굴 유튜버가 사용한 다중 송출 프로그램 IP 추적에 성공했다. 힌트 사진의 전송경로도 분석했어. 두 곳이 겹치는 장소가 나왔다. 아마도 거기 봄버에 대한 힌트가 있겠지. 그곳을 덮칠 거야. 봄버나 봄버의 공범. 그들이 눈치채지 않게 주의를 돌릴 필요가 있어. 그 녀석은 관종이야. 지독하게 겁이 많은 관심 추구형. 그러니 생중계를 하면 거기로 신경이 쏠릴 게 분명해."

"아니. 잠깐만. 분명하긴 뭐가요?"

입가를 가렸던 사하라의 손이 스르륵 아래로 떨어졌.

"테러범이 봄버인지 아닌지도 분명하지 않잖아요? 이전 봄버 사건 때의 프로파일링을 적용하면 안 되죠. 반장님은 진짜로 이번 범인과 봄버가 동일인이라고 보세요? 다른 사람이면요? 생중계가 오히려 범인을 자극해서 게임이고 뭐고 다 터뜨려 버리면?"

"시끄러워!"

쾅. 안경태가 휴게실의 문을 주먹으로 내리쳤다.

"이번 범인은 봄버야! 그렇게 정해져 있어!"

안경태가 거칠게 문을 열고 나갔다. 사하라는 반쯤 열린 문 너머를 노려봤다. 선배. 최고비가 부르는 걸 들었지만 고개를 돌리진 않았다. 귀 안에 고여 있던 액정 속 여자의 외침이 서서히 뇌 안으로 흘러 들어왔다. 안경태가 사라진 문 너머를 노려보던 사하라의 눈가가 느슨하게 풀렸다. 화를 낼 이유가 없었다. 이제까지 이 바보 같은 게임에 어울린 이유는 오직 하나뿐이었는데, 방금 그 이유가 사라졌다.

"최고비! 빨리 나와!"

안경태가 다시 휴게실로 돌아와 최고비의 팔을 잡아끌었다. 거칠게 최고비를 끌고 나간 안경태는, 곧 다시 휴게실로 돌아왔다.

"이거 받아라."

안경태가 주머니에서 종이를 꺼내 사하라에게 던졌다.

"네가 알아봐 달라고 했던 사람, 이재윤. 교통사고로 수술 후에 사지마비로 재활하다가 다른 병원으로 옮겼다더라. 가족 전체가 다른 지역으로 이사 갔다더군. 뇌출혈로 인해 인지 저하가 와서 요양 병원에서 생활 중이라더라. 거기 적힌 건 이재윤, 그 사람 부모 연락처. 네가 찾는다고 했더니 꼭 전해달라고, 한 번 찾아와 달라고 하더라. 내 참, 다들 어디서 냄새를 맡은 건지 거기까지 몰려와서 난리를 떨어대는지."

사하라는 쪽지를 조심스럽게 펴, 그곳에 쓰인 숫자를 손바닥으로 쓸었다.

"…여론을 가라앉혀야 했어. 상부의 지시다."

안경태는 한마디를 덧붙이고는 휴게실을 나갔다. 사하라는 혼자 휴게실에 남아, 한참이나 쪽지를 어루만졌다. 경우의 수 중 최악이 사라졌다. 머릿속을 어지럽히며 뛰어다니던 개가 멈췄다. 어지럽던 판 위가 그제야 깨끗하게 보였다. 가능성은 빠르게 하나로 좁아졌다.

'하지만 왜?'

사하라는 뺨을 긁적거리곤 쪽지를 주머니에 넣었다. 아무리 수를 좁혀도, 그 수가 뻗어 나온 근원까진 알 수 없다. 그것은 두는 자의 몫이 아니다.

확실해진 건 이젠 게임의 결과 따윈 어찌 되든 상관없다는 거다. 그렇다면.

"어떻게 할까."

마지막 게임이 시작될 시간이었다.

10장

"생중계라고 해도 모니터만 송출하는 거니깐 부담가질 필요 없어. 얼굴은커녕 손가락 하나도 찍힐 일 없으니깐."

"동시 접속자 수가 계속 늘어나는데요. 와 30만 명 돌파. 이거 채팅창 좀 막아줘요. 욕설 장난 아니게 올라오는데. 선수 보호쯤은 해줘야 하는 거 아니에요?"

"시민들의 권리 어쩌고 하는데 이길 재간이 있냐. 채팅창 그딴 거 보지 말고 경기에만 집중을 해. 네가 이겨서 힌트가 딱 나오면 내가 바로 뛰어나갈 거니깐. 이번에야말로 안 놓친다."

안경태가 경로 추적으로 특정된 장소의 탐색을 지휘하러 출동했기에, 이번 폭탄 탐색은 다시 고릴라가 지휘한다고 했다. 고릴라는 이번에야말로 폭탄을 회수하겠노라 눈을 번뜩거렸다.

"반장님은 되도록 게임 길게 끌라고 하던데요. 위치 잡힌 곳에 도착하기 전까지 주의를 끌고 있어야 한다고."

"그 양반은 봄버 잡을 거에만 혈안이 되어서 시민들 안전은 안중에도 없지."

고릴라가 콧김을 내뿜었다.

봄버

"주임님은 저 의심 안 하세요? 그런 글도 올라왔는데."

"난 처음부터 너랑 최고비, 그 자식 의심했어. 지금도 의심하고. 난 가능성 있는 놈은 다 의심할 거다. 그래야 빨리 잡지."

고릴라는 느릿하게 대답하더니 사하라를 빤히 내려다보았다.

"왜요?"

"아니. 인터넷에서 공범이니 뭐니 욕을 그렇게 듣고 있는데 오히려 이전보다 긴장을 안 하는 것 같아서. 손도 안 떠네."

"예? 아, 그거야 뭐."

마우스를 쥔 손등에는 조금의 통증도 느껴지지 않았다. 사하라는 채팅창에 끊임없이 올라가는 숫자를 무심히 봤다. 채팅창에 입장하고 있는 사람들의 숫자다. 멋대로 천재니 영웅이니 끌어올렸다가 공범이니 어쩌니 하며 바닥에 처박은 사람들. 이재윤의 집에 찾아가 난리를 피운 사람들. 그걸 보고 소란을 피우며 희열을 느끼는 사람들. 사람이라 칭하나 사람 아닌 것들의 집합체다.

저 숫자들이 사람으로 느껴지지 않으니까요.

그렇게 대답하기 전, 휴대폰이 울렸다.

*

플레이 흑. 백의 승리. 215수 종료. 사하라는 턱을 괴고 모니터를 봤다. 대국 중계처럼 카메라가 방 안 전체를 비추지 않는 게 다행이다. 그랬다간 저 숫자들이 집중하라고 회초리를 내리칠 거다.

저 숫자는 사람이 아니다.

사람으로 여겨지지 않는다. 자기만이 정의라 믿는 근자감 덩어리를 사람이라고 해야 할까. 덩어리져 이재윤의 어머니를 깔아뭉갤 듯 떠들던 사람들이 떠올라, 사하라는 미간을 찌푸렸다. 화면의 숫자를 머릿속에서 지우고, 액정 너머에 앉아 있을 범인에게 집중했다.

'안경태가 다수의 장소에서 폭탄이 터질 수도 있음을 경계하는 건, 은연중에 봄버가 이번 사건의 범인이라 믿고 있기 때문이지. 봄버 사건 때도 원격 조정으로 폭파가 일어났으니까. 안경태도 분리하지 못한 거야. 사실과 희망을.'

그렇기에 정체불명의 버튜버를 추적하는 데 안경태가 직접 나선 것이다. 안경태는 아마도, 폭탄 회수보단 직접적으로 범인을 쫓는 게 승률이 높다고 여긴 것이리라.

"어라. 잠깐만. 일부러야? 혹시?"

사하라의 혼잣말에 답하기라도 하듯 돌 놓는 소리가 경쾌하게 울렸다. 일부러라면, 아마도 안경태를 현장에서 떨어뜨리기 위해. 어째서? 가정할 수 있는 범인의 동기는 하나다. 폭파가 일어났을 때 수사반장이 현장에 없었다는 것이 드러나면 언론의 질타를 받을 것이다. 그렇다면 이 판 자체가 안경태를 노린 것은 아닐까. 그렇게 여기면 도저히 이해가 가지 않던 부분이 맞아떨어진다.

도저히 이해가 가지 않던 부분. 동기다.

어떤 형태로든 폭발이 일어날 가능성은 있다. '탐색'이란 조건은 게임에 이겨도 폭탄이 터질 수 있는 장치로써 마련된 게 아닐까. 게임에 지면 두말할 것 없다. 안경태가 지금 향하는 곳에서 봄버나, 혹은 봄버의 공범을 검거한다 해도 마찬가지다. 범인이 자신을 미끼로 내주면서까지 안경태를 힐난 받게 만드는 것이 목적이라면 대규모 폭파가 일어날 확률은 더욱 높아진다.

'봄버 체포에 집착해서 선사람 잡았던 업보를 돌려받는

셈이로군.'

 그 업보 상환에 이용당한 것이 썩 즐겁지는 않으나, 판의 형체는 명확해졌다. 이재윤이란 허수가 아니었다면, 좀 더 빨리 파악했을 거다. 사하라는 턱을 괸 손을 풀고 의자에 등을 기대 앉았다. 범인이 이재윤과 편지까지 계산해서 판을 짜지는 않았을 것이다. 오히려 그 존재조차 몰랐을 거다. 안경태가 봄버와 이번 사건을 분리시키지 못했듯이, 사하라 스스로 자충수를 둔 셈이다. 그러니 원망까지는 하지 않는데도, 일방적으로 이용당한 것은 역시 기분 나빴다.

 모니터 아래 숫자는 점점 늘어났다. 숫자일 뿐 사람이 아닌 것들. 무작위 폭발이 일어나면 저들 중 누군가는 휘말릴 수도 있다. 사하라의 미간 주름이 점점 깊어졌다.

 숫자다. 숫자일 뿐이다.

 그러나 숫자가 변할 때마다 '누군가' 이 게임을 보고 있다는 것이 인식되었다.

 '쓸데없는 오지랖 부려봤자, 이제 와서 무엇도 바뀌지 않아.'

 아빠처럼 비겁한 사람은 되지 않겠다던 결심은 그 동네를 떠날 때 버렸다. 유일한 친구를 모른척했던 비겁한 인간이 누구를 구한단 말인가. 그거야말로 위선이다. 그러니 찐따답게, 아무것도 하지 말고….

 그러나 판에 놓이는 돌이, 보이지 않는 맞은편 상대방이 자꾸만 신경 쓰였다. 보이지 않을 뿐 이제는 상대의 얼굴을 상상할 수 있는 만큼 더욱 그랬다.

 "기억 못 한 게 미안하니, 걸어온 승부에는 응해 줘야지."

 승부다. 오직 나만을 위해 세팅된 승부. 입안에 군침이 고였다. 사하라는 자세를 고쳐 앉았다. 유일한 방법은 승패를 뒤집어 버리는 것이다. 게임의 규칙상, 그 경우 폭탄을 회수하지 않아도 폭발이 일어나지 않고 승리할 수 있다. 사하라는 판을 살폈다. 변에서 시작된 집 싸움이 중앙으로 번져가는 형태다. 백이 초기에 아래의 흑을 몰아넣었으나 오른 변의 흑이 죽지 않고 미생으로 수를 이어 나가 흑과 백이 서로의 활로를 메우는 수상전이 계속되는 형국이었다. 진행 자체는 흔한 형태이기에 마지막 수를 예상하기는 어렵지 않다. 그러나 수 맞히기와 직접 대국을 이끄는 것은 다른 문제다. 더군다나 상대는 AI다. 상대의 호흡과 안색을 살펴 허점을 노릴 수도 없다.

"신의 한 수."

사하라는 신음하듯이 중얼거렸다. 이세돌 9단이 알파고를 이긴 경기. 그 경기에서 승착이 된 백 78수는 '신의 한수'가 되었다. 0.0007%의 확률로 놓인 수였다. 학습을 통한 경우의 수 중 가장 합리적인 방법을 택해 플레이하는 AI의 특성상, 그렇게까지 낮은 확률의 수가 놓아질 것까지 계산하는 건 비합리적이란 이유로 배제한다. 즉, 그 정도로 드문 수를 찾아낸 이세돌의 천재성이 빚어낸 승리였다.

'나는 그런 천재가 아니야.'

아니지. 사하라는 쓰게 웃었다.

'천재란 말로 납작하게 눌러버려선 안 되는 거지. 그건.'

치열한 경쟁률을 뚫고 프로가 된 후 얼마간은 주변에서 치켜세워 주는 천재란 말에 우쭐하기도 했다. 그러나 대국을 거듭하며 알았다. 바둑에 천재 따위는 없다. 신의 계시인 듯 번개처럼 내리꽂히는 수 같은 게 있을 리가. 다들 활형을 찾기 위해 머릿속에서 끊임없이 자신을 죽인다. 죽이고 또 죽여서 껍질을 벗는 자만이 살아남는다. 그러면서도 겉으로는 가능한 평온을 유지해야 한다. '가능한'의 틈을 상대가 파고들지 못하게 태도 역시 훈련한다. 관중들은 그 태도만을 보고 "저렇게 우아한 한 수라니, 역시 군자의 놀이"라고 말한다. 관중이 원하는 건 기발한 한 수이지, 그에 동반되는 노력이 아니다. 기사들도 되도록 그런 척 연기를 한다. 관중이 있다는 것은 그 게임이 이미 하나의 산업으로 받아들여졌음을 뜻한다. 승점이 매겨지는 각종 대회에는 스폰서가 붙는다. 그 안에 속한 이들은 뻔뻔하게 각자의 역할을 해낸다. 사하라도 그랬다. 사람들의 기대에 부응하려고 더 기발한 수를 내려 애썼다. 꼼수 플레이어란 별명조차 타이틀임을 알기에 기초 따윈 괘념치 않단 태도를 보였다. 그러나 실상은 매일 저녁 기초를 복습하고 기보 책을 빌려와 외우고, 대국 상대의 경기 기록을 모두 찾아봤다. 몇몇 법칙은 구구단처럼 반자동으로 줄줄 읊을 수 있을 정도였다. 지금 모니터 속에서 진행 중인 수상전이라면….

"삼, 사, 오, 육은 삼, 오, 팔, 십이."

사하라는 수성전 구구법을 읊었다. 궁도*에 따른 수수를 외우기 편하게 공식화한 것으로 3중이 3수, 4중이 5수, 5중이 8수, 6중이 12수라는 의미다. 고희동이 외우라고 했을 때 웬 외계어인가 싶어 투덜거렸다.

"수상전."

조금 긴장이 풀린 덕분일까. 수상전 구구법이 사하라의 해마 안에서 정보를 낚아 올렸다. AI는 양쪽이 죽어 있으면 바깥쪽을

---

*   같은 색상의 돌이 에워싼 공간(집)의 모양새.

둘러싼 돌을 인식하지 않는다는 내용의 동영상을 봤었다. 무의미한 수를 무시하기에 일어나는 일종의 버그다. 사하라는 바둑판을 유심히 살폈다. 한 점이 눈에 들어왔다.

"여기를 이어서 안쪽으로 파고드는 척 하면 백을 포위할 수 있을 것 같은데."

안쪽으로 파고들면 보통의 수상전에서는 금세 잡힌다. 패착의 정석이다. 하지만 AI가 무의미한 수를 무시한다면…. 손등이 저릿하게 아팠다. 너는 바둑을 둘 자격이 없다고 말하는 듯했던 통증. 사하라는 손등을 꽉 움켜쥐었다.

'재윤아. 너도 알지? 패를 해소하기 위해서는 패가 난 자리를 이어야만 해.'

승부를 위해 외면했던 친구에 대한 죄책감은, 결국 승부로 메워야만 하는 것은 아닐까. 사하라는 덜덜 떨리는 손으로 마우스 버튼을 두 번 눌렀다. 밖에서 모니터링을 하고 있던 고릴라가 다급히 자리에서 일어나 양 팔로 엑스 자를 그렸다. 다른 경찰들도 우왕좌왕했다. 사하라는 짐짓 고릴라를 보지 못한 척 시선을 돌렸다. 자동 재생 모드 종료. 대국 모드 전환. 모니터에 뜬 메시지에 마우스를 고쳐 잡았다.

사석(捨石)*이 될 것인가, 사석(死石)**이 될 것인가.

사하라의 흑이 바둑판에 놓였다. 온 신경이 손끝에 쏠리는 감각이 처음 바둑을 뒀던 날로 사하라를 데려갔다. 규칙도 하나 모르던, 그러나 상대가 자신에게 집중해 주는 것이 너무나도 좋았던

---

* 바둑에서 버릴 셈 치고 작전상 놓은 돌.
** 어떻게 두어도 잡힐 수밖에 없어 죽게 된 돌.

봄버

그날. 작은 바둑판 하나로 시궁창 같은 현실을 떠나 완전히 다른 세계로 떠날 수 있음을 알게 된 후로, 그 세계에 한 걸음씩 더 깊이 들어가기 위해 고군분투했다. 그 싸움이 즐거웠다. 승부의 결과를 떠나, 나만의 집을 만들어가는 과정 자체가 황홀했다. 지키는 것도 무너지는 것까지도 모두 좋았다. 고작 361개의 교차점의 수에서 셀 수 없는 관념의 영역을 만들어내다니. 천재가 있다면 이 작은 나무판에 홀려 흑과 백을 쥐고 고군분투했던 사람 모두일 것이다.

한 수. 또 한 수. 돌을 놓는 동안 사하라는 모든 것을 잊었다. 모니터 아래 숫자가 무시무시한 속도로 올라가는 것도, 유리벽 너머 점점 많은 사람들이 모여드는 것도 알지 못했다.

대전 종료. 메시지가 뜨고 프로그램이 집계산을 시작했다. 사하라는 등을 꼿꼿이 펴고 앉아 석상이라도 된 듯 꼼짝하지 않았다. 293수 끝. 흑 7.5집 승. 결과가 바뀌었다. 사하라의 승리다. 결과를 확인한 사하라의 몸이 한여름 태양 아래 아이스크림처럼 녹아내렸다.

"선배! 대단해요! AI를 이겼다고요!"

최고비가 환호성을 지르며 뛰어 들어왔다. 그 등 뒤에서 카메라 플래시가 요란하게 터졌다. "들어오시면 안 됩니다! 찍지 마세요!" 고릴라가 외쳤다. 사하라는 의자 등받이에 뒤통수를 걸친 채 눈을 깜빡거렸다. 대국을 하는 동안 차단되어 있던 현실이 와르르 밀려 들어왔다.

"중계 보던 사람들 난리 났어요! 다 선배한테 천재래요!"

최고비가 사하라의 몸을 덮듯이 끌어안았다.

"야, 너 말이야."

사하라는 인상을 쓰며 최고비의 어깨를 밀어냈다. 연기자가 되지 그랬냐. 사하라가 그 말을 하지 않은 건 최고비의 눈에 담긴 열의나, 점점 소란스러워지는 주변 때문이 아닌 책상 위에 놓인 휴대폰의 진동 때문이었다. 사하라는 휴대폰을 집어 들었다.

[수 맞히기 전부 성공 실패. 선택하세요.]

사하라는 미간을 찌푸리며 녹아내렸던 몸을 바로 세웠다.
"뭐야, 이게?"
액정에 뜬 문구를 본 건 사하라만이 아니었다. 휴대폰과 모니터의 연결이 해제되지 않았기에, 본부 밖에서 모니터링을 하고 있던 사람들과 생중계를 종료하지 않고 있던 수만 명의 사람들도 그것을 봤다. 메시지가 사라지고 두 개의 편지 모양 아이콘이 나타났다.
"선배. 이거 그건가 봐요. 게임 룰 제일 끝에 있던 문항이요. 그 뭔가 싶던 거."
"'수 맞히기를 모두 성공하면 선택하지 않아도 된다'였지?"
"다 맞혔잖아요. 그런데 왜 이런 게 날아온 거죠?"
사하라는 고개를 가로저었다.
"아냐. 첫 게임, 아침 8시에 날아온 링크는 아예 무시했거든. 그게 패로 들어갔겠지."
편지 아이콘이 마치 터지기 직전의 폭탄처럼 깜빡거렸다. 아이콘 아래로 느낌표 두 개를 앞에 단 경고 문구가 생겨났다.
[!!1분 이내 선택하지 않으면 랜덤으로 열립니다.]
대체 저건 뭐지? 사하라 씨. 빨리 선택하세요. 잠깐만. 건드리지 마. 뭔지도 모르면서. 지시를 어겼다가 폭탄이 터지기라도 하면

어쩌려고? 기자 분들, 나가세요! 이거 내보내시면 안 됩니다.
주임님, 생중계 꺼야 해요, 생중계! 안 끊겼어요! 들끓어 오른 소음이
사하라의 손가락을 떠밀었다. 두 개 중 하나를 누르자 사진 한 장이
액정에 떴다.

사진을 본 사하라의 몸이 용수철처럼 튀어 올랐다.

*

지점을 향해 가던 안경태의 휴대폰으로 한 장의 사진이
날아왔다. 사진을 본 안경태의 콧방울이 벌름거리며 넓어졌다.

"스톱! 인원을 나눈다. 후발은 원래 가던 곳으로, 선발은 나와
함께 다른 장소로!"

사진에는 좌표가 적힌 산등선이 찍혀 있었다. [완벽한 승리.
게임 룰 8항 위치 공개]라는 메시지가 함께였다. 차를 돌려 도착한
곳은 경기도 외곽에 위치한 산기슭이었다. 마을은커녕 사람의
통행도 드문 가파른 산자락에 낡은 주택 한 채가 서 있었다.

"반장님. 범인이 진짜 자기 위치를 알렸을까요?"

"사하라가 게임에서 이긴 건 분명해. 보고받았잖아."

안경태는 발소리를 죽이며 집의 담장 안으로 들어갔다. 문은
저항 없이 열렸다. 끼익 낡은 쇳소리를 뒤로 하고 현관으로 한 발
들어선 순간, 안경태와 부하 경찰은 거의 동시에 코를 움켜쥐었다.
경찰이라면 한 번은 맡게 되는 냄새. 한번 맡으면 도저히 다른
냄새와는 헷갈릴 수 없는 부패한 죽음이 물씬 풍겼다. 안경태는
구두를 신은 채 거실을 가로질러 집 안 곳곳을 살폈다. 방 안에
한 남자가 컴퓨터 앞에 엎드려 죽어 있었다. 모니터에는 사하라와

진행 중인 대국 화면이 표시되어 있었고, 시간이 되면 자동으로 메시지가 전송되도록 세팅된 장치와 폭탄 제조에 사용된 것이 분명한 약품과 도구들도 주변에 널브러져 있었다.

"부검해야 하니깐 병리과에 연락해."

안경태는 장갑을 낀 손으로, 책상 위에 놓인 쪽지를 집어 들었다. 자필로 쓴 유서였다. '저는 봄버입니다'가 첫 문장이었다. 그 아래로 심부전 말기 판정을 받았다는 것. 구질구질하게 병원 치료를 받느니 불꽃처럼 화려한 마지막 쇼를 선보이고 목숨을 끊고 싶다는 것. 자기와 같은 천재와 겨루어보고 싶었기에 이번 사건을 계획했다는 것. 쇼의 시작과 동시에 목숨을 끊을 것이기에 설령 승부에서 져도 그것은 '이 세계'에 존재했던 봄버의 패배가 아니라는 것 등의 내용이 적혀 있었다. 유서의 필체는 봄버 사건 때 회수했던 'A genius loser' 메모의 필체와 비슷했다.

"이거, 만두 머리 유튜버도 자작극이었던 것 같은데요. 이쪽 노트북에는 유튜브 방송 시간이 세팅되어 있습니다."

"후발대 허탕 치겠네. IP 교란 프로그램도 돌렸네요. 하긴, 봄버가 어떤 놈인데 이 정도 준비도 안 했을 리가 없지. 사하라 아니었으면 이번 출동은 완전 헛발질이었겠는데요."

현장을 살피던 경찰들이 저마다 혀를 찼다. 안경태는 방 한가운데 서서 유서를 다시 한 번 천천히 읽었다. 미간을 찌푸린 안경태의 모습에, 부하 경찰이 의아한 듯 물었다.

"왜 그러십니까? 생포하지 못한 게 아쉽긴 해도, 총장님 지시대로 사건 빠르게 종결할 수 있어서 다행이지 않습니까."

"너무 아귀가 딱딱 맞아. 이 유서."

"머리 좋은 놈이잖습니까. 거기에 주목받는 거 좋아하고. 그런 놈들은 유서를 소설처럼 거창하게 쓰더라고요. 그래도 봄버 이 놈은 제 안의 악마 어쩌고 그런 문구는 안 썼네요. 그놈의 악마 타령. 범죄자들 대상으로 수필 가르치는 놈이라도 있는지 왜 다 똑같이 악마 타령인지 모르겠다니깐요."

"아니, 그런 게 아니라. 됐다. 그래. 사건 종결했으면 된 거지."

"맞습니다. 이걸로 봄버 사건은 반장님이 완벽 해결한 게 되었습니다."

안경태는 석연치 않은 직감을 거짓된 만족감 아래 묻어 버렸다. 이 남자는 '봄버'다. 봄버여야만 한다. 설령 봄버가 아니라도, 봄버가 될 것이다.

어차피 죽은 자는 말이 없다.

11장

팔다리가 엇박자로 삐걱거렸다. 침착해. 침착해야 해. 그러나 이성과 달리 몸이 말을 듣지 않았다. 사하라는 의자를 넘어뜨리며 진을 친 사람들 사이를 헤집고 서를 나갔다. 쏟아지는 기자들의 질문도 이름을 부르는 목소리도 들리지 않았다. 액정에 나타난 사진만이 온 신경을 뒤덮었다. 서 밖으로 나가자마자 출동용 오토바이에 올라탔다. 그거 업무 진행용이라 타시면 안 됩니다, 라며 저지하는 팔을 뿌리치고 시동을 걸었다. 지체할 시간이 없었다. 오토바이는 빠르게 사람들 틈을 빠져나갔다. 빨라지는 속도만큼 거세어지는 맞바람이 얼굴을 때렸다. 제발 늦지 않았기를. 부릅뜬 눈이 터질 듯이 아팠다. 대로변을 빠져나가 좁은 골목 틈으로 거칠게 꺾어 들어간 오토바이가 멈춘 곳은 오래된 빌라 앞이었다. 사하라는 바이크를 내팽개치고 계단을 뛰어 올랐다. 일렬로 늘어선 복도식 집들 중 한곳의 초인종을 미친 듯이 누르자, 문이 열렸다.

"누구요?"

고희동이 걸쇠가 걸린 문틈으로 고개를 내밀었다.

"선생님. 괜찮아요?"

봄버

"뭐가? 넌 왜 여기 있어? 나 지금 방송으로 너 미친놈처럼 뛰어나가는 거 보고 있었다."

사하라는 문고리를 붙잡은 채 그 자리에 주저앉았다. 고희동이 걸쇠 푸는 소리가 머리 위에서 요란하게 났다. 사하라는 한 손으로 얼굴을 쓸어내렸다. 느릿하게 마른세수를 마치고 일어나는데 다리가 휘청거렸다. 집 밖으로 나온 고희동이 사하라를 부축하며 혀를 찼다.

"이놈아. 그 난리가 났으면 연락을 해야지!"

"그럴 정신 없었어요."

"끝난 거냐? 아주 곳곳에서 난리더라. 봄버 같은 놈하고 왜 엮였어?"

"엮인 게 아니라 사이코한테 잘못 걸린 거예요."

사이코다. 그 놈은 분명 사이코다. 사이코가 아니라면 이따위 깜짝 이벤트를 준비했을 리가 없다. 편지 아이콘을 누르자 나타난 사진. 거기에는 집으로 들어가는 고희동의 뒷모습이 찍혀 있었다. 그것을 본 순간 이성이 날아갔다. 사하라에게 고희동은 언제나 세상 어딘가에 있어야만 하는 사람이었다. 만나든 만나지 않든, 만나고 싶지 않든 그런 건 상관없었다. 아이가 부모의 죽음을 상상하지 않듯이 고희동의 죽음은 사하라의 상상력을 넘어선 범주에 존재했다.

"일단 들어와라. 저녁 먹었냐?"

"아뇨."

"짜파게티라도 끓여주랴?"

사하라가 고희동의 집 안으로 들어가려 할 때였다.

"선생님!"

복도 끝에서 어린아이가 뛰어오더니 손에 든 것을 고희동에게 건넸다. 고희동은 선물이에요, 라며 웃는 아이의 머리를 쓰다듬었다.
아이는 두서없이 떠들다가 다시 뛰어 사라졌다.

"누구예요?"

고희동이 건네받은 건 플라스틱 통이었다. 할로윈 때 아이들이
분장용 소품으로 쓸 법한 호박 모양의 플라스틱 통. 고희동이 통을
눈높이로 들어 흔들었다.

"기원 다니는 학생. 가끔 이렇게 엉뚱한 선물을 줘. 이전엔 매미
껍질이었지."

호박이 공중에서 앞뒤로 흔들렸다. 사하라는 검은 연기가
피어오르던 호박을 떠올렸다. 거의 매일 등 뒤에서 들리던 폭발음과
수줍던 소년의 얼굴. 사하라의 아랫입술이 가볍게 벌어졌다. 계단을
뛰어 올라오는 여러 명의 발소리가 뒤섞여 울렸다.

"선배!"

사하라는 빌라 계단에서 나온 최고비와, 최고비 뒤에 선
카메라를 든 사람들을 봤다. 최고비가 사하라를 향해 뛰어왔다.
사하라는 고희동의 손에서 호박을 빼앗아 빌라 아래로 던지려 했다.
그러나 빌라 아래, 모여 선 사람들의 모습에 호박을 품에 안고 움찔
한 발 뒤로 물러섰다.

"왜 그래? 무슨 일이야?"

"선생님. 집 안으로 들어가세요."

품에 안은 호박이 뜨거웠다. 사하라는 호박을 들고 복도 끝으로
뛰었다. 최대한 고희동에게서 멀어져야 한다는 생각뿐이었다. 복도
끝에 도착해 호박을 바닥에 내려놓고 몸으로 덮으려는데, 뒤에서
누군가 사하라의 뒷덜미를 낚아챘다. 사하라는 엎드린 채 끌려가
바닥을 나뒹굴었고, 호박은 사하라의 발에 차여 소화전 옆 움푹 파인

공간으로 굴러갔다. 데굴데굴 굴러가던 호박에서 불꽃이 튀더니 정이 공기를 때리는 굉음이 터짐과 동시에, 팽팽하게 당겨진 겉옷이 사하라의 앞을 막았다. 호박에서 튀어나온 날카로운 압정이 옷에 날아와 박혔다. 두껍게 겹친 옷이 아니라면 압정이 피부에 박혔을 것이다.

"선배, 괜찮아요?"

쓰러진 사하라 위로 카메라 플래시가 쏟아졌다. 사하라는 자신을 향해 걱정스럽게 물은 최고비를 올려다봤다. 기자들이 최고비에게 온갖 질문을 퍼부었다. "갑자기 옷을 벗어달라고 하더니, 저런 종류의 폭탄인 거 알았어요?" "어떻게 예측했습니까?" 학생일 때 천재로 불렸다던데 관련이 있을까요?" 빛과 말. 최고비가 만들어낸 그늘이 뒤섞였다.

"이…. 개…."

사하라의 아랫입술이 더욱 크게 벌어졌다.

"예? 선배? 뭐라고요?"

최고비가 더욱 가까이, 사하라를 향해 몸을 숙이며 손을 내밀었다. 사하라는 기꺼이 그 손을 잡았다. 손을 잡아당겨 반동으로 몸을 일으키며, 최고비의 얼굴에 주먹을 날렸다.

"이 개새끼야!"

정적이 내려앉은 것은 아주 잠시였다.

*

[그럼 교수님은 2차 봄버 사건은 1차 봄버 사건의 모방 범죄라 보시는 건가요?]

[가능성이 있다는 거죠. 벌써 사건이 종결되고 한 달이 지났는데도 관련 논의가 사그라지지 않고 있다는 건 이 사건에 대해 의구심을 가진 사람이 많다는 증거지요.]

[경찰이 봄버로 확정한 범인은 화학제품을 개발하는 회사에 다니다가 정신 이상 증세가 나타난 후 실종, 10여 년 전 실종 신고 후 선고가 확정된 후에도 행방이 드러나지 않아 사망으로 간주된 상태였습니다. 경찰은 그의 이력과 현장에서 발견된 증거를 근거로 그를 1차, 2차 봄버 사건의 범인으로 확정했는데요. 메시지 전송 기록 등을 봤을 때 그가 2차 사건의 범인임을 확신합니다. 하지만 그를 '봄버'라 확정지을 수 있는가에 대해선 의견이 갈립니다.]

[교수님이 2차 사건의 범인이 봄버가 아니라 주장하는 근거는 뭘까요?]

[봄버는 인정욕구가 강한 편이나, 그만큼 신중합니다. 2년 전 사건을 살펴보면 그의 인정욕구는 자기 과시보다는 특정 계층에 파문을 일으키려는 양식으로 나타나지요. 메시지를 남긴 것도 그러한 이유입니다. 흔히 혁명가형이라 불리는데요. 실제로 봄버의 모방 범죄를 일으킨 사람들 대부분이 사회의 메인스트림에 편입하지 못하고 자기를 '루저'라 정의한 젊은이들이었지요. 그를 유나바머와 비교하는 것도 그러한 이유입니다. 유나바머 역시 수십 건의 폭파 테러를 진행하는 동안 사회적 메시지를 강화하는 방향으로 나아갔죠. 그러나 이 경우도, 종국에는 자기 과시가 이루어지는데 메시지의 강화만으로 결국 발신인의 인정욕구가 채워지지 않기 때문입니다. 메시지만 강화된 경우 오히려 상실감을 느끼기도 하지요.]

[설명하신 대로라면 이번에는 범인이 자신의 정체 공개를 게임 룰로 내세웠으니 메시지 강화에서 나아가 자기 과시를 하려 했다고 봐도 되지

않을까요? 죽음을 선고받은 상황이었다는 특이사항도 있고요.]

[그렇다 보기엔 냉각기가 길고 사회적 메시지도 충분히 강화되지 않은 상태였지요. 게다가 정체 공개라는 룰은 봄버가 질 것을 전제하고 있는데, 그랬다면 플레이어를 좀 더 강한 사람으로 지목했겠지요. 십 년도 전에 바둑판을 떠난 어설픈 기사가 아니라.]

[저런. 그 발언은 빈축을 좀 사겠는데요. 게임 플레이어로 경찰에 협력했던 S씨를 지지하는 시청자분들이 꽤 많습니다. 벌써 실시간 댓글이 난리가 났네요.]

[그렇게 대중의 눈치를 보니깐, 빨리 사건 종결지으려고 더 파보지도 않고 이번 사건을 봄버의 소행이라 단정 지어 버린 거 아닙니까. 범인이 죽었으니 공소권 없음으로 처리하면 간단하게 봄버란 미해결 사건까지 해결되니깐요. 그리고 그 S씨. 성격도 안 좋더만 뭘…. 자기 구해준 사람 패기나 하고.]

[교수님. 혹시 C씨 팬이세요?]

[팬은 무슨! 그 장면은 누가 봐도 좀 그렇지.]

[C씨의 행방불명에 대해 분석해 달란 요청도 많았는데요. C씨가 활발한 활동을 펼치다가 일주일 전 갑자기 행방을 감추었습니다. 충격받은 분들이 많으신 듯 하네요. 이에 대해서는 2부에서 논의해 보겠습니다. 잠깐 중간광고 듣고 가실게요. 지금 여러분은 프로파일러와 함께 하는 범죄분석 방송, 크라임 읽어주기를 듣고 계십니다. 아슬아슬 쫄깃한 범죄 이야기, 혈관이 건강해야 재미있게 즐길 수 있겠죠? 동신 컴퍼니에서 개발한 혈압약….]

팟캐스트의 광고가 끝나기 전에 사하라는 택시에서 내렸다. 사건이 종료되고 얼마 되지 않았을 땐 '봄버'란 단어만 들려도 흠칫 놀랐지만, 이제는 무덤덤해졌다. 사방에서 너무 많은 말들이 쏟아져서 그렇게 되어야만 했다. 누군가는 사하라를 천재이자 영웅이라 했고 누군가는 범인의 공범이라 했다. 순수한 칭찬과 의도를 품은 부추김과 악의적인 비난이 뒤섞인 여론은 독약이었다. 들이마셨다간 미쳐버렸을 것이다. 사하라는 모든 인터뷰 요청을 거절했고, 한동안 아예 집 밖에 나가지 않았다. 경찰에 협조했을 뿐인 일반인의 신상 노출을 당연시하는 게 옳은가에 대한 논의가 시작되지 않았다면 자칫 은둔형 외톨이가 될 뻔했다.

'무슨 속셈이지. 그 녀석.'

사하라는 주머니 속 휴대폰을 만지작거렸다. 최고비에게서 영문 모를 메시지가 도착한 건 딱 일주일 전이었다. 이번에도 무시하려 했다. 사건 이후, 사하라는 의도적으로 최고비의 연락을 피했다. 다시 최고비와 마주하면 경찰에 사건의 진실을 털어놓고 싶어질 것만 같았다. 최고비가 각종 방송에 나와 영웅 취급을 받는 걸 보고 있노라면 확 다 밝힐까 싶기도 했다. 그러지 않았던 건 또다시 귀찮은 일에 휩쓸리기 싫다는 마음과 최고비를 알아보지 못했던 미안함이 뒤섞인 탓이었다.

그러나 일주일 전의 메시지, 사진이 첨부된 그 메시지는 이전 것처럼 쉬이 삭제할 수가 없었다. '일주일. 좌표. 공중전화. 7시. S메디컬 301'. 암호 같은 메시지는 바둑판에 백돌 하나만 놓인 사진과 함께 날아왔다. 메시지를 받은 다음 날, 최고비가 예정되어 있던 모든 방송 스케줄을 펑크 내고 사라졌다는 뉴스가 떴다. 혹시 이 메시지와 연관이 있나 싶어 첨부된 사진을 들여다보게 되었다. 이젠 보지 않아도 돌이 놓인 위치가 선명히 떠오를 정도다. 사하라는 거칠게 주머니에서 손을 뺐다. 지금은 이런 정체불명의 메시지에 신경 쓸 때가 아니다.

봄버

"어서 오세요. 아⋯."

사하라가 문을 열고 들어가자 반갑게 손님을 맞이하던 부동산 사장이 말끝을 흐렸다. 사무실 안쪽에 앉아 있던 남자가 자리에서 일어나 사하라 쪽으로 왔다. 사하라는 마주 보고 선 두 사람, 이재윤의 부모에게 꾸벅 고개를 숙였다.

"찾아와도 된다고 전해 들어서요. 이거요."

사하라는 손에 든 쇼핑백을 내밀었다. 여자, 이재윤의 엄마가 머뭇거리며 쇼핑백을 받았다. 사하라는 어렴풋이 기억하는 것보다 여자가 훨씬 작고 연약해 보인다고 생각했다.

"돌려드려야겠다고 생각해서 가지고 있었어요."

쇼핑백에 담긴 상자에는 운동화 한 짝이 들어 있었다. 이재윤의 것이다. 사고가 났던 날, 여자가 사하라에게 던진 찌그러진 운동화. 여자가 운동화를 꺼내 품에 꽉 끌어안았다. 어색한 침묵이 감돌았다. 사하라는 허둥지둥 가방에서 편지를 모은 파일을 꺼냈다.

"저기, 이것도요. 이거 그림이 그려져 있잖아요. 제가 멋대로 가지고 있는 건 재윤이가 싫어할 수도 있을 것 같아서요."

남자, 이재윤의 아빠가 파일을 받았다.

"이게⋯뭐야?"

파일에서 편지를 꺼낸 남자의 눈이 휘둥그레 커졌다. 뭔데요, 라며 고개를 든 여자의 반응도 별반 다르지 않았다.

"이거 재윤이 공책이잖아! 세상에. 이 흉측한 문구는 뭐야?"

"이거⋯. 전에 재윤이 후배란 애. 걔가 가져간 거 아냐? 당신이 그랬잖아. 걔 왔다 가고 공책 한 권 없어졌다고."

그들의 당혹은 그대로 사하라의 것이 되었다. 처음엔 이재윤이 편지를 보냈다고 여겼다. 그러기를 바랐다. 그건 이재윤이 살아서 돌아다닐 수 있단 의미였으니깐. 이재윤이 자신을 원망해서 봄버를 흉내 내 사건을 꾸몄다고 의심한 것도 그 때문이었다. 의심의 탈을 쓴 바람. 그저 이재윤이 무사했으면 했다. 만약 범인이 체포되었을 때 되도록 적은 형량을 받도록 고군분투한 것도 그 때문이었다.

그러나 이재윤은 입원한 상태이며 거동이 자유롭지 못하다. 그 사실을 알게 되었을 때야 폭탄 테러와 편지를 분리할 수 있었다. 두 사건은 완전히 별개다. 편지를 보낸 건 이재윤의 부모일 확률이 높으나 그들이 폭탄 테러를 벌이진 않았을 거였다. 이재윤이, 보살펴야 할 자식이 살아 있으니깐.

그렇지만 두 사람의 반응을 보니 편지에 대해 아무것도 몰랐던 게 분명했다. 편지를 한 장씩 넘기는 남자의 손이 부들부들 떨렸다. 사하라는 남자의 말꼬리를 붙잡았다.

"후배요?"

"그래. 한 석 달 전인가. 재윤이 중학교 후배라면서 한 남자가 찾아왔어. 재윤이가 화학 실험부였는데, 같은 부였다고 하더군. 동창들이 모여서 존경했던 선배에 대한 문집을 내기로 했는데 꼭 재윤이에 대해 쓰고 싶다고 했어. 방 안 사진을 찍어도 되냐기에 그러라고 했지. 재윤이 방이 사고 났던 때 그대로야. 공책 한 권까지 어디 꽂혔는지, 안사람이 매일 확인하지. 그래야, 거기가 그대로여야 재윤이가 돌아왔을 때 안심할 수 있을 거라고."

후배는 사진을 찍고, 잠시간 방에 가만히 서 있었다. 추억을 회상하는 듯 한 태도에, 여자는 후배를 방에 혼자 있게 해 주었다. 설마 후배가 공책을 훔쳐 갈 줄은 몰랐다.

"얼굴이나 신체적인 특징 같은 거 기억하시나요?"

"그게…."

남자는 기억을 더듬는 듯 사무실 벽을 응시했다. 사하라도 덩달아 그 시선을 따라 고개를 돌렸다. 벽에는 지도가 걸려 있었다. 동 단위로 구역이 확대되어 지번별로 나눈, 부동산에 흔히 걸려 있는 지도다. 지번을 나눈 선들이 묘한 기시감으로 다가왔다. 바둑판. 좌표. 지번. 사하라는 한 가지 가능성을 떠올렸다. 그러나 짐짓 머릿속에 떠오른 생각을 모른 척 했다. 얽힐 필요 없다. 이 이상 얽히고 싶지 않다.

　"아, 그래. 담배."

　"담배요?"

　"내가 예전에 피우던 거랑 비슷한 담배 냄새가 났어. 블랙데빌이라고, 향이 특이하거든. 은박지에 싸인 초콜릿 향이라고 해야 하나. 요즘도 이걸 피는 사람이 있나 싶어서 기억에 남았지."

　남자의 목소리에 어렴풋한 그리움이 묻어났다.

　"재윤이가 예전에 몇 번 내 담배를 훔쳐 피었어. 혼도 엄청 냈지. 그런데도 한두 번씩 꼭 그랬단 말이야. 왜 그러냐고 했더니 뭐랬는지 아나?"

　매캐하고도 달콤했던 냄새. 사하라는 그 냄새를 알았다. 이재윤의 옷에서 종종 나던 냄새다. 대국에서 이기면 무엇인지 알려주겠다던 이재윤의 얼굴이 생생하게 떠올랐다.

　그리고 또 한 명, 사하라는 그 냄새가 묻어 있던 사람을 알았다.

　"뭐라고 했는데요?"

　"자기가 좋아하는 애가 그 냄새를 좋아한다나."

　남자와 여자가 작게 웃었다. 사하라는 울고 싶었지만 그럴 순 없어서 함께 웃었다. 운동화를 건넨 후 처음으로 여자가 사하라를 봤다.

"…나중에 재윤이 요양원에 한 번 와. 그때, 그때는."

미안했어요. 웅얼거리는 목소리는 작았다. 그러나 사하라에겐 주변에서 쏟아지던 그 어떤 말들보다 또렷한 의미로 와닿았다. 남자가 어색함을 덜어내려는 듯 부산스럽게 종이에 무언가를 써 내밀었다.

"그래. 재윤이가 분명히 기뻐할 거야. 자네가 와주면 병세가 더 좋아질 수도 있지. 이거 요양원 이름하고 병실 호수야. 가져가거나."

종이를 받아 든 사하라의 눈이 커졌다. 읽힐 필요가 없기는 무슨. 사하라는 종이를 접어 주머니에 넣었다.

"저기, 저거요. 저 지도. 혹시 송도 것도 있어요?"

사하라가 벽에 붙은 지도를 가리키자, 두 사람은 갑자기 무슨 소리냐는 듯 의아한 표정으로 사하라를 봤다.

"그, 유튜버 같은 사람들이 너무 찾아와서 이사하려고 고민 중이거든요. 저런 지도를 보면 어디로 가는 게 좋을지 결정하기 좀 더 쉬울 것 같아서요."

"아. 그런 거군. 잠깐만. 송도 지도도 있어. 요즘은 인터넷으로 다 되니깐 편해. 부동산 시작하고 초반엔 종이 지도밖에 없어서 보관도 큰일이었지."

여자가 사무실 자리로 가 마우스를 클릭하더니, 사하라에게 손짓을 했다.

"자요. 이리 와서 봐요. 이게 송도 버전."

사하라는 모니터에 뜬 지도를 봤다.

"송도는 계획도시라 구역이 참 깔끔해. 이쪽에 아는 부동산 있으니깐 소개해 줄게."

사각으로 반듯하게 그어진 줄과 줄. 사하라는 머릿속으로 밤마다 보았던 사진을 그 위에 겹쳐 보았다. 축이 맞아떨어지는 곳을 찾아 몇 번의 회전을 거듭했다.

"그러게요. 꼭 바둑판처럼 생겼네요."

정확히 한 점이 일치했다.

S메디컬 301호.

남자가 써 준, 이재윤의 입원처를 확인한 순간 알았다. 진실인 줄 알았던 것은 그저 오판이었음을. 곁가지인줄 알았던 것이 사실은 기착점이었다.

얽히지 않는다는 선택은 더 이상 존재하지 않았다. 사하라는 확인해야만 했다. 무너질지도 모르는 집을 끌어안고 살 수는 없는 노릇이었다.

*

[크라임 읽어주기 2부 시작합니다. 게시판에 C에 대해 흥미로운 증언이 올라와 있네요. C의 고등학교 동창입니다. C가 자취를 감추었다고 하니 떠오르는 것이 있어서 적습니다. C는 고등학교 시절, 매일 점심시간마다 옥상에 올라갔습니다. 처음엔 수업이 힘들어서 그러는 줄 알았어요. C는 실습은 무척 잘했지만 수업엔 집중을 잘 못했거든요. 많이 답답하냐고 묻자, C는 그래서 옥상에 가는 건 아니라고 했습니다. 그럼 왜 가냐고 했더니 C가 그러더군요. 신을 기다리고 있다고. C는 그때부터 좀 괴짜였습니다. 지금 인터넷에 C에 대해 떠도는 나쁜 소문은 그 때문에 생겨난 것이지 싶습니다. 천재와 괴짜는 한 끝 차이라고 하잖아요. 혹시 C가 어디선가 또 신을 기다리고 있다면 말해주고 싶습니다. 너의 신도, 분명히 너를 기다릴 거라고.]

12장

어쩌다 이런 실패작을 낳은 걸까.

대학교 징계 위원회에서 제적을 자퇴로 변경한다는 통보를 받은 날, 어머니는 소리를 질렀습니다. 아버지는 처벌을 변경하려고, 언론에 사건이 새어나가지 않게 하려고 얼마나 돈을 쓴 줄 아냐고 화를 냈죠. 조부모가 내게 남긴 유산을 달라고 했습니다. 몇 달간 지루한 싸움을 벌인 끝에 유산을 받았습니다. 나의 신을 되찾기 위해서는 돈이 필요했습니다. 무턱대고 신을 되찾으려 한 건 아닙니다. 여러 가능성을 따져봐야 했죠.

봄버 사건은, 그러니깐 프로토콜을 만들기 위한 설계였죠. 'A genius loser'라는 메시지를 첨부한 건 신이 알아봐 주길 바라서였습니다. 천재적인 찐따. 그가 내게 건넸던 말입니다. 그걸 자기들에게 건넨 메시지로 착각한 사람들도 있었죠. 어찌나 역겹던지. 그들은 정말로 나를 모방할 수 있다고 여긴 걸까요? 나를 따라한 범죄자를 체포했다는 보도를 접할 때마다 온몸에 벌레가 기어다니는 듯한 불쾌함이 치솟았습니다. 그 불쾌함이 한 가지를 깨닫게 해주었죠.

봄버

대중이 어떻게 천재를 만들어가는가.

그전까지는 한 번도 생각해 본 적 없는 부분이었습니다. 그야 나는 진짜 천재니깐요. 진짜가 왜 가짜의 생성 과정에 관심을 가지겠어요. 그러나 들끓는 여론이 '봄버'라는 캐릭터를 만들어내고 그를 천재로 정의해 가는 과정은 흥미로웠습니다. 신에게 명성을 되찾아 주려면 대중을 같은 편으로 만들 필요성이 있다고 느꼈습니다.

사람의 욕구는 발전합니다. 알더퍼의 ERG이론*만 봐도 인간은 성장 욕구를 가진 존재란 걸 알 수 있죠. 결국 이것은 자아실현과 연결됩니다. 나는 나의 자아에 대해 고민해야 했습니다. 계획의 방향성을 제대로 잡기 위해서도 무척 중요한 부분이었죠. 신에 대한 온갖 서적을 읽고 영상을 보고 고민했습니다.

인류가 어떻게 수를 늘릴 수 있었는지 아십니까. 이브가 선악과를 먹었기 때문입니다. 이브는 욕망을 가짐으로써 단순한 신의 피조물에서 자아를 가진 완전한 별개의 존재가 될 수 있었죠. 그때부터 인류는 신의 동반자가 되었습니다. 신의 말을 전하고 행동하며 늘 함께하는 존재. 할아버지는 말했습니다. 신은 늘 함께 있는 거라고. 할아버지와 할머니가 죽음까지 함께했듯이 말입니다. 거의 1년여를 집에 틀어박혀 고민했습니다. 타인을 평가하고 분석하는 건 쉬워도 자기의 내면을 들여다보는 건 무척 힘든 일이더군요. 그러나 나는 해냈습니다. 심층의 바닥에 도달했지요. 나의 욕망. 내가 실현하고 싶은 자아.

---

* 1972년 심리학자 C.Alderfer가 매슬로의 욕구단계이론을 발전시켜 인간의 욕구에 대해 주장한 이론.

나는 신의 옆자리를 차지하고 싶었습니다.

프로토콜을 수정하는 건 쉬운 일이 아니었습니다. 대중을 속이는 건 쉽습니다. 그들은 자기의 머리로 판단하지 않습니다. 아무리 황당무계한 정보라도 알맞은 타이밍에, 적당량의 공감대와 선민의식을 자극하는 약간의 포인트를 섞으면 진실이 됩니다. 대중은 자신이 판단하기에 신빙성 있는 발화지에서 쏟아진 정보를 허겁지겁 받아 삼킬 뿐이죠. 현대 사회의 멋진 점은 이 '신빙성 있는 창구'마저 꾸며낼 수 있단 겁니다. 쓸 만큼의 돈과 머리만 있으면 누구든 언론을 만들 수 있죠. 현대에 잡지 못할 범죄는 없다고요? 그것을 뒤집으면 꾸며내지 못할 범죄 또한 존재하지 않는다는 말이 됩니다. 기술의 발전은 모두에게 공평하거든요. 도구가 공평하다면 그 도구를 다루는 쪽의 우월함이 승패를 가릅니다.

문제는 내가 나의 신조차 속여야 한다는 겁니다.

여기서 딜레마가 발생합니다. 인간에게 속은 신은 신일 수 있을까요? 신을 속인 인간은 인간일 수 있을까요? 자신을 속인 인간을, 신은 옆에 두려 할까요?

시시포스 이야기를 해봅시다. 테살리아의 왕이자 헬렌의 후손인 그는 죽음의 신 타나토스를 속여 감금합니다. 한동안 아무도 죽지 않는 사태가 발생하죠. 결국 전쟁의 신 아레스가 와서 타나토스를 구출하고 시시포스는 죽게 됩니다. 저승으로 끌려가지요. 그러나 시시포스는 한 수 앞을 내다보고 이미 작전을 세워 두었습니다. 아내에게 자신의 제사를 지내지 말라고 일러두었지요. 그리곤 저승의 신인 하데스에게 왜 아내가 제사를 지내지 않는 건지, 무슨 일이 생긴 건 아닌가 걱정된다며 지상에 한 번만 가게 해달라고 애원합니다. 하데스는 시시포스를 믿고 이승으로 보내주죠. 이승에 돌아간 시시포스는 온갖 핑계를 대며 저승으로 가기를 거부합니다. 두 번이나 신을 속인 거죠. 그렇다면 시시포스는 인간입니까? 시시포스에게 속은 타나토스와 하데스는 더 이상 신이 아닐까요? 그렇다면 죽음도 저승도 사라졌겠지요.

    시시포스 이야기로 알 수 있는 건, 인간은 언제든 신을 속이고 의심한다는 겁니다. 예수의 상처에 손가락을 넣어 확인한 제자 토마처럼 말입니다. 그래서 토마가 예수의 열두 제자에서 제외되었나요? 천만에. 수많은 그림에서 예수와 바짝 붙어 서서 관람객들 보기에 '누군지 몰라도 꽤 중요한 사람인가 보네' 싶은 인물이 되었죠. 시시포스는 영원히 바위를 밀어 올리는 형벌을 받았지만 후세에 알베르 카뮈에 의해 재해석되며 영원을 살게 되었습니다. 타나토스와 하데스를 모르는 사람도 시시포스는 이름은 들어봤다고 답하곤 하죠.

    길고 긴 성찰 끝에 알았습니다.

    이것은 신을 되찾기 위함이자 동시에, 신이 나의 신으로서 자격이 충분한가를 확인하기 위한 계획이라는 것을. 아닙니다. 계획이라기보다는 필연적으로 일어나야만 하는 사건입니다.

    인정받지 못한 천재는 살아가는 것이 고통입니다. 그러나 나는, 신을 찾아내어 나의 존재 의미를 확인했습니다. 이젠 내가 있어야 할 자리를 찾아 나설 것입니다.

I see that man going back down with a heavy yet measured step toward the torment of which he will never know the end. That is the hour of consciousness. At each of those moments when he leaves the heights and gradually sinks toward the lairs of gods, he is superior to his fare. He is stronger than his rock.*

결말이 정해진 게임의 시작입니다.

---

* Albert Camus, 《The Myth Of Sisyphus And Other Essays》, Vintage Books, 1955.

봄버

13장

폐공장에 들어가자 담배 쩐내가 섞인 녹내가 밀려왔다. 사하라는 바닥에 깔린 콘크리트 수송관을 따라 루프 중앙부로 향했다. 메시지에 첨부되어 있던 사진 속 한 점. 그 점이 가리키는 위치에 최고비가 있었다. 탁자를 가운데로 마주 놓인 의자 하나를 차지하고 앉아 손을 흔드는 모습에, 사하라는 걸음을 멈췄다. 공장 바깥쪽 벽에 커다랗게 난 창으로 새어 들어온 빛이 바닥에 붉고 긴, 강과 같은 경계선을 만들어냈다. 건너고 싶지 않다. 건너야만 한다. 본능과 각오의 충돌이 쉬이 발을 떼지 못하게 만들었다. 그러나 집을 지켜야 했다.

"오랜만이에요. 선배."

최고비가 공중에 길게 담배 연기를 뱉었다. 옅은 초콜릿 냄새가 환기되지 않은 곰팡이 냄새에 섞여 들었다. 그리운 냄새에 사하라는 일순 숨을 멈췄다.

"담배 끊는다며."

사하라는 붉은 강을 가로질러 최고비의 맞은편에 앉았다. 탁자 위에는 바둑판이 놓여 있었다. 최고비는 사하라를 향해 담뱃갑을 내밀었다.

"선배 좋아하잖아요. 이 냄새. 선배 때문에 일부러 핀 건데."

"됐어. 치워."

최고비는 담배를 한 모금 더 빨고는 품 안에서 재떨이를 꺼내 담배를 껐다.

"딱 7시 정각. 선배 시간 잘 지키네요."

"선배는 개뿔. 너 나랑 같은 중학교 나오지도 않았더만. 같은 동네도 아니고."

"잘 아네요? 나한테 관심 좀 생겼어요?"

"텔레비전에서 너희 부모님 직업까지 떠들어 대는데 어떻게 몰라?"

사하라는 신경질적으로 목덜미를 긁었다.

"뭐, 상관없어. 네가 진짜 후배든 아니든. 선배라고 부르든 말든. 네가 왜 이런 유치한 짓을 벌였는지도 관심 없어. 네가 뭘 하든 신경쓰지 않을 거고, 이번 사건에 대해 누구에게 무엇도 말할 생각도 없어. 그러니깐 이런 유치한 협박 그만둬."

"협박이라뇨."

최고비가 통 안에서 바둑돌 하나를 집어들었다.

"난 단지 선배와 오목을 두고 싶을 뿐이에요."

좋아하는 게임 이야기라도 하듯 천진한 최고비의 표정에, 목덜미를 긁던 사하라의 손이 멈췄다. 최고비가 바둑판 위에 흑돌 한 점을 놨다.

"난 바둑보다 오목이 좋더라고요. 무조건 한가운데서 시작한다는 게 멋지잖아요. 끝에서부터 깔짝거리는 바둑은 통 적성에 안 맞아서. 렌주룰* 적용으로 흑 삼삼. 사사. 장목 금지.

봄버

5판 3승. 어때요?"

사하라는 자신의 앞에 놓인 백돌이 든 통을 보곤 쓴웃음을 지었다. 불공평한 게임이다. 바둑도 어느 정도 그런 면이 있지만, 오목은 흑돌을 잡은 쪽이 절대적으로 승률이 높은 게임이다. 흑의 무적수는 25가지 내외로 이 수를 쓰면 보통 서른 수 안에 승패가 결정된다. 그 기울어진 판을 보완하기 위해 여러 가지 규칙을 보강한 룰이 만들어졌고, 현재 국제 대회에서는 백이 4수를 두고 선언할 수 있는 5수의 개수를 8개로 늘린 소시로프-8룰이 적용되고 있다.

"내가 이기면 뭘 해줄 건데?"

"원하는 대로 해줄게요. 301호란 번호를 머릿속에서 깨끗하게 지워달라면 그렇게 하고, 다시는 선배 앞에 나타나지 말라고 하면 그렇게 하고."

사하라는 어깨를 으쓱이곤 백돌을 하나 집어 들었다. 엄지와 검지 사이에 돌을 끼우고 빙글빙글 돌리며 느릿하게 말을 꺼냈다.

"너, 사람들한테 영웅 취급 받고 싶어서 이런 자작극 벌인 거지? 봄버의 명성을 이용하면 미디어의 관심을 끌 수 있으니깐."

딱. 백돌이 흑돌의 상단을 막았다.

"에이. 너무 뻔하다. 좀 다른 관점 없어요?"

"네가 뻔한 수를 뒀잖아. 포인트는 두 가지. 하나는 절대 범인으로 의심받아선 안 된다는 것. 또 하나는 범인 체포에 극적인 공을 세우는 장면이 대중에게 노출되어야 한다는 것. 사건의 전면에

---

* 흑의 일방적인 유리함을 상쇄하기 위해 생긴 룰. 렌주라는 이름은 오목을 기초로 한 일본의 보드게임 連珠(れんじゅ)에서 유래되었다고 보는 것이 일반적. 흑만 3-3과 4-4, 장목이 금지됨.

나서면 첫 번째 조건이 어긋날 확률이 높아지지. 그래서 대리 플레이어, 그중에서도 서포터 역할을 자처한 거지. 중요한 건 메인 플레이어. 즉 파트너 역시 네가 범인인 걸 눈치채선 안 된다는 거야. 아니지. 눈치를 채도 말할 생각이 없는 상대란 게 맞겠지."

최고비는 사하라의 중학교 시절을 안다. 마지막 대국 날에 이재윤의 어머니가 소동을 피운 것도 소문으로 들었을 것이다. 사건의 범인이 이재윤일 수 있다는 메시지를 계속 던진 것도, 이재윤의 부모를 찾아가 후배라고 거짓말을 하고 공책을 훔친 것도, 매주 우편함에 편지를 넣은 것도 노림수는 확실했다. 이재윤을 포위돌의 하나로 쓴 것이다.

"언제 눈치챘는데요?"

흑이 다시 백의 위를 막았다. 정석대로의 움직임이다. 돌을 놓는 최고비의 손길은 거침없었다. 사하라가 다시 수를 두었고, 몇 초도 지나지 않아 최고비의 수가 이어졌다.

"확신한 건 마지막 게임 전에. 처음 눈치챈 건 박봉곤 사건 직후."

"마지막 게임 전이야 내가 노린 거지만, 박봉곤이라…. 내 예상보다 빨랐네요. 어디서 눈치챈 건데요?"

"여기."

사하라는 자신의 목 가운데 바깥쪽을 툭툭 쳤다.

"안경태, 그 아저씨가 그러더라. 박봉곤이 목 부분을 다쳐서 정밀검사 중이라고. 외경동맥이었나. 이쯤이라던데. 여길 중점으로 다쳤다는 건 폭파가 상당히 국지적이었단 거잖아. 실제로 바로 뒤에 있던 사람들은 거의 피해를 입지 않았고. 이전 폭파와 비교해서 두 가지 의문이 들더군. 이전 폭파 때는 피해자가 의식불명이 될 정도의 위력이었는데 왜 갑자기 폭탄의 위력이 감소했는가. 만약 그 이유가 대상자, 즉 사람을 폭탄으로 삼았기 때문이라면 이전에는 쓰레기통에 폭탄을 미리 설치해 두었던 범인이 왜 두 번째에는 다른 방법을 택했는가. 폭탄이 미리 발견될 가능성을 낮추기 위해서라 생각할 수도 있지만, 움직이는 대상자를 폭탄으로 삼는 건 그 정도 리스크를 해소하기 위해 선택하기에는 지나치게 번거롭거든. 박봉곤이 공범이 아닌 이상은 말이지."

"하지만 박봉곤은 공범이 아닌 게 경찰 조사에게 밝혀졌죠."

"맞아. 그러면 딱 한 명뿐이잖아? 대상자를 손쉽게 폭탄으로 만들 수 있는 사람."

빠르게 돌이 오고가며 바둑판 중앙이 채워졌다. 첫 판 종료, 최고비의 승리다.

"누구요?"

최고비가 바둑판 위 흑돌을 손으로 쓸어 통에 담았다. 사하라는 하나씩 백돌을 천천히 집어 통에 집어넣었다.

"폭탄을 회수하러 가는 사람."

두 번째 판이 시작되었다. 이번에도 흑은 최고비다. 천원점*에 흑돌이 놓였다.

"위력이 약한 소형 폭탄. 아마도 손바닥 안에 감출 수 있는 정도의 크기겠지. 네가 화상을 입은 부위나 범위가, 내 추론에 딱 들어맞지 않았다면 굳이 의심하지 않았을 거야."

"굳이?"

"의심하는 데에도 체력이 들잖아. 쓸데없이 힘쓰기 싫어."

---

*   바둑판의 정 중앙에 있는 점.

"웃겼겠네요. 내가 대학 때 일화 고백하는 거. 그때 이미 나를 의심하고 있었단 거니깐"

최고비가 거칠게 돌을 놨다.

"그때까진 너와 이재윤이 공범일 가능성이 있다고 여겼거든. 년 안경태에게 강압 수사를 받은 적이 있잖아. 만약 이재윤이 자기를 모른척했던 나를 원망해서 복수하기를 원한다면, 두 사람의 협조할 수 있겠구나 싶었지. 하지만 안경태 덕분에 재윤이가 이지를 완전히 회복한 상태가 아니란 걸 알았거든. 그 뒤부터는 어떻게 되든 상관없어졌어. 이재윤이 범인이 아니라면 봄버가 너든 누구든 나와는 관계가 없어. 설령 네가 날 이용했다고 해도, 이미 끝난 사건에 미련 두고 싶지도 않아."

"그래서 내 연락도 안 받은 거고?"

"날 구하는 장면을 연출했으면 된 거잖아? 미디어에서 영웅 취급 충분히 받고 있더만. 그걸 위한 보너스 스테이지였잖아."

보너스 스테이지. 그것은 최고비를 위한 연출 그 자체였다. 최고비는 알았을 거다. 고희동의 사진을 보내면 사하라가 뛰쳐나갈 것을. 그 단계에서 이미 기자들이 붙게 된다. 그 전에 고희동의 집에 자주 드나드는 아이 한 명 섭외하는 건 쉬운 일이다. 고희동에게 깜짝 선물을 주고 싶으니 몇 월 며칠, 몇 시쯤에 사부에게 호박을 전해 달라고 하면 된다. 아이는 호박 안에 든 것이 달콤한 사탕이 아니란 것은 꿈에도 모르고, 선생님을 기쁘게 하려고 달렸을 터다.

"난 그냥, 선배가 걱정되어서 따라간 거예요."

최고비가 거칠게 돌을 내려놓자 바둑판 위 돌들이 가볍게 몸을 떨었다. 사하라는 돌의 떨림이 멈추기를 기다렸다가 다음 수를 놨다. 예상대로라면 이번 판은 36수쯤에서 끝날 것이다. 한 수를 놓는데 걸리는 시간은 대략 일여 분. 조금 더, 시간을 들일 필요가 있었다.

"지랄. 폭탄 일부러 그딴 걸로 한 거잖아. 퍼포먼스 하려고."

"내가 그런 천박한 이유로 행동했을 것 같아요?"

흑이 다섯 줄. 두 번째 판도 최고비의 승이다. 최고비는 신경질적으로 바둑판 위를 쓸어내렸다. 바둑판 아래 흑돌과 백돌이 뒤섞여 떨어졌다.

"내 알 바 아니지. 어쨌든 네 포위는 성공적이었어. 이재윤을 뒤에 둬서 물러나지 못하게 만들고 네가 옆에 붙어 정보를 교란하고, 네티즌들을 선동해서 앞을 막았지. 이재윤 병원 정보 흘린 것도 너지? 넌 그때 이미 이재윤이 어디 있는지 알았을 테니깐."

세 번째 판이 시작되었다. 이번 판도 최고비가 이기면 승패는 결정난다. 최고비는 돌을 바로 천원점에 놓지 않고 손가락 사이에 끼워 빙글빙글 돌렸다.

"이상한 점이라면 굳이, 나에 대한 네티즌들의 반응을 부정으로 끌고 간 점이랄까. 영웅 취급을 극대화하려면 내 인상도 긍정으로 남겨 두는 편이 더 효과가 컸을 텐데 말이지."

"그야 벌을 줘야 했으니깐요."

"벌? 누구를?"

사하라는 최고비의 손가락 사이에서 빙그르르 도는 돌을 봤다. 어쩐지 듣지 않아도 어떤 대답이 돌아올지 알 것만 같았다. 그것은 아마, 지금까지 잘못 읽은 결정적인 한 수일 것이다.

동기다. 봄버 사건을 계획한 동기.

사하라는 지금까지 최고비의 동기를 복수라고 여겼다. 이전 사건에서 안경태에게 덜미를 잡힌 것에 대한 복수. 이전 봄버 사건과 이번 봄버 사건의 범인이 일치하는가 아닌가는 상관이 없다. 어느 쪽이든 복수의 이유가 되니깐. 그러나 어영부영 마무리된 봄버 사건의 추이를 지켜보는 동안 위화감이 싹텄다.
　타인의 동기를 정확히 파악할 수 있는 인간은 없다. 모든 해석은 자의적이고 자신의 판단 범위를 넘어가지 않는다. 그렇기에 사하라는 대답이 유추되는 것에 입맛이 썼다.
　"당연히 그 여자죠. 이재윤의 엄마. 감히 선배에게 덤벼들었잖아요."
　"거짓말 하지 마. 그냥 이재윤이 싫었던 거겠지."
　"싫다는 말도 아깝게 가치가 없어요. 그렇게 별거 아닌 사람."
　최고비가 미간을 찌푸렸다.
　"선배가 대체 이재윤에게 왜 그렇게 호의적인지 이해할 수 없네요. 선배를 골탕먹이려고 봄버 사건에 끌어들인 건지도 모른다고 생각하면서도 형량 줄여주려고 애쓸 만큼, 그 사람 어디가 좋은 건데요?"
　"그렇게 별거 아닌 인간, 담배까지 따라 폈냐?"
　사하라가 이죽거리자 최고비는 자리에서 반쯤 일어나 사하라의 목덜미 뒤로 손을 뻗었다. 목덜미를 움켜쥐듯 감싸안은 최고비의 숨결이, 사하라의 귓가를 간지럽혔다. 뺨과 뺨이 닿을 듯 얼굴을 가깝게 붙인 최고비가 속삭였다.
　"선배. 그런 사람보다는 나와 있는 게 즐겁죠?"
　사하라는 숨을 참고 냉장고 안의 약병을 떠올렸다.
　"그러니깐 지금도, 경찰에 알리지 않고 여기에 온 거잖아요."
　변에 놓을 것인가 중앙에 둘 것인가 정하지 못해 자꾸 옮기기만 했던 약병. 독을 집에 두었던 건 그것을 마시지 않을 것임을 알았기 때문이다. 죽고 싶다고 생각하지만 죽을 용기가 없는 겁쟁이를 위한 안식이었을 뿐이다.

"선배가 내 연락을 전혀 받지 않는 동안에 고민을 좀 했어요."

독과 같던 숨결이 멀어졌다. 최고비는 다시 의자에 앉아 등받이에 몸을 기대어 앉았다. 사하라는 최고비의 손이 닿았던 곳을 잠깐 어루만졌다. 따뜻하다기보단 뜨거운 체온이 남아 있었다. 사하라는 가만히 숨을 내뱉었다. 약병 속 독이 찰랑거렸다.

정말로 독이라면.

그렇다면 숨결을 섞을 가치가 있지 않을까.

"내가 약간 잘못 판단한 게 있더라고요."

최고비가 흑돌 하나를 집어 툭, 탁자 구석에 던지듯 놓았다.

"부처님의 곁을 끝까지 지켰던 승려를 아세요?"

"부처? 아니. 몰라."

"그럼 부처의 라이벌은?"

"잘 모르겠지만 악마? 뭐 대충 그런 거겠지? 불교에도 악마란 개념이 있으면."

"맞아요. 불교에선 마라라고 불러요. 그럼 예수의 제자 중 제일 먼저 떠오르는 사람은?"

"유다…? 팔아넘긴 게 유다 맞지? 그 사람밖에 몰라."

갑자기 시작된 선문답에 사하라가 대충 대답하자, 최고비의 목소리가 확 밝아졌다.

"그래요! 결국 말이죠. 신과 가장 가까운 이는 제자나 예언자가 아니에요. 신과 대적하는 자. 그가 진정한 신의 파트너죠. 애초에 그걸 깨달았어야 해요. 그럼 좀 더 재미있는 판을 짤 수 있었을 텐데."

"신? 파트너? 갑자기 무슨 소리야?"

"그래서 나는 정했어요. 대적자가 되기로. 게다가 말이죠.

이번에 선배와 대결할 때 느꼈어요. 온갖 감각이 짜릿하게 흘러
들어오는걸. 처음 느끼는 감각이었어요. 내가 선배를 만난 건
이 때문이 아닐까요. 역시 내가 나의 신을 잘 골랐죠."

사하라는 무슨 말인지 이해가 가지 않는다는 듯 어깨를
으쓱여 보였다. 거짓말이다. 최고비의 말이 무슨 의미인지 너무나
잘 안다. 마시지 않을 것을 확신하기에 안전한 독. 그 약병을 집
한구석에 두어야만 했던 건 실은 마시고 싶어서였다. 애초에 왜
투구꽃이었던가. 빛이 아닌 그늘 속에 있어야만 꽃을 피운다는,
투구를 닮은 꽃. 최의 협박에 떠밀린 척 도박 바둑을 두면서 때때로
이 판은 제대로 두어 볼까, 하는 충동을 느꼈던 건 어둠 속에서라도
오직 나만을 바라보며 싸워 줄 상대를 바랐기 때문이었다.

집을 지어라, 너의 집을.

고희동이 그렇게 말할 때마다 되묻고 싶었다. 어떻게요? 어떻게
집을 지어야 하나요. 이제 와서 다시 프로 기사의 세계로 돌아갈
순 없잖아요. 다른 사람이 지어준 천재라는 껍질을 소라게처럼
뒤집어쓰고 기원에서 대국을 한다 해서 그게 나의 집이 될 리가
없잖습니까. 그 질문을 꺽꺽거리며 삼켜온 날들 중 찾아온 승부였다.
지켜야 할 것이 있기에 절박한, 그렇기에 더할 수 없이 강렬한
쾌감을 동반한 게임이었다.

정말로 이재윤 때문에 게임을 계속했던 거야?

사실은 즐거웠던 거 아냐? 오직 나만을 위한, 그 게임이.

전송되어 오는 링크를 기다렸잖아.

무의식 속 가라앉아 있던 내심이 병 속의 독처럼 머릿속에서
찰랑거렸다. 뜨거운 독. 마실 가치가 있는지 없는지는 아직 모른다.

마실 거라면, 내용물은 확인해 봐야 하는 법이다.

봄버

"너 혹시 사이비 종교 믿냐?"

사하라가 빈정거렸고 최고비는 웃었다. 웃으며 다리를 꼬아 앉았다. 신발 끝이 탁자를 쳤고, 구석에 놓였던 돌은 어두운 창고 바닥에 떨어져 어디론가 사라져 버렸다.

"그러고 보니 내가 이기면 뭘 받을지 정하질 않았네요."

"뭘 원하는데?"

"봄버 사건도, 이번 승부도 내가 이기면 나의 신이 너무 초라해지잖아요? 그러니깐 또 한 번 승부를 하죠. 봄버 부활 쇼는 어떨까요. 초대장을 보낼게요. 내가 이기면, 선배는 내가 원하는 방식으로 초대에 응해야 해요."

"좋아. 콜."

최고비는 통에서 다시 흑돌을 집어들어 바둑판에 났다. 사하라는 바둑판에 놓인 단 하나의 흑점을 바라보다가 불쑥 말했다.

"이번 판은 오프닝 룰*을 추가해 보면 어때?"

"오프닝…이요?"

"그래. 포인트 개수와 스왑, 둘 중 어느 걸로 해볼까? 이쯤은 해야 본격적인 대결이잖아. 안 그래?"

대결이란 단어를 쓰면, 받아들이지 않으면 도망가는 것이 되어버릴 테니 응할 수밖에 없을 것이다. 사하라의 계산은 적중했다. 최고비는 아랫입술을 한번 꽉 깨물고는 입을 열었다.

"포인트 개수가 흑이 먼저 5수 놓고 백이 포인트 고르는 거고, 스왑은 흑과 백 교환이죠?"

---

* International Opening Renju Rule. 국제 대회 등에서 주로 쓰임.

"맞아. 네가 좋은 쪽으로 골라."

"그럼…. 포인트 개수."

최고비는 다시 돌을 하나 집어들고 곰곰이 바둑판을 봤다. 이전에 주저없이 돌을 놓던 모습과는 사뭇 다른 모습이었다. 최고비가 망설이다 돌을 놓으려는 순간, 사하라의 주머니 안에서 작게 통화음이 울렸다. 한 번. 두 번. 최고비가 짜증스러운 눈빛으로 사하라를 봤다. 사하라는 어깨를 으쓱이며 주머니에 손을 넣었다. 통화음은 곧 끊겼다. 최고비는 다시 바둑판을 바라봤지만 좀처럼 손을 움직이진 않았다. 초조한 듯 아랫입술을 잘근잘근 씹을 뿐이었다. 한참 동안 잇새에 짓무른 침묵이 감돌았다.

"이세돌은 결국 알파고에게서 한 경기밖에 빼앗지 못했지. 그래도 사람들은 여전히 이세돌을 천재라 부르고, 알파고를 천재라고 부르지는 않아. 왜인지 알아?"

"그런 바보들 생각까지 내가 알아야 해요?"

침묵을 깨고 건넨 사하라의 말에, 최고비는 퉁명스럽게 답했다. 창 밖 하늘은 그사이 더욱 짙은 밤으로 색을 바꾸었다. 얼핏 어두워졌던 공장 안으로 한순간 강한 빛이 쏟아져 들어왔다. 붉은 빛과 사이렌 소리는 곧 신호였다. 창 쪽으로 고개를 돌린 최고비의 입이 가볍게 벌어졌다. 아랫입술에서 피가 배어나왔다.

"말도 안 돼. 선배가 신고를 했을 리가 없어."

사하라는 자리에서 일어나 최고비의 귀 가까이에 얼굴을 바짝 대고 속삭였다.

"집은 빼앗기 위해서가 아니라 지키기 위해 짓는 거야. 봄버 사건으로 지키기 위해 겨룰 상대를 바라는 욕망이 있었다는 걸 깨닫게 된 건 맞아."

봄버

"그래! 그러니깐 선배는 나와의 승부를 원하게 되어 있어. 나 이외에, 선배와 대등하게 겨룰 수 있는 사람은 없다고!"

"대등하게?"

사하라는 최고비에게서 멀어지며 웃었다. 무척이나 온화한 미소였다. 그 미소를 마주한 최고비의 얼굴이 서서히 일그러졌다.

"알파고가 천재가 아닌 건 말이지. 통제된 환경 안에서 이기는 건, 대중이 바라는 천재가 아니기 때문이야. 예를 들면 무적수를 외워서 이기다가 룰 하나 추가했다고 버벅거리는 플레이어 말이지. 그리고 그런 플레이어는 겨룰 재미도 없지."

돌을 움켜쥔 최고비의 손등에 핏줄이 섰다. 사하라는 마지막 한마디를 최고비의 귓가에 속삭이고 뒤돌아섰다. 사이렌 소리가 점점 가까워졌다. 봄버 사건의 진범으로 의심되는 인물을 만나러 간다는 사하라의 연락에, 안경태는 그 사건은 이미 마무리되었다고 선을 그었다. 그러나 수화기 너머에서 전해진 망설임을, 또다시 봄버가 부활한다면 그때에 추락할 자신의 위상을 염려하는 떨림을 사하라는 놓치지 않았다. 알려준 장소로 오면 전화를 걸 것. 신호음이 세 번을 넘기지 않았을 때 끊으면 진범이 맞고, 세 번을 넘기면 진범이 아니란 뜻이니 그 뒤에 어떻게 할지는 안경태가 판단할 것. 그것이 사하라가 건넨 제안이었다.

만약 최고비가 추가된 룰에도 주저없이 승부를 펼쳤다면 통화음은 조금 더 길게 울렸을 것이다. 머릿속에서 찰랑거리는 독. 이미 깨달은 내심은 모른 척 한다고 모르고 지낼 수 있는 것이 아니다. 그럴 바에는 독을 마시는 편이 낫다.

그러나 사하라에게 최고비는 마실 가치 없는 독이었다.

"겨룰 가치가 있는 상대여야 내 집도 강해지지."

공장 밖으로 향하는 사하라의 입가에서 미소가 사라졌다. 의자에 앉은 채 그 뒷모습을 바라보는 최고비의 손에서 툭, 돌이 떨어졌다. 공장의 어둠이 돌과 함께 최고비의 그림자를 삼켰다.

네가 깨닫게 해 준 욕망만은 감사히 받을게.

사하라가 남긴 마지막 말까지도.

봄버

작가의 말

오피스 추노
서귤

　제 주위에는 한 명의 하나와 두 명의 유미와 한 명의 준영이가 있습니다. 대한민국 법원이 출생자 이름 통계를 낸 건 2008년부터의 일인데요, 그때 이후 태어난 하나는 5734명, 유미는 1438명, 준영은 12238명입니다.
　정상이어서 애틋하고 비정상이어서 사랑스러운
　모든 하나와 유미와 준영이들에게 이 이야기를 바칩니다.

봄버
범유진

1. 천재와 천재의 대결을 주제로 한 앤솔로지를 제안받고 많이 망설였습니다. 가장 큰 이유는 제가 '천재'라는 단어를 별로 좋아하지 않기 때문이었습니다. 애초에 이 단어는 정의가 너무 모호합니다. '평균보다 뛰어난 재능을 지닌 사람'이라고 했을 때, 한 분야에서 평균은 어떻게 측정하는 걸까요. 정말 뛰어난 재능의 소유자여도 기회와 상황이 맞지 않아 결과를 내지 못하면 '천재'로 불리지 못하는 걸까요. 그렇다면 '천재'란 상당히 결과론적이며 자본주의적 산물이 아닌가 싶습니다.

게다가 이 단어, 미디어에서 너무 남발되었습니다. 그중 제일 거부감 들었던 건 '천재적인 두뇌의 범죄자'란 카피였습니다. 이게 실화 바탕 범죄에 붙어 있는 걸 본 순간 과연 천재란 무엇인가. 잡히지 않으면 천재인 건가. 저 시대 기술로는 체포 불가능했어도 지금이면 당장 잡혔을 것 같은데 그럼 범죄자가 천재인 게 아니라 그냥 수사 기술이 부족했던 것 아닌가. 그런 오만가지 복잡한 심경이 되었더랍니다.

그렇다고 천재의 존재를 부정하는 건 아닙니다. 이 세상엔 이미

수많은 천재가 존재하고 저 또한 그들의 서사를 즐깁니다. 그저 간혹, 타인의 노력을 천재란 말로 뭉개어 버린 것은 아닌지 돌아볼 필요는 있지 않은가. 소설을 쓰면서 그런 생각을 했습니다.

 2. 바둑은 어릴 적 잠깐 배웠습니다. 좋았던 기억이라곤 조금도 없는 학원이었죠. 그래도 그때 배운 덕에 수읽기 정도는 가능해서 이걸 쓸 수 있구나, 싶었습니다. 그렇다고 그때의 고통이 희석되는 건 아니지만요. 덧붙여 소설 속 바둑 경기 내용은 실제와는 차이가 있는, 과장된 부분이 있음을 이곳을 통해 밝힙니다.

 3. 본문에 사용된 '찐따'라는 용어는 소아마비가 있는 사람을 비하하던 일본어 '찐바'의 잔재 용어라는 설이 유력합니다. 이 때문에 다른 용어로 대체할 수는 없을까 고민했으나 실제 10~20대 사이에서 쓰이는 비속어 중 마땅히 대체할 단어를 찾지 못했습니다. 등장인물인 사하라가 언어 사용에 민감한 인물이 아니라는 성향도 있어, 결국 사용하게 되었습니다. 양해해 주시기를 바랍니다. 앞으로 이런 경우 어떻게 하는 게 좋은가, 고민하며 해결해 나갈 부분입니다.

 글을 쓸 때마다 무섭습니다. 이 글을 쓰는 사계절 내내 겨울이었던지라 더 그랬습니다. 그럼에도 쓰고 있어서 다행입니다. 이 글이 완성되기까지 도와주신 많은 분에게 감사의 마음을 전합니다. 여기까지 읽어주신 독자분들께는 더욱더, 깊은 마음을 담아 봅니다. 언젠가 다가올 봄에 다시 만나기를 바랍니다.

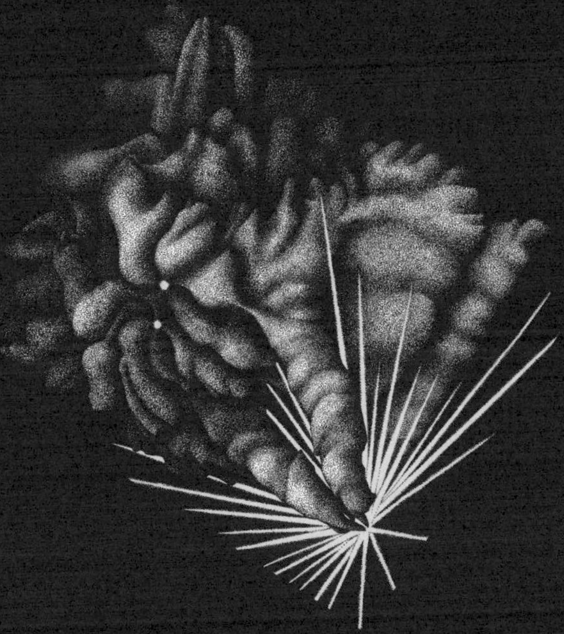

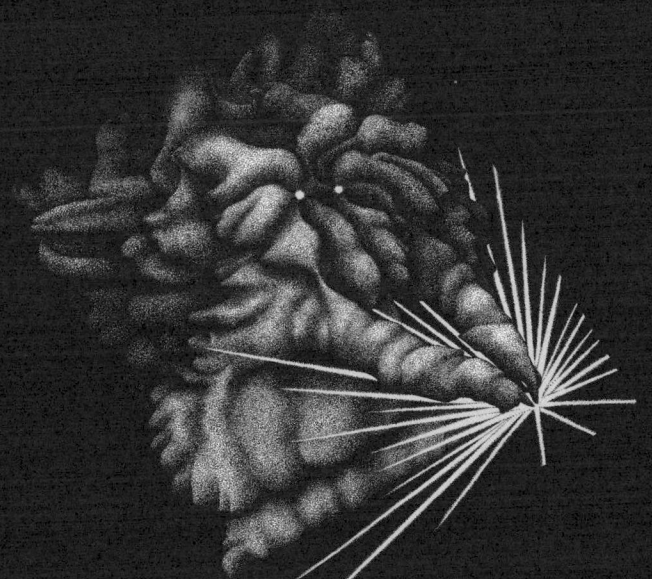

프로듀서의 말

스튜디오 드래곤과 안전가옥이 공동기획한 이번 앤솔로지
《천재 본색》은 '자강두천(自强斗天)'이라는 키워드를 중심으로
탄생한 작품집입니다. '자강두천'은 본래 '자존심 강한 두 천재의
대결'을 뜻하는 용어지만, 조금 더 확장해 보면 이 시대를 살아가는
우리 모두의 이야기가 아닐까 합니다. 결국 우리 역시 각자의
무대에서 스스로의 가능성을 믿으며, 때로는 세상과, 때로는 자기
자신과 치열하게 부딪히며 살아가고 있으니까요.

해당 컨셉을 가지고 처음 기획을 시작할 때는 '라이벌' 관계를
중심으로 풀어내는 드라마를 상상했습니다. 천재들이 벌이는
긴장감 넘치는 신경전과 날카로운 자존심의 충돌을 담아낼 수
있다면, 그것만으로도 꽤 멋진 이야기가 나올 거라 기대되는 부분이
있었죠.

하지만 좋은 이야기는 언제나 계획에서 살짝 벗어난 곳에서
발견되는 법입니다. 서큘 작가님의 〈오피스 추노〉는 무단 결근자를
잡으러 다니는 대기업의 엉뚱한 부서 '행복회복팀'을 배경으로,
라이벌보다는 뜻밖의 케미스트리가 돋보이는 버디(buddy)들이

등장하는 작품으로 탄생했습니다. 라이벌 관계가 주는 팽팽한 긴장감도 좋지만, 서로의 차이를 인정하고 함께 성장해 가는 천재들의 팀워크는 저희 피디들에게도 예상치 못한 즐거움을 선사해 주었죠. 특히 이 작품이 가진 유쾌한 사회 풍자와 따뜻한 위로의 조합은 기획 단계에서 상상했던 범위를 훌쩍 뛰어넘는 독특한 매력이 있었습니다.

　범유진 작가님의 〈봄버〉는 본래 기획한 '천재 대 천재'의 신경전을 더 짙고 강렬하게 그려낸 작품입니다. 폭탄 테러범이 던진 모바일 바둑판 위에서 한 수의 실수가 죽음으로 이어지는 긴박한 승부는 자칫 평범하게 흐를 수도 있었던 '자강두천'의 의미를 극한까지 몰아붙였습니다. 범유진 작가님 특유의 강렬한 서사와 긴장감 넘치는 전개 덕분에 모두의 마음을 단숨에 사로잡는 이야기가 되었는데요. 무엇보다 단순히 '승부' 요소 하나만이 아니라, 과거의 상처와 자기 자신을 마주하는 천재의 내면까지 깊이 있게 담아내어 '천재와 천재'라는 키워드의 진정한 의미를 전해주는 작품이 되었다고 생각합니다.

　두 작품 모두 작가님들께서 직조하신 '매력적인 천재들'이라는 캐릭터의 힘이 컸습니다. 이번 앤솔로지는 스튜디오 드래곤과의 공동기획이었던 만큼, 영상화를 염두에 두고 현실에 발을 딛은 매력적이고 입체적인 인물을 담고자 했는데요. 두 분 모두 기대 이상의 완성도로 이 이야기를 풍성하게 채워주셨습니다.

　세상에는 천재라는 이름을 가진 사람들이 많고, 그들은 꽤 먼 존재처럼 느껴지지만, 결국 이 앤솔로지가 담은 천재들의 이야기는 우리와 그리 멀지 않은 이들의 이야기입니다. 때로는 유쾌하게, 때로는 진지하게 살아가는 천재들의 모습 속에서 여러분 역시 오늘을 살아가는 나 자신, 혹은 곁에 있는 누군가를 떠올릴 수 있기를 바랍니다.

평범한 우리를 천재처럼 살아가게 하는 힘은 무엇일까요? 이 작품들이 지닌 작지만 확실한 메시지가, 천재적인 하루하루를 살아가는 독자 여러분들에게 따뜻하고 의미 있는 위로로 다가가기를 바랍니다.

안전가옥 스토리 PD
임미나 드림

천재 본색

기획   안전가옥
프로듀서   임미나
         김보희 이수인 이은진
공동기획   스튜디오드래곤 주식회사
         콘텐츠전략유통팀 박슬기 최보연 이주영 민지현 이보현
퍼블리싱   강현지 박혜신 임수빈
편집   MK
디자인   금종각 김하얀
비즈니스   이기훈
경영지원   홍연화

펴낸이   김홍익
펴낸곳   안전가옥
출판등록   제2018-000005호
주소   04779 서울특별시 성동구 뚝섬로1나길 5,
       헤이그라운드 성수 시작점 202호
대표전화   (02) 461-0601
전자우편   marketing@safehouse.kr
홈페이지   safehouse.kr

ISBN   979-11-93024-99-7 03810
초판 1쇄   2025년 5월 1일 발행

ⓒ 서균, 범유진, 2025